Tatjana Kuschtewskaja

Zu Tisch bei Genies

Neue kulinarische Streifzüge durch die russische Literatur

Aus dem Russischen
von Steffi Lunau und Ilse Tschörtner
Mit Illustrationen von Janina Kuschtewskaja

Grupello

Das Auge liest mit. Schöne Bücher für kluge Leser.

www.grupello.de

1. Auflage 2014

Schwerinstr. 55 · 40476 Düsseldorf
Tel. 0211–498 10 10 · E-Mail: grupello@grupello.de
Herstellung: Müller, Grevenbroich
Lektorat: Kathrin Heper

ISBN 978-3-89978-208-0

Inhalt

Dem Andenken an William Pochljobkin gewidmet

Vorwort

Mir ist aufgefallen, daß man den Gesundheitszustand und das Alter eines modernen Autors daran erkennen kann, was in seinen Texten ausführlicher beschrieben wird, die Erotik oder das Essen und Trinken. Je bildreicher eine amouröse Szene, desto jünger der Autor; je anschaulicher die Speisen, desto älter der Verfasser.

In der klassischen russischen Literatur hingegen werden die Gerichte wie auch die Liebesszenen immer sehr malerisch beschrieben. Die Autoren schreiben nicht einfach nur, wer bei Tisch sitzt, sondern auch, welche und wie viele Speisen gereicht werden. Unsere Klassiker erzählen so schmackhaft, daß einem gleichsam die Worte auf der Zunge zergehen.

Mein alter Professor für Literaturgeschichte an der Moskauer Filmhochschule sprach über das Essen und Trinken immer so enthusiastisch und feierlich, daß seine Zuhörer es nicht als etwas Alltägliches, sondern als überirdisches Festmahl empfanden. »Wenn Essen für Sie mehr ist als ein physiologischer Vorgang, wenn es für Sie ein Höhenflug, ein Erlebnis der Sinne *und* des Geistes ist, dann steckt in Ihnen ein Künstler«, erklärte er und führte Begründungen dafür an. »Wie Butter stampften die Pferde die Weite«, zitierte er aus einem Pasternak-Gedicht und fügte schwärmerisch hinzu: »Haben Sie einmal Wologodsker Schlagsahne probiert? Die ist so luftig und federleicht, daß sie Ihnen wie nichts auf der Zunge dahinschmilzt.« Oder er schlug ein Bändchen von Ossip Mandelstam auf. »Der leuchtende Honig floß so träge und gemächlich aus der Flasche, daß die Wirtin noch wortreich erklären konnte ...«, rezitierte er feierlich, schwieg einen Moment und schloß mit seinen eigenen Worten: »Und genau so: leuchtend, träge und gemächlich – ganz genau so fließt der baschkirische Honig!« Er schmatzte mit den Lippen. »Und wie er schmeckt!«

Die russischen Schriftsteller sind große Meister im »Anrichten« von Speisen. Wie und was sie ihre Helden essen lassen, gibt uns stets Aufschluß über deren Wesen, Gemütslage oder Lebenseinstellung. Lew Tolstoj hat eine Seite von *Krieg und Frieden*, auf der ein Souper geschildert wird, nicht weniger als 104mal umgeschrieben. Was wollte er erreichen? Jedes Detail sollte zur Lebensfülle des Darzustellenden beitragen und ganz in der Entwicklung der Werkidee aufgehen, jede Einzelheit eine bestimmte Aufgabe erfüllen. Sehen wir uns die Seite an:

»An Hélènes Namenstag soupierte bei Fürst Wassilij eine kleine Gesellschaft von Verwandten und Freunden oder, wie die Fürstin sich ausdrückte, der engste Kreis ... Die Gäste saßen beim Souper. Die Wachskerzen brannten hell; das Tafelsilber, das Kristallgeschirr, der Schmuck der Damen, das Gold und Silber der Epauletten blitzten. Diener in roter Livree eilten um den Tisch; man hörte das Klappern der Messer und Teller, das Klirren der Gläser und das lebhafte Stimmengewirr der Unterhaltung, die in mehrere Einzelgespräche zerfallen war ... Aber worüber alle anderen auch redeten und lachten, wie genüßlich sie auch ihren Rheinwein tranken und ihr Sauté und Gefrorenes speisten, geflissentlich vermeidend, Pierre und Hélène anzublicken ... man merkte doch, daß das Gelächter über die Anekdoten ... und das Vergnügen am Essen und Trinken nur Verstellung waren ...«

Sauté, eine Art Ragout, war zu Tolstojs Zeiten ein Modegericht, dient hier also zur Charakterisierung des Milieus. Tolstoj selbst hatte eine Vorliebe für gebratenes Spanferkel und süße Nachspeisen – Eis, Pastila, Gebäck. Das verraten seine Romane und Erzählungen, wo sie auffällig häufig erwähnt oder beschrieben werden.

Schon als ich *Krieg und Frieden* zum ersten Mal las, reizte es mich, das rätselhafte Sauté jener Passage kennenzulernen, um es einmal selbst zu kochen. Es wäre doch gelacht, dachte ich, wenn es nur literarischen Gestalten munden sollte. So wurde das Tolstojsche Sauté das erste Gericht aus der russischen Literatur, das ich ausprobiert und zuzubereiten gelernt habe.

Ähnlich erging es mir, als ich Nikolaj Gogol las. Was da eine seiner Gestalten empfiehlt, hörte sich so verlockend an, daß mir förmlich das Wasser im Mund zusammenlief und ich Lust bekam, es Wort für Wort zu befolgen: »Lege rings um den Stör Krebse und gedünstete Kleinfische, bette das Stint-Häckerle dazwischen und füge gehackte Reizker und weiße Bohnen dazu, außerdem geriebenen Meerrettich und geschnitzelte Rübchen, Möhren und Zwiebeln ... oder was gibt es sonst noch für Suppengrün?«

Meine eigenen Kochkünste hielten sich damals sehr in Grenzen; mir war lediglich an einer gesunden, halbwegs schmackhaften Ernährung gelegen. Doch wenn Gäste kamen, packte mich manchmal der Ehrgeiz, die Küchenfee mit Bildung hervorzukehren und etwas Ausgefallenes auf den Tisch zu bringen, das ich in der schönen Literatur aufgeschnappt hatte – Gogols ukrainische Teigtaschen (Warenki) zum Beispiel. Apropos, in der ukrainischen Stadt Tscherkassy wurde unlängst ein Denkmal für die Warenki, das beliebteste Gericht in der Ukraine, aufgestellt. Sein Schöpfer hat einen Gogolschen Helden modelliert: einen Kosaken beim Warenki-Essen.

Mit der Zeit begann ich, automatisch auf kulinarische Beschreibungen in der russischen Literatur zu achten. Dabei konnte ich mich davon überzeugen, daß unsere Genies der Schreibkunst mit den Besonderheiten der russischen Küche bestens vertraut waren. Hier eine bezeichnende Stelle aus Lermontows *Ein Held unserer Zeit.* Die Rede ist von dem alten Stabskapitän Maxim Maximytsch, dem einstigen Weggefährten der Hauptfigur Petschorin; freundlich erinnert sich der Erzähler: »Er konnte erstaunlich gut Fasan braten, begoß ihn aufs trefflichste mit Gurkenlauge.« Wer schon Gelegenheit hatte, einen Fasanenbraten zuzubereiten, weiß, daß das Fleisch des Fasans ein recht herbes Aroma hat, das abgemildert

werden muß. Dies geschieht in der Regel mit Wein oder Essig. Mit Gurkenlauge allerdings, nach Art des alten Maxim Maximytsch, gerät Fasan tatsächlich noch besser, ich habe es ausprobiert.

Mitunter bekomme ich zu hören, dieses oder jenes Gericht aus der russischen Literatur sei viel zu üppig und kostspielig. Gewiß, Mäßigung im Essen und Trinken ist der beste Garant für ein langes Leben, und sparsames Wirtschaften gehört zu den heiligen Geboten eines jeden Haushalts. Nun, aber wir Russen sagen uns gern: »Man lebt nur einmal!« Ist das etwa kein respektabler Grund? Mich jedenfalls hat er schon manches Mal dazu verleitet, an einer der Schlemmereien teilzunehmen, denen sich die literarischen Helden unserer Klassiker hingeben. Weit mehr als unsereins verstehen sie sich darauf, aus beliebigen Nahrungsmitteln ein Kunstwerk zu zaubern. Heute weiß ich, daß ein Großteil der russischen Kultur das ausmacht, was auf dem Speisetisch liegt. Mit Genuß essen heißt mit Genuß leben. Die Eßgepflogenheiten eines Landes vermitteln uns Grundlegendes über seine Kultur. »Sage mir, was du ißt, und ich sage dir, wer du bist«, hieß es in alten Zeiten in Rußland.

Darüber hat sich mein Professor, ein emsiger Sammler alter kulinarischer Bücher sowie verlockender »literarischer« Rezepte, gerne ausgelassen. Und das in jenen denkwürdigen sowjetischen Jahren der leeren Lebensmittelgeschäfte, als wir Studenten uns geradezu scheuten, über gutes, besonderes Essen überhaupt zu sprechen, und das einzige jemals erschienene Kochbuch, *Über eine gesunde, schmackhafte Kost*, kaum zu beschaffen war. Doch mein Professor ließ sich davon nicht beirren; unermüdlich fuhr er fort, die Werke berühmter Schriftsteller »bis aufs letzte Knöchlein« auseinanderzunehmen und uns an Beispielen nachzuweisen, daß Essen ein Teil der Kultur, eine Erscheinungsform des Geisteslebens und nicht selten sogar ein originelles Gleichnis auf die Gesellschaft ist.

Meinem Professor oblag es auch, unsere Übungsarbeiten, Drehbücher und Erzählungen zu beurteilen. Wenn er da kritisierte (und das tat er sehr oft), dann nur etwa so: »Zu sauer geraten, da zieht sich einem ja der Gaumen zusammen«, »Wie Sie das beschreiben, schmeckt einfach nicht«, »Das Sujet ist noch nicht durchgebacken, außerdem haben Sie das Salz vergessen«, »Übersüßt, viel zuviel Zucker!«, »Wo ist der Bratensaft? Alles schon auf den ersten Seiten verkocht«, »Kalter Kaffee«, »Trocken wie ein zu lange gebratenes Schnitzel«. Einmal sprach er mich im Flur der Hochschule an: »Ich habe Ihr Drehbuch gelesen. Sagen Sie einmal, sind Sie überhaupt in meinen Vorlesungen gewesen? Wo bleibt die Episode? Wo das 3-K-Prinzip: knapp, konkret, korrekt? Wissen Sie, was man zur Steigerung seiner geistigen Leistung essen muß? Fisch! Sie sollten täglich einen Wal essen.«

Aber wir waren unserem Professor nie böse. Im Gegenteil, wir liebten und verehrten ihn, denn er war geistreich, unkonventionell und voller Wohlwollen. Er mochte uns und glaubte an uns, das spürten wir, und nur deshalb triezte er uns unentwegt, die Texte noch einmal »durchzukneten«, »mit Episoden zu würzen« und mit Hilfe der klassischen russischen Literatur so »bekömmlich schreiben« zu lernen, »daß man mit Worten ernährt«.

Kurzum, unser Professor hat uns nicht nur das Drehbuchschreiben gelehrt, sondern auch, gerne zu kochen, zu essen und über Essen zu reden, zu lesen und zu schreiben. Das wurde ihm allerdings nicht leicht gemacht. Wir hatten nämlich unser Studium in der stolzen Gewißheit angetreten, daß der Kochtopf nichts für uns sei. Wir fühlten uns zu Höherem berufen und bestärkten einander lauthals darin. Der eine las das Elaborat des anderen und rief aus: »Mann, du bist ein Genie!« Uns schwebte ein Leben vor, in dem wir, aufgestiegen in die unendlichen Höhen des Geistes, von einer literarischen Großtat zur anderen stürmten, um schließlich zu verglühen und bis ins Innerste auszubrennen. Borschtsch und Klopse? Was du nicht sagst! Nein, der Kochtopf hat bei uns nichts zu suchen! Und so meinten wir auch, das Einerlei des Alltags, die Plackerei mit den täglichen Dingen des Lebens würden uns nur ablenken von unserer hohen Berufung. Der Gang zur Arbeit, Einkaufen, Kochen, Backen, Obst- und Gemüseeinwecken, Kohleinsalzen, Wäschewaschen, Kleiderausbessern, der Hausputz, die Ausrichtung von Familienfesten und so weiter – all diese alltäglichen Verrichtungen seien nur dazu angetan, uns taub und stumpf zu machen für die Klänge der Himmelsgeigen, die in eine ferne, unvorstellbar schöne Zukunft riefen.

Vergeblich dozierte mein Professor: »Zum Beispiel Innokentij Annenskij. Ein begnadeter Dichter, dem der ganze Akmeismus sein Dasein verdankt. Von

Mandelstam und Achmatowa hochgeschätzt. Aber im Zivilleben Gymnasialdirektor. Und noch dazu ein guter Esser. Sehen Sie sich sein Foto an – wie wohlgenährt, wie gemütlich, nicht wahr? Oder Afanassij Fet. Seine Poesie – was für zarte lyrische Klänge! Dabei war er Gutsbesitzer und ein eisern rechnender Wirtschafter! Wie Sie wissen, lagen Tolstojs und Fets Güter in unmittelbarer Nachbarschaft. Einmal schlug Tolstoj Fet vor: ›Es ist wohl besser für uns, wenn wir den Hanf in diesem Jahr nicht verkaufen. Wenn sein Preis im nächsten Jahr anzieht, verdienen wir um so mehr daran.‹ Dem Ökonomen Fet war das nur allzu recht. Und zur selben Zeit haben beide große Literatur geschaffen – Fet geniale Gedichte, Tolstoj geniale Prosa. Und ihr? Ihr glaubt, Künstler des Wortes zu sein und damit die Nase über das praktische Leben rümpfen zu können?« Er hatte recht, das sahen wir aber erst später ein.

Welche Freude wäre es meinem alten Lehrer gewesen, wenn er noch erfahren hätte, daß ich sogar ein literarisch-kulinarisches Buch verfaßt habe: *Die Poesie der russischen Küche. Kulinarische Streifzüge durch die russische Literatur.* Mein Anliegen dabei war nicht nur, einen wesentlichen Aspekt der russischen Kultur zu beleuchten, sondern auch der Wunsch, daß der schöpferische Funke in Sachen Speis und Trank auf den Leser überspringen möge und er eigene kulinarische Entdeckungen mache.

In dem neuen Buch *Zu Tisch bei Genies* fahre ich nun einerseits fort, Gerichte der russischen Küche vorzustellen, an denen unsere größten Schriftsteller Gefallen fanden bzw. finden – es sind auch zeitgenössische Dichter darunter. Ob diese zu den Größten der Literatur zählen, sei freilich dahingestellt, das wird man vielleicht in 100 oder 150 Jahren bewerten können, schließlich wurde selbst Puschkins höchste Genialität erst eine Ewigkeit nach seinem Tod erkannt. Andererseits erzähle ich in meinem neuen Werk von meinen »Pilgerreisen«, die mich an die einstigen Wohnstätten einzelner Schriftsteller führten – nach Puschkins Boldino, Tolstojs Jasnaja Poljana, Tschechows Melichowo oder Scholochows Kosakenstaniza am Don … Mich trieb die reine Neugier dorthin, wollte ich mir doch endlich ein Bild von den häuslichen Verhältnissen meiner Genies, dem von mir einst so verlachten Alltag machen, und die Museumswohnungen vor Ort boten mir dafür reichlich Gelegenheit.

Zu zwei dieser Reisen, der ersten und der letzten, eine ergänzende Bemerkung. Die eine führte über Samara an der Wolga in die Samaraer Steppe. Ich hatte ein Buch über das Leben Lew Tolstojs in der Tasche, in dem an verschiedenen Stellen, die die Jugendjahre betrafen, Lesezeichen steckten. Damals hatte ich gerade etwas mir grundsätzlich Neues begriffen – daß nämlich für ein Schriftstellerdasein jene Eigenschaft wichtig ist, die der russische Philosoph Konstantin Leontjew »Lebensintensität« nennt. Von ihr, der Lebensintensität, war der junge Tolstoj zutiefst durchdrungen, als er nach Samara reiste. Er fuhr umher, um Land zu erwerben, kaufte bei Baschkiren Pferde für ein eigenes Gestüt, organisierte ein Pferderennen in der Steppe … Die Baschkiren kamen mit ihren Kibitkas, schlugen die Zelte auf, und los ging's – die Pferde galoppierten um die Wette, daß der Erdboden dröhnte, es wurde gejohlt, geflucht und gelacht, die Lagerfeuer qualmten, es roch nach gebratenem Fleisch, Steppengras, frischem Brot und Minze … Kurzum, ein Gipfel an Lebensintensität! Übrigens brachte ich mir aus der Samaraer Steppe ein Rezept für Hammelbraten auf baschkirische Art mit.

Auf der anderen Reise besuchte ich meine alten Eltern in der Ukraine und machte dabei einen Abstecher in eine kleine Ortschaft am Psjol, nahe der ukrainischen Stadt Sumy, wo die Familie Tschechow die Sommermonate der Jahre 1887 bis 1889 verbracht hatte. Mir war nämlich Tschechows verschmitzter Ausspruch »Abbazia und die Adria sind großartig, aber die Luka und der Psjol sind schöner« in den Sinn gekommen. Das muß ja ein paradiesischer Winkel sein, wenn Tschechow ihn so hervorhebt, dachte ich. So fuhr ich hin, und bei der Heimreise steckte dann ein Dutzend Rezepte der von Tschechow so geschätzten dortigen Küche in meinem Gepäck. Sie sind ebenfalls in dieses Buch eingeflossen.

Übrigens, am »tschechowschen« ukrainischen Psjol kam ich überhaupt erst auf die Idee, mein neues literarisch-kulinarisches Buch mit Episoden und Einzelheiten aus den Leben meiner Favoriten, zusätzlich zu den Lieblingsspeisen, anzureichern.

Um abschließend noch einmal auf meine Alma mater, die Moskauer Filmhochschule, zurückzukommen. Die Verteidigung des Diploms feierten wir im *Haus der Rostows*, in jener alten palaisartigen Villa, der Lew Tolstoj in *Krieg und Frieden* ein Denkmal gesetzt hat. Heute beherbergt sie den russischen Schriftstellerverband und ein Restaurant, dessen Wände mit Autographen berühmter Schriftsteller ausgeschmückt sind. Dorthin hatte unser Professor uns eingeladen, eine Schar frischgebackener Absolventinnen und Absolventen. Wir bestellten »Lamm à la Iwan Bunin« oder »Plow à la Tschingis Aitmatow« und einen trockenen Tokajer. Von diesem Wein wußten wir, daß ihn auch viele Größen der Literatur bevorzugt hatten. Damals war er das Beste an Wein, was sich im ganzen Land auftreiben ließ, ausgenommen die grusinischen Weine (der Weinanbau in Georgien ist 5.000 Jahre alt).

Der erste Trinkspruch galt unserer guten alten Hochschule. Unser Professor widmete ihr einen kleinen geschichtlichen Rekurs. Gegründet als Filmfachschule, Kinotechnikum genannt, war sie nicht irgendwo, sondern in den Räumen des legendären Restaurants *Jar* untergebracht. Das *Jar* hatte einem Franzosen gleichlautenden Namens gehört und war am ersten Tag des Jahres 1826 eröffnet worden. Es erfreute sich großer Beliebtheit. Alexander Puschkin erwähnte es in seinen Briefen. Am 8. September 1826 kam er von seinem Stammgut Michailowskoje, wohin er verbannt worden war, nach Moskau und speiste am 12. September »bei Jar«. Seine Genugtuung über die »Trüffel des Jar« ist in dem Gedicht *Reisestanzen* verewigt. Später zog das Restaurant in die Petersburger Chaussee um und engagierte einen Zigeunerchor, der sein Markenzeichen wurde. Viele Berühmtheiten sind hier ein- und ausgegangen, vor allem Schriftsteller. So ist es nicht verwunderlich, daß es in manchem Erzählwerk als Handlungskulisse erscheint. Nach der

Oktoberrevolution mußte das Restaurant für Jahrzehnte schließen und besagtem Kinotechnikum weichen. Dieses wurde 1930 in die Staatliche Filmhochschule umgewandelt, wie wir sie kannten. In neuerer Zeit sind an deren Stelle ein Hotel und das Zigeunertheater *Romen* getreten.

Eines Abends, einige Jahre nach jener Feier, bummelten meine Freundin, eine ehemalige Kommilitonin, und ich durch die Moskauer Innenstadt und erblickten plötzlich unseren alten Professor; er kam gerade aus der *Helikon-Oper*. Meine Freundin sagte: »Wetten, daß er diesmal keine kulinarische Spezialität parat hat?« Er begrüßte uns freudig, plötzlich verklärte sich seine Miene: »Diesmal gab es etwas ganz Wunderbares – die *Kaffeekantate* von Bach!«

Viel Zeit habe ich darauf verwendet, interessante kulinarische Zitate aus literarischen Werken und besondere Rezepte aus alten Kochbüchern zusammenzutragen. Daher wünsche ich mir nichts sehnlicher, als daß das daraus entstandene Buch Gebrauchswert erhalten möge. So würde es mich freuen, wenn auf seinen Seiten recht viele An- und Unterstreichungen und vor allem Randbemerkungen erschienen. Solche Lesespuren wären mir eine große Ehre. Denn Kochbücher, die penibel sauber bleiben, abgestellt auf dem Bücherbrett, stammen meistens von jenem unvermeidlichen Typus von Star- oder Chefkoch, dem eher an einer Eigenreklame gelegen ist als daran, das Kochen als eine Kunstform zu präsentieren.

Lassen Sie sich nicht abschrecken von der Kompliziertheit einiger meiner »literarischen« Rezepte. Diese sollen Sie dazu anregen, Neues auszuprobieren und aus diesem Neuen selbst Neues zu entwickeln. Dieses Buch richtet sich ausdrücklich an experimentierfreudige Köche.

Nun bitte zu Tisch. Ich erhebe das Glas auf alle Gourmets und alle Freunde der russischen Literatur, zum Wohl!

Iwan Krylow

Wie kein zweiter hat er den großen Schriftsteller und den großen Gourmet gleichermaßen in sich vereint. Zeitgenossen erinnerten sich, daß bei einem häuslichen Dinner, wo – so die damalige Sitte – die Anzahl der Gäste nicht kleiner sein durfte als die Zahl der Grazien, nämlich drei, und nicht größer als die Anzahl der Musen, nämlich neun, Krylow so viel zu essen pflegte wie die ganze übrige Gesellschaft zusammen. Ohne Unterbrechung konnte er drei Teller Ucha, zwei Portionen Rasstegaj, vier Kalbsschnitzel, eine halbe Pute, ein Dutzend Salzgurken und einen Teller Grieß-Obst-Auflauf verputzen.

Zu Krylows Zeiten teilten sich die Gourmets der Landeshauptstadt in zwei Gruppen. Die einen schworen auf einfache Kost und eine spartanische Küche, wobei Schweinefleisch als das Vortrefflichste galt. »Wie die feurige Jugend legt es die verschiedensten Kostüme an, doch noch im verwegensten Putz bewahrt es seine Originalität. Werden wir unter der Kutte der Blutwurst, dem Kittel der Leberwurst, der Jacke der Mettwurst oder der Mantille der Bratwurst jemals diese Originalität vermissen?« fragte Nikita Wsewolshskij, ein Zeitgenosse von Krylow. Die anderen hielten es mit üppigem Tafeln, mit Gelagen à la Kaiser Nero und gehörten natürlich meist dem Adelsstand an. Ihre Tischlakaien waren erlesen schöne Jünglinge. Sie trugen lockere Gewänder und aßen halbliegend von goldenen Tellern. Wieviel Vermögen wurde auf diese vornehme Weise buchstäblich verschlungen!

Hier das Menü eines Festmahls bei Graf A. Stroganow (jenem Vertreter der bekannten russischen Adelsdynastie, nach dem das Bœuf Stroganoff benannt ist):

Vorspeise: Kaviar, Radieschen, Pflaumen, Heringsfilets (wobei für eine Portion – man stelle sich vor – tausend Heringe verwendet wurden). Pause.

Erster Gang: gedünstete Elchslippe, gekochte Bärentatze, Luchsbraten (Luchs war im alten Rußland wegen der Helligkeit und des außerordentlichen Wohlgeschmacks des Fleisches ein begehrtes Jagdobjekt). Pause.

Zweiter Gang: in Butter und Honig gebratene Kuckucke, Quappenmilch, rohe Steinbuttleber. Pause.

Dritter Gang: Austern, mit Nüssen und frischen Feigen gefülltes Wildbret, eingelegte Pfirsiche, mit Essig beträufelte Ananas.

Was ist die Hauptvoraussetzung für ein gelungenes Essen? Delikate, abwechslungsreiche Speisen, angenehme Gesellschaft, ein gutgefülltes Portemonnaie? Durchaus nicht. Seitdem ich Krylows Biographie gelesen habe, weiß ich es genau: einzig und allein Appetit! Das wird selbst der anspruchsvollste Feinschmecker bestätigen. Appetit hat Krylow zeit seines Lebens zur Genüge gehabt. Und er hielt ihn in Ehren, hegte und pflegte ihn, nährte ihn mit seiner dichterischen

Phantasie. In seinen Fabeln (es sind über 200, und jeder Russe kennt zwei Dutzend auswendig) finden wir immer wieder Bemerkungen über besondere Speisen. Krylow hatte ein schöpferisches Verhältnis zu Speis und Trank, und er setzte sich genauso gern an den Speisetisch wie an den Schreibtisch. Was wissen wir über ihn als Menschen?

Ein Zeitgenosse schrieb begeistert über ihn: »In diesem außergewöhnlichen Mann steckten die Talente für alle Künste. Die Natur sagte zu ihm: ›Such dir eins aus.‹ Er konnte wundervoll zeichnen, sein Geigenspiel war so virtuos, daß Berufsmusiker vor ihm den Hut zogen, in Liebhaberaufführungen meisterte er im Handumdrehen schwierigste Rollen, auch in der Mathematik offenbarte er erstaunliche Fähigkeiten. Indes, die Schriftstellerei hat er allem vorgezogen.« Fürst Pjotr Wjasemskij äußerte sich über ihn verhaltener: »Krylow ist keineswegs jener zerstreute, unbekümmerte, gutmütig-naive La Fontaine, für den wir ihn alle halten … Er hat es in Wahrheit faustdick hinter den Ohren.«

Meine liebste Krylow-Fabel heißt *Der Schriftsteller und der Räuber*. Ein Räuber und ein »mit Ruhm bedeckter« Schriftsteller treten vor den himmlischen Richterstuhl. Der eine wie der andere wird schuldig gesprochen und in einen Eisenkessel gesetzt. Das Feuer unter dem Räuber schlägt hohe Flammen, das unter dem Schriftsteller flackert nur schwach. Das große Feuer ist aber rasch erloschen, während das kleine »ärger wird von Stunde zu Stunde«. Der Schriftsteller windet sich vor Qualen, schreit und wimmert und wirft den Göttern Ungerechtigkeit vor. Auch wenn er »ein wenig frei geschrieben« habe, diese Strafe sei gar zu hart; schließlich sei er beileibe kein solcher Frevler wie der Räuber gewesen. Eine der drei Höllenschwestern entgegnet: »Er war von Schaden nur, solange er lebte. Doch du? Sieh auf dein böses Werk zurück! Sieh dort die Kinder, ihrer Eltern Gram und Schande, das Herz zerstört von Gift! Durch wen? Durch dich!«

Puschkin schrieb über Krylow und La Fontaine: »Kein Franzose würde es wagen, jemals einen anderen über La Fontaine zu stellen, wir wiederum würden in jedem Fall Krylow den Vorzug geben. Der eine wie der andere ist den Seinen der Liebste. Jemand sagte einmal zu Recht, Gutmütigkeit sei ein angeborener Wesenszug des französischen Volkes; unserem Gemüt hingegen seien eher Gewitztheit, Hintersinnigkeit, Spottlust und eine Neigung zum bildhaft-malerischen Ausdruck eigen. La Fontaine und Krylow repräsentieren jeder auf seine Weise den Geist ihres Volkes.«

Iwan Krylow war zeitlebens Junggeselle und ein ausgesprochener Eigenbrötler, stand aber stets im Mittelpunkt allgemeiner Neugier und Zuneigung. Lachend erzählte man sich über ihn Geschichten und Anekdoten (meist kulinarischen Inhalts). Doch ihn scherte das nicht, er dichtete seelenruhig vor sich hin, spielte Geige und versah treu und redlich seinen Dienst in der Kaiserlichen Bibliothek – führte Register, legte Kataloge an, studierte Anzeigen und Rezensionen, erwarb Bücher.

Mit den Jahren wurde er immer dickleibiger und schwerfälliger; schließlich zog er sich ganz aus dem gesellschaftlichen Leben zurück, gab auch seine regelmäßige Leibesertüchtigung, das Schwimmen im Kanal, auf und verbrachte die Abende nur noch daheim. Wenn er dort auf dem Sofa inmitten von Büchern lag und las, konnte ihn nur eines auf die Beine bringen: Sowie die Feuersirene ertönte oder die Alarmlichter am Feuerturm blinkten, sprang er auf, warf sich den Mantel über und eilte, die Brandstätte besichtigen. Zeitgenossen behaupteten, er habe sich keinen einzigen größeren Brand in der Stadt entgehen lassen.

Krylows Lieblingsgericht war Spanferkel mit Buchweizengrütze. Doch ausgerechnet seine geliebte Grütze scheint ihm zum Verhängnis geworden zu sein. Er starb, nachdem er sich kurz vor der Nachtruhe eine zusätzliche Portion davon einverleibt hatte.

Doch zurück zu jenen Tagen, da unser Fabeldichter noch gesund und munter war, aufgrund einer Wette Altgriechisch lernte (und diese Wette nach zwei Jahren gewann, indem er seinem Kontrahenten einen Abschnitt der *Ilias* auf altgriechisch aufsagte) und voller Lust aß.

In einem älteren Buch mit dem Titel *Puschkin und seine Zeitgenossen* fand ich einmal ein interessantes Dokument. Es betraf den Fabeldichter Krylow und enthielt dessen mündliche Kommentare zu einem Festessen, das im Hause Alexander Turgenjews gegeben worden war. Eine seiner Verehrerinnen hatte sie mitgeschrieben und dabei sogar die Namen der Köche verewigt: Alexandra Jegorowna,

Hausköchin der Turgenjews, und Fedossewitsch, Koch beim Englischen Club, der eigens für die Piroggen und die Nachspeise engagiert worden war. Ein Ausschnitt:

»Ucha und gefüllte Blätterteigpiroggen.

›Perfekt, diese Alexandra Jegorowna! Man merkt gleich, daß sie aus Moskau kommt; jemand von hier würde das gar nicht zustande bringen. Und kein einziges Grätlein ... Alles durch die Meerenge geflutscht und ins Mittelmeer gesegelt!‹ Krylow klopfte sich auf den Bauch. ›Bitte, mein Herr, richten Sie ihr meinen tiefempfundenen Dank aus. Auch an der Ucha gibt es nichts zu monieren, das reinste Bernsteingold! Ein Tausendsassa, diese Altmamsell!‹ Er hatte drei Teller Ucha und zwei Teller Piroggen verdrückt.

Kalbsschnitzel.

›So schön weiß ... Wie getüncht!‹ Er hatte drei Schnitzel gegessen, außerdem ... (was und welche Menge ist nicht angegeben).

Putenbraten.

›Welch ein Paradiesvogel! Und so schnaftig-saftig-knusprig gebrutzelt!‹

Neshinsker Gurken, Preiselbeeren, Blaubeeren, Pflaumen.

›O Königreich aus dem Weckglas!‹

Piroggen, gefüllt mit Gänseleber und Trüffeln, alias Straßburger Piroggen.

›Mein lieber Alexander Michailowitsch, Sie Schelm! Hätten Sie mich nicht warnen können? Aus alter Freundschaft? Was nun? Schon alles besetzt da drinnen!‹

›Es wird sich schon noch ein Plätzchen finden, Iwan Andrejewitsch.‹

›Ja, nur wo? Die ersten Reihen, Parkett, Beletage, Ränge – alles besetzt ... Höchstens noch die Galerie.‹

»Nach und nach wird es ins Parkett hinabrücken.‹

›Meinen Sie?‹ Und Krylow tat sich einen neuen Berg auf.

Dann Grießbrei mit saurer Sahne und Kaffee mit Sahnehäubchen.

Vor dem Aufbruch winkte Krylow den Diener beiseite und fragte sicherheitshalber: ›Es ist doch wohl kein Abendessen vorgesehen?‹«

Welche kulinarischen Vorlieben Krylow hatte, läßt sich nicht zuletzt aus seinen Fabeln schließen. Hier nun verschiedene Zitate und entsprechende Rezepte.

Ein Steuerpächter wohnte in gar prächtigem Haus
und lebte wie ein Fürst in großem Saus und Braus.
An Gut und Geld so reich wie Weihnachten an Schnee,
gab fünf- bis sechsmal er die Woche ein Souper.
Ob Früchte, Wein, Salat, Pastete, Wildbret, Fisch –
es bog sich unter all der Fülle schier der Tisch.
Fürwahr, der Steuerpächter nahm mit seinem Herde
sein künftig Himmelreich vorweg schon auf der Erde.

Der Steuerpächter und der Schuster

Hühnchen auf russische Art

Zutaten: 5 Hühnchen, 7 Kartoffeln, 2 Glas saure Sahne, 50 g Butter, 1 EL Mehl, 2 Lorbeerblätter, 5 g Pfeffer, Salz

Zubereitung: Hühnchen absengen, ausnehmen und sorgfältig waschen; Beinchen in die Bauchhöhle drücken. Hühnchen für 5 Minuten in siedendes Wasser tauchen, dann in einen Topf geben, mit saurer Sahne übergießen, mit Lorbeerblättern, Pfeffer und Salz würzen und im vorgeheizten Ofen bei mittlerer Hitze braten. Kartoffeln in Scheiben schneiden, in eine Pfanne mit erhitztem Speiseöl geben, bei kräftiger Hitze goldbraun braten und zusammen mit in Butter angeschwitztem Mehl über die gegarten Hühnchen geben. Abschließend alles 10 Minuten im warmen Ofen ziehen lassen. Hühnchen ganz oder halbiert mit den Kartoffeln servieren.

Apfelwein

Zutaten: 3 l Apfelsaft, 900 g Zucker, 450 ml Wasser

Zubereitung: Äpfel (nur Herbstsorten) zerkleinern und auspressen, Saft in ein Gefäß gießen, Zucker und Wasser hinzugeben, alles gut verrühren und mindestens 2 Wochen gären lassen. Gärflüssigkeit mehrmals durch ein sauberes Mulltuch seihen, nach Belieben süßen (dabei so lange rühren, bis sich der Zucker aufgelöst hat), in einen Glasballon gießen und 2–3 Wochen weitergären lassen. Die Reife des Weins ist an der Farbe zu erkennen, die hell und durchsichtig sein muß. Der Wein kann mit Wodka oder reinem Alkohol verstärkt werden, muß dann aber eine Woche länger gären.

Ein braver Koch lief eben mal ruckzuck
von seinem Herd hinüber zu der Schenken,
um fromm nach Brauch mit einem guten Schluck
des Oheims Todestages zu gedenken.
Daheim ließ er den Kater, vor den Mäusen,
den Giermäulern, zu hüten Speck und Speisen.
Doch als er wiederkam – Gott, was war das?
Piroggenbrocken auf dem Boden durcheinander,
und Kater Waska hinterm Essigfaß
fraß selig knurrend den gefüllten Zander.

Der Kater und der Koch

Pirogge mit Weißkraut

Zutaten für den Teig: 550g Mehl, 400ml Milch, 30g frische Hefe, 1½ EL Öl, 2 Eigelb, 1 EL Zucker, 1 TL Salz

Zutaten für die Füllung: 1 kg frisches Weißkraut, 3 Zwiebeln, 3 EL Speiseöl, 1 Ei zum Bestreichen, Öl zum Braten, Pfeffer, Salz

Zubereitung der Füllung: Sauerkraut ausdrücken und gut abtropfen lassen, kleinschneiden; Zwiebeln würfeln und in Öl anbraten. Sauerkraut hinzufügen, mit Pfeffer und Salz abschmecken und garen lassen.

Zubereitung: Hefe in etwas warmer Milch auflösen, mit Mehl, Öl, Eigelb, Zucker und Salz zu einem geschmeidigen Teig verarbeiten und an einem warmen Ort gehen lassen. Hefeteig dünn ausrollen, ca. 8cm große runde Plätzchen ausstechen, mit einem kleinen Löffel in die Mitte Sauerkraut setzen, die Ränder mit verquirltem Ei bestreichen, dann die Ränder fest zusammendrücken und die Pirogge in heißem Öl in der Pfanne goldbraun braten.

»Mein Herzensnachbarlein,
so iß doch noch, nein, sag nicht nein!«
»Freund, ich bin mehr als satt.« – »Was will das sagen?
Ein Tellerchen faßt immer noch der Magen:
Die Ucha ist gewiß ein rechter Schmaus.«
»Ich habe schon drei Teller ...« – »Wer wird zählen!
Laß es am rechten Eifer nur nicht fehlen.
Lang tüchtig zu, mach reines Haus!
Die Brühe, sieh nur, glänzt so gelb vor Fett,
als wäre sie mit Bernstein überzogen.«

Demjans Ucha

Ucha

Zutaten: 1,3kg Fisch (Kabeljau, Lachs und Stör), 1½l Wasser, 2 mehlig kochende Kartoffeln, 1 Möhre, 2 Zwiebeln, 2 Bund Petersilie, 2 Lorbeerblätter, 1 Stange Lauch, ½ Zitrone (in Scheiben geschnitten), 1 EL gehackter Dill, 2 TL Salz

Zubereitung: Wasser in einem großen Topf zum Kochen bringen. Kartoffeln würfeln, Möhren in Streifen schneiden, Zwiebeln und Petersilie kleinhacken, und alles 15 Minuten kochen. Lorbeerblätter und Salz hinzufügen und weitere 10 Minuten kochen. Fische häuten, filetieren und in mundgerechte Stücke schneiden. Dann nacheinander, beginnend mit dem preiswertesten Fisch, in der Brühe rasch garen. Herausnehmen und warm halten. Kurz vor dem Servieren gehackten Dill und feingeschnittenen Lauch in die Brühe geben, alle Fischstücke kurz darin erwärmen und mit Zitronenscheiben servieren.

Für uns Russen gehören Ucha und Wodka zusammen wie die Dichter Puschkin und Lermontow. Für den Fall also, daß Sie zu Ucha auf echtrussische Art eine Karaffe eisgekühlten Wodka reichen möchten, hier das Rezept.

Weißer Wodka »Altes Moskau«

Zutaten: 48 g Ingwer, 48 g Galgantwurzel, 48 g Salbei, 48 g Pfefferminze, 48 g Anis, 1 Stof reiner Alkohol, 1½ Stof Wasser

Zubereitung: Ingwer, Galgantwurzel, Salbei, Pfefferminze, Anis hacken, vermischen und mit reinem Alkohol übergießen. Aufguß 18 Tage stehen lassen, dann Wasser hinzugeben und das Ganze destillieren.

Die Hauptsache bei der Wodkazubereitung ist die Freude am spielerischen Experimentieren: Man macht sich seinen Wodka selbst! Wenn man möchte, sogar in dieser oder jener Farbe. Wenn er mit Kornblumen angesetzt ist, wird er blau, gelb mit Safran, grün mit Pfefferminze, rot mit Heidelbeeren und braun mit Zedernnüssen.

Wenn du nur sähest, wie ich zu speisen pflege!
Wo immer wird geschmaust, bei allen Festen
bin ich als erste da von allen Gästen.
Ich esse von geblümtem Porzellan
und trink aus Bechern mit Familienwappen.
Stets picke ich heraus die besten Happen,
bevor ein andrer danach greifen kann.
Die Fliege und die Biene

Honigplätzchen mit Schokoladenbelag

Zutaten für den Teig: 600 g Mehl, 50 g Honig, 3 Eigelb, 200 g Zucker, 120 g Butter, 120 g gemahlene Walnüsse, 1 TL Zimt, ½ TL Speisesoda, 1 TL Vanillezucker

Zutaten für den Belag: ½ Glas Wasser, 200 g Zucker, 20 g Butter, 50 g Kakao, 3 g Vanillezucker

Zubereitung des Belags: Wasser erhitzen, auf den Zucker gießen und kurz aufkochen lassen, dann Kakao hinzugeben, und alles unter Rühren köcheln lassen, bis es andickt und eine festere Masse bildet. Vom Herd nehmen und mit Butter und Vanillezucker verfeinern.

Zubereitung des Teigs: Mehl sieben und auf ein Backbrett häufeln, Honig mit Zimt aufkochen und in eine ins Mehl gedrückte Mulde gießen und verrühren. Zucker, Butter, Vanillezucker, Eigelb, Nüsse und Soda hinzugeben, alles verrühren und

30 Minuten kneten. Wenn der Teig zu dick gerät (was von der Eiergröße und Mehlqualität abhängt), kann man ihn mit lauwarmer Milch verdünnen. Teig 1 cm dick ausrollen und 4–5 cm breite kreisförmige Teigflecken ausstechen; diese mit Eiweiß bestreichen und 10 Minuten backen, danach abkühlen lassen, auf einer Seite mit dem Belag bestreichen und zu Paaren zusammenkleben.

Drei Bauern kommen in ein Dorf zu später Stunde.
Sie haben in der Stadt ein Fuhrgeschäft geführt
und gutes Geld gemacht und gut sich amüsiert,
nun zieh'n sie wieder heim in einträchtigem Bunde.
Da hungrig so ein Bauer findet keinen Schlaf,
begehren unsre drei beim Wirt ein Abendbrot.
Indes, was hat ihnen zu bieten dieses Kaff?
Ein Näpfchen dünne Schtschi, Buchweizenschrot,
mit Wasser angerührt zu Grütze – eine Kelle,
und Brot, ach Gott – na, kaum das Zehntel einer Elle.

Die drei Bauern

Was ist das charakteristische Merkmal der russischen Tafel? Nein, nicht Wodka, sondern eine Suppe namens Schtschi. Dieses Wort gibt es nur im Plural, so daß man sagen könnte, wir sprechen von unserer Leib- und Magenspeise im Pluralis majestatis, um zu unterstreichen, wie lieb und teuer sie uns ist.

Die sogenannten »leeren« (das heißt nicht auf Fleischbasis gekochten) Schtschi waren in Rußland weitverbreitet, besonders auf dem Land, wo die Mehrheit der Menschen in Armut lebte und es als sträflicher Luxus galt, Fleisch für die täglichen Schtschi zu verwenden. Diese Schtschi basieren ausschließlich auf verschiedenem Gemüse: Kartoffeln, Weißkraut, Tomaten, Kohlrüben, rote Bete oder ähnlichem.

Weißkraut-Tomaten-Schtschi (»leere« Schtschi)

Zutaten: 2 l Wasser, 700 g frisches Weißkraut, 5 Tomaten, 5 Kartoffeln, ½ Glas saure Sahne, 20 g Butter, 3 TL Mehl, 1 Lorbeerblatt, Dill, Petersilie, Salz

Zubereitung: Weißkraut fein schneiden, salzen, in Butter andünsten, mit heißem Wasser übergießen und 10 Minuten kochen; danach in Scheiben geschnittene Kartoffeln und Tomaten hinzugeben (letztere vorher kurz schmoren und durch ein Sieb schlagen). Nach 5–10 Minuten in Butter angeschwitztes Mehl hinzugeben, und alles 15 Minuten weiterkochen. Gare Schtschi mit saurer Sahne und Butter verfeinern und noch einmal aufkochen. Mit Dill und Petersilie bestreut servieren.

Buchweizengrütze mit Pilzen

Zutaten: 2 Glas Buchweizen, 50 g getrocknete Pilze, 2 Zwiebeln, 40 g Butter, Salz

Zubereitung: Pilze in Wasser geben und quellen lassen, dann zerschneiden und 10–15 Minuten kochen. Wasser für die Grütze gesondert aufsetzen; wenn es zu sieden beginnt, gewaschenen Buchweizen hineingeben und unter Rühren kochen, bis er eine dicke Masse bildet. Grütze mit Pilzen vermischt eine Stunde im Ofen dämpfen. Vor dem Auftragen mit in Butter angeschwitzten Zwiebelwürfeln bestreuen.

Gott sendet einem Raben ein Stück Käse.
Der zieht auf einen Wipfel sich zurück,
beißt rein und stutzt, als ob er Zeitung läse,
und sitzt erstarrt, im Mund das Käsestück.
Der Rabe und der Fuchs

Quark und Käse wurden früher selbstgemacht. Erst heutzutage ist es möglich, daß man sie überall kaufen kann, ohne einen Gedanken an ihre Herstellung zu verschwenden.

Hausgemachter Quarkkäse

Zutaten: 500 g Quark, 50 g Butter, 100 g saure Sahne, 5 Eier, 1 TL Zucker, Salz

Zubereitung: Quark ausdrücken und durch ein Sieb rühren. Unter Rühren zerriebene Butter, schaumig geschlagene Eier, Zucker, Salz, saure Sahne und nach Belieben Gewürze (zum Beispiel Kümmel) hinzugeben. Gut verrührte Masse in eine passend große Form oder Schüssel geben, zugedeckt und mit einem Gewicht beschwert kühl stellen.

Doch warum kann Freund Sawwa nur mit Grütze
und Hammel, Schtschi und Hammel uns bewirten?
Weil er als Koch für freche Küchenwitze
aufs Land verbannt ward zu den Hammelhirten.
So kommt's, daß Sawwas Küche meiner gleicht.
Der Hirte

Schtschi mit Hammelfleisch

Zutaten: 500 g Hammelfleisch mit Knochen, Suppengrün, 400 g feingeschnittenes Weißkraut, 4 Kartoffeln, 4 gehackte Möhren, 1 in Halbringe geschnittene Zwiebel, 40 g zerlassene Butter, 2 EL Tomatenmark, 1 Lorbeerblatt, Petersilie, ½ TL gemahlener schwarzer Pfeffer, Salz

Zubereitung: Fleisch mit Knochen und zusammen mit dem Suppengrün in gesalzenem Wasser garen, herausnehmen und in einer Schüssel beiseite stellen. Weißkraut in die heiße Brühe geben; Petersilie, Möhren und Zwiebeln in Butter und Tomatenmark andünsten und zusammen mit den Kartoffeln ebenfalls in die Brühe geben; alles 20–25 Minuten kochen. 10 Minuten vor Ablauf der Garzeit salzen und nach Belieben würzen. Fleisch gesondert servieren oder in Würfel geschnitten den Schtschi beifügen.

Die Anekdote eines Zeitgenossen bestätigt ein weiteres Mal auf amüsante Weise, mit welch gutem Appetit Krylow gesegnet war: Ein Witzbold wollte die Grenze herausfinden, an der unser fabeldichtender Vielesser die Segel streicht, und lud ihn zu einem Dinner ein. Krylow verspätete sich, was der Gastgeber erfreut zum Anlaß nahm, ihm zum Scherz eine Strafe aufzuerlegen – er möge vor aller Augen eine ganze Terrine italienischer Makkaroni essen. Mit Vergnügen fügte sich Krylow seiner Strafe. Dann wurde ihm noch etliches anderes vorgesetzt – Suppe, Haselhuhn, Hasenbraten, Fisch ... Krylow bewältigte alles spielend und lobte besonders den Sterlet und die Füllung des Haselhuhns.

»Was macht Euer Magen, Verehrtester, tut er nicht gar weh?« fragte der Gastgeber beim Abschied.

»Was soll er machen? Er verdaut«, war die Antwort.

Die folgenden Rezepte habe ich ausschließlich Kochbüchern aus Krylows Zeiten entnommen.

Gefülltes Haselhuhn

Zutaten: 3–4 Haselhühner, ½ Kalbsleber, 3–4 Lorbeerblätter, ½ Brötchen, ½ Pfund Schweinespeck, 5–6 Eier, ⅜ Pfund Butter, 5 Pfefferkörner, Salz

Zutaten für das Beilagennest: 2 rote Bete, 2 mittelgroße Kartoffeln, 5 schwarze Oliven, 1 TL Senf, 2 EL Olivenöl, 1 TL Essig

Zubereitung der Füllung: Leber in kleine Stücke schneiden, zusammen mit Lorbeerblättern, Pfeffer und Speck anbraten, abkühlen lassen, fein hacken und in Wasser eingeweichtes und ausgedrücktes Brötchen, Eier und Salz hinzugeben; alles erst durch den Fleischwolf drehen, dann durch ein Sieb rühren.

Zubereitung des Beilagennests: Rote Bete backen, Kartoffeln kochen, beides schälen, kleinschneiden und Oliven darunter mischen. Senf mit Olivenöl und Essig vermischen. Alles vermengen und zu einem runden Beilagennest formen.

Zubereitung der Haselhühner: Haselhühner säubern, längs der Wirbelsäule zerteilen, Knochen behutsam entfernen, damit die Haut nicht verletzt wird; Klauen und Flügel abtrennen. Haselhühner mit der Füllung stopfen, mit zerlassener Butter im Ofen braten, abkühlen lassen und in Portionen schneiden. Auf die Beilagennester geben.

Sterlet in Sekt

Zutaten: 3 Pfund Sterlet, Saft einer ½ Zitrone, 2–3 Glas Sekt, ⅛–¼ Pfund Butter, Salz

Zubereitung: Bevor der geschuppte und ausgenommene Sterlet weiter zubereitet wird, empfiehlt es sich, wie beim Stör die Rückensehne zu entfernen, und zwar so: Den Rücken dicht am Schwanz einschneiden und die längs der Wirbelsäule verlaufende Sehne vorsichtig herausziehen. Wenn sie abreißt, es über einen Einschnitt weiter vorn noch einmal versuchen. Sterlet säubern, in kaltem Wasser waschen, mit einem Tuch trockentupfen und enthäuten; dann in kleine Stücke schneiden und diese dicht beieinander in eine versilberte oder vernickelte Pfanne legen; Butter, Salz, Zitrone hinzugeben und mit Sekt ablöschen. 15 Minuten sieden lassen, dann unverzüglich im Kochgefäß auftragen.

Gebratener Sterlet

Zutaten: 3 Pfund Sterlet, 3 Eier, 2–3 EL Paniermehl, Butter, Salz

Zubereitung: Sterlet wie oben beschrieben säubern, waschen und abtrocknen; dann salzen, in größere Stücke schneiden und auf einem Rost über Dampf garen. Kurz vor Ablauf der Garzeit Stücke mit einem Schaumlöffel herausnehmen, mit einem Tuch trockentupfen, erst in Ei und Paniermehl, dann in Butter und Paniermehl wälzen und in Butter braten. Mit Sauce provençale servieren.

Hase in verschiedenen Zubereitungsarten war in Rußland zu allen Zeiten ein begehrtes und hochangesehenes Essen. Keine Festtafel, auf der er hätte fehlen dürfen. Im folgenden ein Rezept aus dem 19. Jahrhundert.

Doch zuvor einige grundsätzliche Ratschläge für diejenigen, die einen frisch erlegten Hasen zubereiten möchten.

1. Die dafür günstigste Zeit sind die Monate September bis März,
2. das Fleisch des grauen Hasen ist zum Verzehr besser geeignet als das des weißen, des sogenannten Schneehasen,
3. das Fleisch des jungen (unter einem Jahr alten) Hasen schmeckt am besten, weil es am zartesten ist,
4. bevor er verarbeitet wird, sollte er drei Tage mit Fell gelagert werden,

5. der Hase sollte erst nach Abziehen des Fells ausgeweidet werden,
6. sein Fell sollte erst zwei Tage vor der Zubereitung abgezogen werden,
7. der ausgeweidete Hase sollte mit Essig eingerieben und 1–2 weitere Tage liegen oder für dieselbe Zeit in Wasser oder Kwas eingelegt werden.

Zubereitung: Hasen außen und innen waschen, mit Salz einreiben (½ TL pro Pfund), mit ⅛–¼ Pfund in Stifte geschnittenem Speck spicken, auf ein Backblech legen, mit 2–3 EL Wasser beträufeln und ¼ Pfund Butter einreiben. Backblech in den stark vorgeheizten Ofen schieben, Hasen von allen Seiten kroßbraun braten, danach bei gedrosselter Hitze weiterbraten und alle 10 Minuten mit Bratensaft und ½ EL saurer Sahne begießen; 5–10 Minuten vor Ablauf der 1–1½ Stunden Bratzeit mit Paniermehl bestreuen. In Portionen geschnitten auftragen.

Hase in Hasenleber-Weißwein-Sauce

Zutaten: 12 Pfund Hase, ⅛–¼ Pfund Schweinespeck, 2–3 EL Wasser, ¼ Pfund Butter, ½ Glas saure Sahne oder Rote-Bete-Saft, ½ zerriebenes Brötchen, Essig, Schwarze-Johannisbeeren-Warenje, 6 TL Salz

Zutaten für die Sauce: 1 Hasenleber, ½ EL Butter, ½ EL Mehl, 2 EL Bouillon, 1 Glas Weißwein, Salz

Zubereitung: Hasen wie oben beschrieben braten. Leber weich kochen, zerstampfen, mit Butter und Mehl verrühren und aufkochen, danach Weißwein, Bouillon und Salz hinzugeben und kurze Zeit weiterkochen. Bratensaft hinzugießen, alles verrühren und durch ein Tuch seihen. Hasen in Portionen schneiden, in eine Schüssel geben und mit der Sauce übergießen. Mit Schwarze-Johannisbeeren-Warenje servieren.

Hasenkäse zum Frühstück

Zutaten: 1 Hase, Rührei von 5 Eiern, ⅜ Pfund geriebener Käse, 3–4 Trüffel, 40 g Trockenbouillon, ¼ Glas Weißwein, 1 Pfund Butter, geriebene Muskatnuß, Essig, Olivenöl

Zubereitung: Hasen vorbereiten und, wie oben beschrieben, braten; nach der Hälfte der Garzeit in Stücke teilen, diese in einen Topf geben und nach Zugabe von ⅛ Pfund Butter zugedeckt zu Ende garen. Fleisch von Knochen lösen, fein hacken oder durch den Fleischwolf drehen, Rührei, ¼ Pfund geriebenen Käse und ½ Pfund Butter hinzufügen, alles zerstampfen und durch ein Sieb reiben; anschließend etwas Muskatnuß, die in 1 EL Wasser aufgelöste Trockenbouillon, Weißwein und gehackte Trüffel hinzugeben, und alles verrühren; in einem Topf Butter zerlassen, mit geriebenem Käse bestreuen, die Fleisch-Ei-Käse-Masse einfüllen und durchbraten; sobald sie abgekühlt und erstarrt ist, in kleine Stücke schneiden. Mit Essig und Olivenöl anrichten.

Oftmals, wenn ich in St. Petersburg bin, gehe ich in den Sommergarten, um dort meinem lieben Krylow-Denkmal einen Besuch abzustatten. Unser verehrter Fabeldichter wurde von seinem Schöpfer, dem Bildhauer Peter Clodt, so verewigt, wie ich ihn mir von Kindesbeinen an vorgestellt habe – sinnenfroh-korpulent, ernst und heiter zugleich, ein gütiger, weiser Mann vorgerückten Alters, auf den Knien ein aufgeschlagenes Buch, auf das er versonnen niederblickt, und zu seinen Füßen auf einem Hochrelief eine Reihe fröhlicher Tiere, die Helden seiner wichtigsten Fabeln. Krylow war 30 Jahre älter als Puschkin und 45 Jahre älter als Lermontow, hat aber beide überlebt, von anderen gleichaltrigen Zeitgenossen ganz zu schweigen. Er hat für Rußland Großes geleistet, indem er die Fabel als literarisches Genre begründete und darüber hinaus eine ganze Reihe ethischer Maximen schuf, die allgemeine Anerkennung und Wertschätzung fanden.

Alexander Puschkin

Mein liebstes Puschkin-Denkmal steht im Hof eines schönen alten Hauses in der Straße an der Moika in St. Petersburg. In diesem Haus, das einst den Wolkonskijs, einer angesehenen russischen Adelsfamilie, gehörte, starb Puschkin nach seinem Duell. Das Denkmal, eine Arbeit des Bildhauers Nikolaj Dydykin, wurde 1951 aufgestellt. Meine Großmutter hatte es 1952 gesehen, und sie war davon so voll des Lobes, daß ich mir vornahm, es recht bald einmal selbst in Augenschein zu nehmen. Sie betonte, wie gut es zu seiner Umgebung, dem Hofrondell, passe und wieviel interessanter es gestaltet sei als das andere, bekanntere St. Petersburger Puschkin-Denkmal in der Puschkinstraße.

Doch das Ziel meiner ersten Reise nach St. Petersburg (das damals noch Leningrad hieß) war dann nicht allein dieses Denkmal; wißbegierig und bildungsbeflissen, wie ich in meiner Jugend war, wollte ich mir alle bekannteren Sehenswürdigkeiten der Stadt ansehen, doch in erster Linie natürlich diejenigen, die meinen Abgott Puschkin betrafen.

Unsere großen lyrischen Dichter schenkten dem Essen und Trinken meist wenig Beachtung, ihr Blick war mehr auf die seelisch-geistige Welt des Menschen gerichtet. Allenfalls in ihren größeren Verserzählungen tauchen Einzelheiten auf, die Streiflichter auf die Eßkultur ihrer Zeit werfen. In Puschkins *Eugen Onegin* etwa. Was aß die »goldene Jugend« des beginnenden 19. Jahrhunderts? In der 16. Strophe des ersten Kapitels ist von Roastbeef, Trüffeln, Straßburger Pastete und Ananas die Rede. Das Attribut »golden« bezog sich allerdings nur auf die städtische Jugend. Was also wurde auf dem Land gegessen? Sehen wir im zweiten Kapitel nach; hier hat sich Titelheld Onegin auf sein Landgut zurückgezogen; von einer benachbarten Gutsbesitzerfamilie, den Larins, wird berichtet, daß bei ihnen Blini und Kwas auf den Tisch kommen.

Und was aß Puschkin selbst am liebsten? Aus zeitgenössischen Erinnerungen wissen wir, daß er auf erlesenes Essen keinen großen Wert legte. Er begnügte sich mit einfacher russischer Kost und war zufrieden, wenn seine Köchin ihm Suppe mit Huhn und hausgemachten Nudeln, Kuchenbrötchen und das eine oder andere süße oder salzige Hausgebäck vorsetzte. Oder auch nur Bratkartoffeln. »Kartoffeln à la Puschkin« sind nichts weiter als Pellkartoffeln, in Scheiben geschnitten, gesalzen und in Butter oder Öl kroß gebraten.

»Ich habe Bratkartoffeln mit Spiegelei gegessen. Mein Mittagsmahl«, schrieb unser Dichter aus Michailowskoje, seinem Stammgut und zeitweiligen Verbannungsort. Und aus Boldino teilte er mit: »Zu Mittag esse ich Kartoffeln und Buchweizengrütze.« Auch zu den Fasten aß er am liebsten nur Bratkartoffeln; im Spätsommer und Herbst kamen oft noch geschmorte Steinpilze hinzu.

In seinem Büchlein *Eine Tafelchronik* berichtet Puschkins Zeitgenosse Pjotr Wjasemskij von den Tischrunden seines Freundeskreises. Darin ist zu lesen: »Und nicht zu vergessen Puschkin! Er ist beileibe kein Feinschmecker gewesen. Aus Essen machte er sich nichts; mir scheint sogar, von den Geheimnissen einer guten Küche hat er keine Ahnung gehabt. Aber auf bestimmte Dinge war er versessen. Einmal fuhren wir zusammen über Land, da kaufte er an der Straße zwanzig Pfirsiche und schlang noch in der Kalesche einen nach dem anderen herunter. Auch von eingelegten Äpfeln konnte er sich in dieser Weise hinreißen lassen.«

Und von seinen Hausgenossen ist überliefert: Wenn sein geliebtes Stachelbeerwarenje auf den Tisch kam, konnte es geschehen, daß er das Schälchen beiseite schob und sich der ganzen Schüssel bemächtigte. Sein Ein und Alles aber waren eingelegte Äpfel. Wenn er in Michailowskoje nach stundenlangem Schreiben einen Text abgeschlossen hatte, befiel ihn zuweilen solch ein Appetit auf Süßes und Frisches, daß er, egal, wie spät es schon war, und sei es nach Mitternacht, zur Haushälterin Akulina Panfilowna lief, diese knurrend noch einmal aufstand und für ihn in den Vorratskeller stieg. Briefe an seine Nachbarin Praskowja Ossipowa-Wulf, Herrin von Gut Trigorskoje, unterschrieb er nie anders als mit »Ihr Apfelstrudel«, denn wegen seiner Vorliebe für Äpfel buk sie ihm häufig Apfelpiroggen.

Als ich dies las, fiel mir eine Tagebuchnotiz eines gewissen Iwan Ignatjewitsch Lapin ein, die ich einmal in der russischen Ausgabe von *A. S. Puschkin in den Erinnerungen seiner Zeitgenossen* als Zitat gefunden hatte: »1825, 29. Mai, Kloster Swjatogorsk … Hier wurde uns das Glück zuteil, Herrn Alexander Sergejewitsch Puschkin zu Gesicht zu bekommen. Sein Erscheinungsbild hat mich ein wenig verwirrt, muß ich gestehen. Er trug einen Strohhut und ein rotes Baumwollhemd mit blauem Gürtel, und seine Wangenkoteletten waren so lang und struppig, daß man sie gut und gern für einen Vollbart halten konnte. Er stand auf einen eisernen Gehstock gestützt, schälte mit seinen merkwürdig langen Fingernägeln Apfelsinen und aß sie mit großem Appetit, wohl mindestens sechs, sieben Stück hintereinander.« – Womit beschäftigen sich nur all unsere gepriesenen Puschkin-Experten! Unbegreiflich, daß noch niemand auf die Idee gekommen ist, eine Dissertation zum Thema *A. S. Puschkin und das Obst* zu verfassen!

Wenn Puschkin durstig war, ließ er sich schwarzen Kaffee, Preiselbeerwasser, Moosbeerensaft oder Kissel bzw. Warenez bringen (beides eine Art Milchsuppe, erstere kalt, letztere warm und meist mit Biestmilch, d. h. der Erstmilch einer Kuh, die gekalbt hat). Stärkere Spirituosen trank er nur selten, ausgenommen Rumpunsch. Den nannte er übrigens »Benckendorff«, nach dem Gendarmeriechef von Moskau, wegen seiner, wie er versicherte, »befriedenden« Wirkung auf den »rebellischen« Magen.

Doch auch Champagner und französischen Weinen sprach er gern zu. Laut dem *Wörterbuch der Sprache Alexander Puschkins* finden sich in seinem Werk 176mal das Wort »Wein«, 24mal das Wort »Champagner« und mehrfach die

Namen so bekannter Champagnermarken wie Moët und Veuve Clicquot. Der junge Puschkin pries den Champagner in höchsten Tönen, machte in dessen »schäumender Frische« eine »Magie« aus, die »nicht in Worte« zu fassen sei. In seinem Frühwerk *Mozart und Salieri* heißt es daher nicht von ungefähr: »Wenn sich verdüstern Herz und Geist, / entkorke eilends den Champagner.«

Besonders liebte er die Kombination von Blini und Champagner; diese pflegte er in einem Zigeunerrestaurant zu bestellen, wo er gern einkehrte. Als er 1824 auf einer Reise einen Tag Rast in Mogiljow machte, trugen ihm junge Verehrer seiner Poesie an, in einer Wanne Champagner zu baden. Er erwiderte: »Habt tausend Dank, meine Freunde, in Champagner zu planschen würde mir wahrlich gefallen, aber meine Zeit drängt, ich muß fahren.« Es war vier Uhr morgens. Die junge Schar begleitete ihn zur Poststation, »ließ noch einmal den Champagner zischen und wünschte dem Dichter unter Hochrufen eine glückliche Reise«.

Doch mit den Jahren, wie wohl bei einem jeden, vollzog sich bei Puschkins Trinkvorlieben ein Wandel. Bordeauxweine (die originalen aus der Gascogne) sind bekanntlich besonders bekömmlich. In einem heiter-wehmütigen Rückblick den Wein seiner Jugend, den »spritzigen Ay«, preisend, schrieb der nicht mehr junge Puschkin: »Doch meinem Magen gegenüber / betrug sich sein Geprickel so, / daß ich es heute halte lieber / mit dem besonnenen Bordeaux.«

Übrigens, als ich unlängst verschiedenes von Puschkin wieder las, fiel mir ein wesentlicher Unterschied der damaligen Tischsitten zu unseren Gewohnheiten auf: Heute stoßen wir miteinander an, trinken und wenden uns dem Essen zu. Im 19. Jahrhundert wurde erst nach dem Essen zum Glas gegriffen. Alkoholische Getränke trank man erst, wenn die berühmte »gute Grundlage« da war. Bei Puschkin drückt sich das beispielsweise in diesen Zeilen aus: »Nun will der Durst mit kühlem Wein / das fette Kalbskotelett begießen.«

Vielleicht sollten wir die guten alten Sitten nicht gar zu sehr verschmähen?

Sie hielten auf den alten Rahmen
von Brauch und Sitte wählerisch.
Zur Fastenbutterwoche kamen
nur russische Blini auf den Tisch …
Nicht fehlen durfte auch der Kwas.
Und Gästen ward, wie's sich gebührt,
nach Rang und Ansehen serviert.

Eugen Onegin

Blini

Zutaten: 450 g Weizenmehl, 2 Glas Wasser, 40 g Hefe, 4–5 Glas Milch, 80 g zerlassene Butter, 2 Eigelb, 2 Eiweiß, 2 EL Zucker, Salz

Zubereitung: Hefe in Wasser auflösen, ein Drittel des Mehls hinzugeben, beides gut verrühren und eine Stunde warm stellen. Wenn der Vorteig zu gehen beginnt, erst Zucker, Eigelb, Butter und Salz, dann das übrige Mehl unterrühren. Den glattgerührten Teig mit warmer Milch, die langsam unter Rühren hinzuzugeben ist, verdünnen, zugedeckt warm stellen und noch einmal gehen lassen; anschließend das schaumig geschlagene Eiweiß unterrühren. Aus dem Teig in der Pfanne oder im Ofen Fladen in Tellergröße backen. Blini geraten am besten, wenn ihr Teig mindestens zwei-, dreimal gegangen ist. Serviert werden sie mit zerlassener Butter, Honig und Warenje.

Das Klappern der Teller und Löffel verschmolz mit dem hellen Stimmengewirr der Unterhaltung; Kirila Petrowitsch umfing die Runde mit zufriedenem Blick, der Genugtuung des Gastgebers hingegeben … »Sie belieben zu scherzen, Väterchen Kirila Petrowitsch«, brummte Anton Pafnutjitsch mit schiefem Lächeln, »aber, bei Gott, wir sind vollends ruiniert!« Und er nahm einen Bissen von der fetten Kulebjaka und schluckte ihn samt dem herrschaftlichen Scherz seines Gastgebers herunter. Dubrowski

Die Kulebjaka gehört zu den ältesten Teiggebäcken der russischen Küche und unterscheidet sich von der üblichen Pirogge insofern, als daß sie schmaler und höher ist und mehrere verschiedene Füllungen hat.

Festtagskulebjaka

Zutaten: 1 kg Weizenmehl, 350 ml Milch, 100–125 g Butter, 4–5 Eigelb, 2 EL Zucker, Salz, 50 g Hefe (nach Belieben)

Zutaten für die Füllung: ¾ Glas Reis oder Buchweizengrütze, 300 g Fisch- oder Rinderfilet, 2 feingehackte Zwiebeln, 2–3 EL Speiseöl, ½ Glas Wasser, Salz

Zubereitung der Füllung: Reis oder Buchweizengrütze in gesalzenem, mit etwas Speiseöl versetztem Wasser halbgar kochen. In kleine Stücke geschnittenes Fisch- oder Rinderfilet in Butter halbgar dünsten, dann zu Reis oder Grütze geben und zusammen zu Ende garen; im verbliebenen Fisch- oder Fleischsud Zwiebeln andünsten, diese dann unterrühren.

Zubereitung: Einen festeren Teig mit oder ohne Hefe zubereiten, in Backblechgröße ausrollen, auf ein mehlbestäubtes Handtuch breiten und Füllung in Form eines länglichen Streifens in der Mitte anordnen. Für die Füllung der unteren Teigschicht eine trockenere Substanz, Reis oder Buchweizengrütze, und für die Füllung der oberen Schicht zerkleinertes und angedünstetes Fisch- oder Rinderfilet nehmen. Rand der unteren Schicht hochschlagen und mit dem der oberen zusammendrücken. Backfertige Kulebjaka mit dem Handtuch auf ein eingefettetes Blech heben, in den warmen Ofen stellen und gehen lassen; danach mit Eigelb bepinseln und an verschiedenen Stellen einstechen, damit der Backdampf entweichen kann. 45–60 Minuten bei kräftiger Hitze backen; Kulebjaka währenddessen mehrmals umdrehen, damit die Kruste gleichmäßig bräunt. Zur Prüfung des Backstadiums Holzstäbchen in den Teig stechen; wenn keine Teigpartikel mehr haftenbleiben, ist die Kulebjaka fertig.

Wir hatten drei Stunden bei Tisch gesessen, und es war ein wundervolles Essen gewesen; eine Blanc-Manger-Dessert, blau, rot und gestreift.
Erzählungen Belkins

Ende des 18., Anfang des 19. Jahrhunderts war in den gehobenen Kreisen Rußlands eine Nachspeise sehr beliebt, die Blanc-Manger heißt, weiße Speise.

Alexander Puschkin erwähnt sie in seinem Werk *Eugen Onegin* bei der Beschreibung des Namens Tatjana.

Blanc-Manger auf russische Art

Zutaten: 2 Glas Mandeln, 4 Glas Milch, ¾ Glas Zucker, 10 weiße Gelatineblätter (für rosa Blanc Manger: 8 weiße und 2 rote Gelatineblätter)

Zubereitung: Gelatine in ½ Glas warmem Wasser auflösen. Mandeln fein reiben, etwas Wasser hinzugeben, rühren. In einem Topf die Milch mit dem Zucker aufkochen lassen. Die Milch durch eine Stoffserviette abseihen. Die aufgelöste Gelatine unter die Mandelmilch geben, alles in Förmchen füllen und für 5 Stunden kühl stellen. Vor dem Servieren auf einen Teller stürzen. Nach Belieben können aus der Mandelmasse Plätzchen gebacken werden.

Der Polizeihauptmann steckte friedlich das Papier wieder in den Rock und wandte sich wortlos seiner Portion Gänsebraten mit Kraut zu.
Dubrowski

Auf meinen Streifzügen durch die St. Petersburger Altstadt wurde ich einmal von einem Puschkin-Forscher begleitet, der mir auf Schritt und Tritt etwas aus Puschkins Leben erzählte. Auf der Malaja-Morskaja-Straße deutete er auf Haus Nr. 21 mit der Bemerkung: »Hier tagte immer die Gesellschaft Arsamas.« Dieser literarischen Vereinigung hat bekanntlich der junge Puschkin angehört. Sie wurde 1815 gegründet und nach der Provinzstadt Arsamas benannt, die für ihre Gänsezucht berühmt war. Die Zusammenkünfte pflegte man mit einem guten Essen zu beschließen, und der Dichter Wassilij Schukowskij, Begründer und Seele der Gesellschaft, bestand darauf, daß es jedesmal Gänsebraten gab. Er regte sogar an, auf dem Arsamas-Wappen eine gebratene Gans abzubilden.

Im Herbst 1975 beschlossen meine Freunde und ich, den 160. Jahrestag dieser historischen Gesellschaft zu feiern und dazu ein Abendessen mit »Gans auf arsamasische Art« und literarischen Einlagen zu arrangieren. Wer die Gans zubereiten sollte, entschied das Los. Es fiel auf mich. Zu meinem Mißmut, muß ich gestehen, denn die einzigen beiden Gänsebraten meines bisherigen Lebens hatte ich in gar zu trauriger Erinnerung.

Die erste Gans gab es zu einem Weihnachtsfest in meiner Kindheit. Ich weiß noch, wie ich weinend hinauslief, als meine Mutter sie feierlich auftrug. Die Sache war nämlich die, daß ich eines Tages im Frühjahr, als ich auf dem Hof gespielt hatte, einer unserer Hausgänse den Rücken gestreichelt hatte, woraufhin diese sich angewöhnt hatte, jeden Morgen vor dem Haus auf mich zu warten, um sich streicheln zu lassen. Bald brachte sie eine Freundin mit, die auch gestreichelt werden wollte. Später las ich einmal, daß Gänse sehr empfänglich für Streicheleinheiten sind. So streichelte ich sie alle beide, die eine mit der rechten, die andere mit der linken Hand. Und eine der beiden war nun auf unserer Tafel gelandet.

Den zweiten Gänsebraten bereitete ich selbst zu, und zwar für eine Gästerunde, deren inoffizielle Hauptfigur – ein Junge, in den ich heimlich verliebt war – mich schnöde versetzte. Klar, daß da auch der beste Braten nicht schmecken will.

Jetzt war also mein dritter Gänsebraten an der Reihe. Dem stand von vornherein die bekannte damalige Schwierigkeit entgegen, daß es im offiziellen Handel keine Gänse zu kaufen gab. Aber eine Nachbarin half mir aus dieser Misere. Sie arbeitete in einem Holzverarbeitungskombinat, das anläßlich des »Großen Oktober« (der Feierlichkeiten zum Jahrestag der Oktoberrevolution) jedem seiner Beschäftigten einen »Gänsegutschein« stiftete. Durch einen glücklichen Zufall war sie in den Besitz zweier solcher Scheine gelangt. Die Gänse aber wurden im Kombinat ausgegeben, und die Pförtnerin wachte mit Argusaugen darüber, daß jeder nur mit einer Gans das Tor passierte. In dieser mißlichen Lage rief die Nachbarin mich an und verriet mir verschwörerisch, an welcher Stelle des Zauns sie ihre Beute hinüberwerfen würde. Das Manöver gelang, die tiefgefrorene Gans purzelte mir zum vereinbarten Zeitpunkt vor die Füße. Nun kam es nur noch auf die richtige Zubereitung an.

Gans auf arsamasische Art

Zutaten: 1 Mastgans, 1 kg Sauerkraut oder frisches Weißkraut, 4–5 herbe Äpfel, 50 g Gänseschmalz, Pfeffer, Salz

Zubereitung: Die Gans mit ihren zerkleinerten Innereien (Leber, Nieren, Herz) und Kraut füllen (wenn sie mit Sauerkraut zubereitet wird, dann ohne Äpfel; wenn mit Weißkraut, dann mit Äpfeln), mit Pfeffer und Salz einreiben und mit einem festen Faden zunähen. Das übrige Kraut auf ein eingefettetes Blech breiten, die gefüllte Gans darauf betten und in den vorgeheizten Ofen schieben. Nach dem Garen auf einen angemessen großen Bratenteller heben und den Faden entfernen. Füllung herausnehmen und um den Braten herumlegen. Eine auf diese Weise angerichtete Gans gilt als Krönung jeder Tafel.

Stellen Sie sich vor, Sie wären bei Puschkin zum Essen eingeladen und es gäbe Brennesselsuppe mit harten Eiern und Frikadellen mit Spinat und Sauerampfer. Was würden Sie davon halten? Puschkins Bekannte Alexandra Smirnowa-Rosset zumindest scheint keinen Anstoß an den Speisen genommen zu haben, denn beiläufig berichtete sie, daß es diese zum Mittagessen bei Puschkin gegeben habe.

Grüne Schtschi sollen Puschkins liebstes Frühlingsessen gewesen sein. Ihr Rezept hat bemerkenswert lange unverändert überdauert – über zweihundert Jahre. Diese Schtschi werden gerne rein vegetarisch zubereitet, doch auf Fleischbouillonbasis gekocht, schmecken sie entschieden am besten.

Grüne Schtschi

Zutaten: 2–3 Pfund Rind- oder Schweinefleisch, 2 Zwiebeln, ½ Pfund Sauerampfer und Spinat (oder ½ Pfund Brennesseln), Suppengrün, 1 EL Butter, ½ EL Mehl, ½ Glas Schmand, 1–2 getrocknete Pilze, 2 Kartoffeln, 2 Lorbeerblätter, Pfeffer, Salz

Zubereitung: Rind- oder Schweinefleisch mit Knochen waschen, 2–3 Stunden mit Lorbeerblatt, Salz, Pfefferkörnern, Zwiebeln und Pilzen kochen. Frischen Sauerampfer und Spinat oder frische Brennesseln sorgfältig waschen, hacken und in Butter andünsten; Mehl hinzugeben. In die abgeseihte Bouillon geschälte und gewürfelte rohe Kartoffeln geben, nach 10 Minuten Kochzeit gehacktes Suppengrün hinzugeben, und alles noch einmal 15 Minuten kochen. Abschließend ein mit Schmand verquirltes rohes Ei einrühren. Oder ein halbes hartes Ei und 1 EL Schmand in jeden Teller geben. Nach Belieben können auch Graupen, Möhren- und/oder Rübenwürfel mitgekocht werden.

Bohnensuppe

Zutaten: 600 ml Geflügelbrühe, 150 ml Milch, 500 g dicke Bohnen, 200 g Sellerie, 1 Zwiebel, 1–2 Knoblauchzehen, 1 EL Öl, geriebene Muskatnuß, Pfeffer, Salz

Zubereitung: Bohnen 2 Minuten in Salzwasser kochen. Haut abziehen. Sellerie und Zwiebel würfeln und in Öl andünsten. Brühe hinzugießen und aufkochen lassen. Bohnen hinzugeben, 10 Minuten kochen, anschließend würzen. Suppe pürieren und durch ein Sieb streichen. ½ TL Öl erhitzen, den gehackten Knoblauch anrösten, Milch hinzugießen, erwärmen, mit Pfeffer, Salz und Muskat würzen. Milch mit dem Pürierstab aufschäumen. Dann die Suppe in eine Terrine füllen und den Milchschaum darübergeben.

Pirogge mit Stör

Zutaten für den Teig: 700 g Mehl, 30 g frische Hefe, 400 ml Milch, 1 EL Sonnenblumenöl, 100 g Butter, 3 Eigelb, 1 EL Zucker, 1 TL Salz, 1 Ei zum Bestreichen, Butter zum Begießen

Zutaten für die Füllung: 800 g Störfilet, 100 g Langkornreis, 1 Stange Lauch, 4 kleine Zwiebeln, 6 EL Sonnenblumenöl, Pfeffer, Salz

Zubereitung: Hefe in warmer Milch auflösen und zusammen mit Eigelb, Zucker, Salz, Mehl, Öl und der zerlassenen Butter zu einem geschmeidigen Teig verarbeiten. Zugedeckt an einem warmen Ort gehen lassen. Reis 1 Stunde in Salzwasser einweichen, abspülen, mit kaltem Wasser aufsetzen, zum Kochen bringen, auf kleinster Flamme gar kochen und anschließend abkühlen lassen. Lauch längs halbieren, waschen und in Salzwasser blanchieren und gut abtropfen lassen. Zwiebeln in Ringe schneiden und in Öl goldbraun braten. Dann mit dem Reis vermischen und mit Pfeffer und Salz abschmecken. Fisch in 1 cm dicke

Würfel schneiden, salzen und etwa 20 Minuten ziehen lassen. Hefeteig teilen und beide Hälften ausrollen. Eine Hälfte des Teigs in dieser Reihenfolge belegen: zuerst Lauch, dann Reis, dann Fisch, zuletzt wieder Reis. Die andere Teighälfte darüberlegen, die Ränder mit Ei bestreichen, fest zusammendrücken und 20 Minuten ruhen lassen, eventuell mit Teigresten verzieren. Mit restlichem Ei bepinseln und bei 180 °C ca. 50 Minuten backen. Mit etwas Butter begießen und, mit einem Tuch bedeckt, noch 10 Minuten ruhen lassen.

Als Puschkin im Sterben lag, bat er um Torfbeeren; seltsamerweise war ihm der Wohlgeschmack dieser bei Michailowskoje wachsenden Moorbeere in den Sinn gekommen.

Eingelegte Torfbeeren

Zubereitung: Gewaschene Beeren in eine Flasche füllen und mit ½ Glas Rum übergießen; Flasche hin- und herrollen, damit sich der Rum gut verteilt; danach Wasser aufgießen und Flasche für Gärprozeß verstöpseln.

Puschkin stellte einmal fest: »Der Magen eines gebildeten Menschen hat die besten Eigenschaften eines edlen Herzens: Sensibilität und Dankbarkeit.«

Nikolaj Gogol

Gogol war ein genialer Poet der russischen wie der ukrainischen Küche. Die Geschichten seiner Helden – Gutsbesitzer, Bauern, Dorfältesten, Kosaken, Handwerker, Beamten, Wandersleute, Zauberer, Wahrsagerinnen und nicht zuletzt Hexen und Teufel in Menschengestalt – sind mit einer Fülle von Speis und Trank angereichert, manches davon ist uns aber heute kaum noch bekannt.

In einer Szene des Romans *Die toten Seelen* läßt sich der alte Geizhals Pljuschkin eine schmackhafte Zwiebackpirogge bringen. Ich möchte Sie an der Wiederentdeckung dieser vormals sehr bekannten, heute fast in Vergessenheit geratenen Pirogge teilhaben lassen.

Einfache süße Zwiebackpirogge

Zutaten: 1½ Glas Brösel von zerriebenem dunklem Zwieback, 11 Glas Zucker, 1 Pfund geschälte Apfelspalten, ⅛ Pfund frische Butter

Zutaten für das Warenje: ¼ Pfund geschälte und entkernte Äpfel, ¼ Pfund Zucker

Zubereitung des Warenje: Äpfel und Zucker verrühren und kochen, bis sie eine dicke Masse bilden.

Zubereitung: Diese Pirogge sollte aus mindestens 3–4 einander abwechselnden Schichten Zwiebackbröseln und Apfelspalten bestehen. Auf den Boden der eingefetteten Backform eine Schicht Zwiebackbrösel, darauf eine Schicht Apfelspalten geben und letztere mit Zucker bestreuen; es folgen eine Schicht Zwiebackbrösel mit Zucker und eine Schicht Apfelspalten ohne Zucker; den Abschluß bilden wiederum Zwiebackbrösel mit Zucker. Das Ganze 1 Stunde bei mäßiger Hitze backen. Fertige Pirogge auf einen Teller anrichten und in noch heißem Zustand mit Warenje bestreichen. Besonders gut schmeckt sie, wenn die Zwiebackbrösel der einzelnen Schichten mit Butter vermischt worden sind.

Hier noch ein Esser aus dem Figurenreigen der unsterblichen *Toten Seelen*: Gutsbesitzer Sobakewitsch. Auf einem Bankett im Haus des Polizeimeisters verleibt er sich binnen fünfzehn Minuten den ganzen kunstvoll angerichteten Stör ein, ohne den anderen Gästen etwas übrigzulassen. Bei dieser Szene fragte ich mich unwillkürlich, wie Stör in den gehobenen Kreisen gogolscher Zeiten zubereitet worden sein mochte, daß er einen derartigen Appetit anregt. Meine alten russischen Kochbücher zu Rate ziehend, kam ich zu folgendem Ergebnis:

Stör in Wein-Kirschsirup-Sauce

Zutaten: 3 Pfund Stör, 2 Möhren, 1 Bund Petersilie, 1 Stange Porree, 2–3 Zwiebeln, 5–6 Pfefferkörner, 3–4 Lorbeerblätter, 1–3 Glas Sauternes, 2–3 Glas Gurkenlauge oder ½ Glas Essig

Zutaten für die Sauce: 2 Stück Zucker, Zitrone oder Essig, ½ Gläschen Olivenöl, 1 EL Butter, 1 EL Mehl, ⅓ Glas Madeira oder Portwein, ⅓ Glas Kirschsirup, 2 Glas Fischbrühe, 3–4 frischgemahlene Nelken, ½ TL Zimt, 2 EL Kapern, 2 EL Oliven oder 2 EL Mixed Pickles

Zubereitung: Stör mehrmals mit Wasser überbrühen, damit sich die Haut ablöst, salzen und 1 Stunde ziehen lassen. Währenddessen Bouillon von Suppengrün und Gewürzen bereiten, abkühlen lassen, mit Sauternes und Gurkenlauge oder Essig abschmecken und Stör darin garen.

Zubereitung der Sauce: Zuckerstücke in einer Pfanne anzünden, 2 EL von der Bouillon hinzugeben, beides in einen Topf umschütten, Olivenöl, Butter und Mehl hinzugeben, alles anschwitzen und mit Fischbrühe, Kirschsirup und Madeira oder Portwein löschen; mit Nelken, Zimt und Zitrone oder Essig würzen. Flüssigkeit unter Rühren kochen, bis sie angedickt ist, danach durch ein Sieb schlagen und nach Zugabe von Kapern und Oliven (oder Mixed Pickles) noch einmal aufkochen. Gegarten Stör auf einen Teller geben und mit der Sauce übergießen.

Obwohl ihn zeitlebens Magenbeschwerden plagten, ist auch Gogol durchaus zu den großen Gourmets unter Rußlands Schriftstellern zu zählen. Er war ein ausgesprochenes Leckermaul. Erstaunt beobachteten Zeitgenossen, welche Unmengen Warenje und Gebäck er zum Tee verputzen konnte. In seiner Jackentasche steckte immer ein Dutzend Karamelbonbons. Von den ukrainischen Gerichten aß er am liebsten Galuschki, Borschtsch, Piroggen und Warenki mit Kirschen. Das geht ebenso aus seinen Werken hervor, wo sie verschiedentlich erwähnt, ein paarmal geradezu hymnisch besungen werden. Auch schätzte er die italienische Küche. Als er in Italien war, setzte er seinen ganzen Ehrgeiz darein, Makkaroni und Fadennudeln selbst zubereiten zu lernen.

Seine Vorliebe für Restaurants mit guter Küche war geradezu sprichwörtlich. Hier die Erinnerung eines Zeitgenossen, der ihm in Italien Gesellschaft leistete: »Einmal gingen wir in eine Trattoria essen. Gogol hatte ausgiebig getafelt, da erschien ein neuer Gast und bestellte sich etwas. Gogol bekam Stielaugen und tat es ihm nach, ich weiß nicht mehr, ob er dasselbe Gericht oder ein anderes bestellte. Als sich sein Begleiter darüber wunderte, sagte er: ›Das hat nichts zu sagen, eigentlich bin ich schon satt.‹«

Gebackene Makkaroni oder Fadennudeln

Zutaten: ½ Pfund Makkaroni oder Fadennudeln, 3 Glas Mehl, 2–3 EL Butter, 2–3 Eigelb, 1–2 Eier, 2–3 Stück Zucker, Streuzucker und Sahne in beliebiger Menge

Zubereitung: Makkaroni oder Fadennudeln in siedendes Salzwasser geben, weich kochen, durch ein Sieb abgießen. In einem anderen Topf Butter zerlassen, Mehl darin anschwitzen, gut abgetropfte Makkaroni oder Fadennudeln und Zucker hinzugeben, Eier hineinschlagen, und alles verrühren. Eine eingefettete Backform mit Paniermehl ausstreuen, abgekühlte Makkaroni oder Fadennudeln hineingeben und 1 Stunde im Ofen bei mittlerer Hitze backen, bis die Oberfläche trocken, braun und knusprig ist. Dazu gesondert Streuzucker und Sahne reichen.

Plötzlich sah Wakula, daß Pazjuk nicht mehr vor Galuschki saß, sondern vor zwei Holzschalen, von denen die eine mit Warenki und die andere mit saurer Sahne gefüllt war, und unwillkürlich folgten seine Gedanken den Augen und richteten sich auf die neue Speise.

Die Nacht vor Weihnachten

Wareniki mit Kirschen

Zutaten: 3 Glas Mehl, 2 Eier, 1 Tasse Wasser, 2½ Pfund Kirschen, ½ Pfund Zucker, saure Sahne, Salz

Zubereitung: Kirschen entsteinen, mitsamt dem Saft zuckern und für 3–4 Stunden in die Sonne stellen. 5–6 Kirschkerne zertrümmern und zusammen mit den übrigen Kernen in ½ Glas Wasser auskochen. Kirschkernsaft und den in ein Gefäß abgeseihten Saft der gezuckerten Kirschen zusammengießen und aufkochen lassen, so daß ein dickerer Sirup entsteht. Aus Mehl, Eiern, Wasser und Salz einen festen Teig kneten. Teig ausrollen und mit einem Glas Kreise ausstechen. Gezuckerte Kirschen gut abtropfen lassen, auf Teigkreise verteilen, diese zusammenklappen und Ränder andrücken. Teigtaschen in siedendes Salzwasser geben, und sobald sie aufsteigen (Zeichen dafür, daß sie gar sind), mit einer Schaumkelle herausnehmen und in einer angewärmten Schüssel anrichten. Dazu Zucker, den abgekühlten Kirschsirup und saure Sahne reichen.

Wareniki mit Sauerkraut

Zutaten: 2 Pfund Sauerkraut, 2–4 feingehackte Zwiebeln, 3 Glas Mehl, 2 Eier, 1 Tasse Wasser, 2–4 EL Butter, Muskatnuß, Pfeffer, Salz

Zubereitung: Kraut mit heißem Wasser übergießen und ausdrücken. Gewürfelte Zwiebeln in 1–2 EL Butter andünsten, Kraut hinzugeben, kurz schmoren, dann verrühren und mit Muskatnuß, Pfeffer und Salz abschmecken. Mit Krautfüllung und Teig verfahren, wie oben beschrieben. Fertige Teigtaschen mit in Butter angedünsteten Zwiebeln bestreuen.

»Ist Spanferkel da?« wandte sich Tschitschikow an die herbeischlurfende Alte. »Ist da.« »Mit Meerrettich und saurer Sahne?« »Mit Meerrettich und saurer Sahne.« »Und Kulebjaka?« »Kulebjaka auch.« »Her damit!« Die Alte entfernte sich geschäftig, kam mit verschiedenem Tischzubehör wieder und tat es Stück für Stück auf den Tisch: einen Teller, eine Serviette, die so steif gestärkt war, daß sie sich wie dürre Baumrinde wölbte, ein Messer mit vergilbtem Elfenbeingriff … eine Gabel mit zwei Zinken und ein zerbeultes Salzfäßchen, das nicht stehen wollte.

Die toten Seelen

Spanferkel gehört bis heute zu den Paradenummern jeder größeren russischen Tafel. Aufgekommen ist es Anfang des 19. Jahrhunderts und erfreute sich alsbald solcher Beliebtheit, daß es jedes herrschaftliche Festmahl krönte, doch auch in

Landgasthöfen zu haben war. Nur auf dem bäuerlichen Tisch, für den es zu kostspielig und luxuriös war, fehlte es.

Spanferkel mit Meerrettich und saurer Sahne

Zutaten: 1 Spanferkel bis zu 10 kg, 3–4 Glas saure Sahne, 5 in Ringe geschnittene, marinierte Zwiebeln, 4 geriebene Meerrettichwurzeln, 1 Knolle Knoblauch, Petersilie, Sellerie, Dill, gemahlener schwarzer Pfeffer, Salz

Zubereitung: Vorbereitetes Spanferkel waschen, abtrocknen, außen und innen mit einem Gemisch aus Salz, Meerrettich, Knoblauch und Pfeffer einreiben und 24 Stunden kühl stellen; danach zusammen mit Zwiebelringen in einen Bräter geben, mit saurer Sahne übergießen und 2–3 Stunden im Ofen braten; anschließend auf einem Tablett oder großen Bratenteller anrichten und mit feingehacktem Dill, Petersilie und Sellerie bestreuen. Gern wird Spanferkel auch mit Buchweizengrütze, Fleischragout oder Obst gefüllt, zusätzlich mit Wein oder Bier begossen, in Teig gehüllt und statt im Ofen über offenem Feuer am Spieß gebraten.

Pirogge mit Kalbskaldaunen

Zutaten für 6–8 Personen: zum Füllen vorbereitete Pirogge, etwa die Hälfte der Kaldaunen eines Kalbes (Pansen, Gekröse), Bouillon, 1 feingehackte Zwiebel, feingehackter Dill, feingehackte Petersilie, 3–4 geraspelte harte Eier, 2 EL Butter, ½ EL Pfeffer, Salz

Zutaten: Kaldaunen in kaltes Wasser legen und 2 Stunden wässern, dabei Wasser mehrmals wechseln; dann in einen anderen Topf geben, mit heißem Wasser übergießen, aufkochen und Wasser abgießen, so wiederum mehrmals hintereinander verfahren; dann noch einmal spülen und fein hacken. Zwiebel in 1 EL Butter anbraten, erst gehackte Kaldaunen, dann restliche Butter hinzugeben, und alles unter Rühren schmoren. Wenn es gar ist, abkühlen lassen und nach Zugabe von etwas Bouillon mit Salz und Pfeffer abschmecken; schließlich mit Dill und Petersilie vermischte Eier unterrühren und vorbereitete Pirogge damit füllen.

> *»Die Schtschi, mein Herz, sind heute sehr gut!« sagte Sobakewitsch, von der Suppe kostend. Dann wälzte er sich ein Riesenstück »Amme« auf den Teller, jene bekannte Suppeneinlage, bestehend aus Hammelmagen, gefüllt mit Buchweizengrütze, Hirn und Pilzstielen. »So eine Amme«, fuhr er, sich an Tschitschikow wendend, fort, »würden Sie in der Stadt nicht bekommen, da wird Ihnen Gott weiß was vorgesetzt.«*
>
> Die toten Seelen

Saure Schtschi

Zutaten: 1 Pfund Rindfleisch, 1 Pfund Schinken, 2–3 getrocknete Pilze, 1 EL Mehl, 1 feingehackte Zwiebel, 1–2 Lorbeerblätter, 3 Glas Sauerkraut, 1 EL Butter, ½–1 Glas saure Sahne, 5–10 Messerspitzen Pfeffer

Zubereitung: Pilze in 1 Glas Wasser einweichen. Von Rindfleisch und Schinken eine Bouillon ohne Salz kochen und in ein Gefäß seihen. Kraut auspressen, Krautsaft beiseite stellen. Wenn das Kraut sehr sauer ist, sollte man es vorher zweimal mit kaltem oder einmal mit warmem Wasser spülen. Heißes Wasser über das ausgedrückte Kraut geben und wieder abgießen. Zwiebel in Butter andünsten, Kraut hineingeben und schmoren. In einem anderen Gefäß Mehl in Butter anschwitzen, mit dem Pilzwasser ablöschen, zusammen mit der Bouillon ins Kraut geben, und alles 1 Stunde köcheln lassen. Falls nötig, Schtschi mit Krautsaft nachsäuern. Anschließend saure Sahne, Lorbeerblätter und Pfeffer hinzugeben, und alles noch einmal aufkochen. Rindfleisch in Scheiben, Schinken in Würfel schneiden und als Beilage zusammen mit Toastbrot oder Buchweizenfladen servieren.

Gefüllter Hammelmagen ist ein klassisches russisches Gericht mit alter Tradition, war früher aber fast ausschließlich reichen Häusern vorbehalten.

Gefüllter Hammelmagen »Amme«

Zutaten: 1 Hammelmagen, 150g Hammelhirn, 500g Hammelfleisch, Hammeltalg, 3 Glas Buchweizen, 3–4 feingehackte Zwiebeln, 3–4 in Würfel geschnittene Möhren, Dill, Petersilie, gemahlener schwarzer Pfeffer, Salz

Zubereitung: Magen in der Mitte aufschneiden, häuten und gründlich waschen. Fleisch in kleine Stücke schneiden; Buchweizen waschen und in zerlassenem Talg andünsten, ebenso Zwiebeln und Möhren. Fleischstücke, Hirn, Buchweizen, Zwiebeln und Möhren in eine Schüssel geben, pfeffern, salzen und sorgfältig verrühren. Magen damit füllen und zunähen. Talg in einem Tontopf zerlassen, gefüllten Magen hineingeben und 3–4 Stunden im Ofen braten. Mit Petersilie und Dill bestreut servieren.

Welche alkoholischen Getränke trank Gogol am liebsten? Wie überliefert ist, vor allem Rumpunsch, so wie viele seiner Schriftstellerkollegen. Wie Puschkin mochte auch er den »Benckendorff« genannten Rumpunsch. In der klassischen russischen Literatur wird seine Zubereitung wiederholt beschrieben, zum Beispiel in dem Roman *Die Schlucht* von Iwan Gontscharow: »Marina brachte eine Flasche Rum und Zitrone und Zucker, und im Handumdrehen begann der Rumpunsch zu dampfen ... Mark rührte ihn ab und zu mit dem Löffel um; der brennende Zucker auf den beiden Gabeln tropfte zischend in den Becher.« Manche verwendeten hierfür auch einen kleinen Rost; sie legten die Zuckerstücke darauf, begossen sie mit Rum und zündeten sie an: Der Zucker schmolz und tropfte in den Becher, der aus Silber sein mußte. Oder sie füllten Weinbrand oder Rum in ein silbernes Gefäß, hielten zwei Degen über Kreuz darüber, auf deren Klingen Zuckerstücke lagen, so daß die Flamme sie erfaßte. Als besonders pikante Note wurde auch ein Schuß Sekt oder edles Obst in den heißen Punsch gegeben. In dem Stück *Das Mädchen ohne Mitgift* von Alexander Ostrowskij bietet der Büfettier Gawrila Ananas an und rühmt sich, stets alles Nötige für Rumpunsch bereit zu haben. »Ich habe mir sogar einen silbernen Topf für solche Leute besorgt.«

In Italien begeisterte sich Gogol für zwei Süßweine – Aleatico und Malaga. Mit Vorliebe knabberte er zu ihnen Eßkastanien, wie sein Begleiter Iwan Panajew berichtete. Malaga war im 19. Jahrhundert auch in Rußland populär, worauf zum Beispiel Kosma Prutkow in seinem humoristischen Gedicht *Der Wunsch Spanier zu sein* anspielt: »Gebt mir Konfektchen, Xérès und Malaga, Pfirsiche und Amulettchen und ein Quastchen für den Degen.« So stellten sich die Russen von dazumal die Attribute eines waschechten Spaniers vor.

Natürlich war Gogol auch kein Champagnerverächter. Überhaupt läßt sich feststellen, daß die russische Literatur des gesamten 19. Jahrhunderts von Champagner nur so überströmt. Den Zechbruder Nosdrjow läßt Gogol in seinen *Toten Seelen* sagen: »Glaubst du, daß ich bei diesem Essen ganz allein siebzehn Flaschen Champagner getrunken habe?«

Wissen Sie, was Gogol-Mogol ist? Ein von Gogol höchstpersönlich kreierter Rumpunsch.

Gogol-Mogol

Zutaten: heiße Ziegenmilch, Rum, Zucker, Eigelb (Mengen nach Belieben)

Zubereitung: Die Vorform des Gogol-Mogol ist ein Gemisch aus heißem Wasser, Rum, Zucker und Eigelb. Gogol variierte es insofern, als daß er den Rum (von dem er stets ein Fläschchen bei sich hatte) nicht mit Wasser, sondern mit heißer Ziegenmilch mixte. Wikentij Weressajew versichert in seinem Buch *Gogol im täglichen Leben*, daß diese Rumpunsch-Variante vorzüglich schmeckte. Lassen Sie es uns nachprüfen! Es gibt aber noch einen anderen russischen Schriftsteller, der seine kulinarische Kreativität am Rumpunsch demonstrierte: Alexander Kuprin. Er zauberte eines Tages für seinen Gast, den Sänger Fjodor Schaljapin, einen Gogol-Mogol-Mix aus Weinbrand, Zucker, Zitrone und Eigelb.

In den Jahren 1843 und 1847 war Gogol zu Gast in Bad Ems. Als ich vor wenigen Jahren einmal dort war, entdeckte ich in einer Konditorei »Gogol-Törtchen«, große Pralinen aus Pistazien, Marzipan und edler Trüffelmasse. Süß und sinnlich!

An seinem Lebensende verweigerte Gogol jegliche Nahrung, so daß er schließlich verhungerte. Die letzten Zeilen aus seiner Feder lauten: »Es sei denn, daß ihr euch umkehret und werdet wie die Kinder, denn so werdet ihr nicht ins Himmelreich kommen. Banne den Satan von neuem mit der geheimen Kraft des unerforschlichen Kreuzes. Was soll ich tun, um die empfangene Lehre auf ewig dankbar im Herzen zu halten? Und schrecklicher als die Geschichte der Geschehnisse des Evangeliums …« Hier bricht der Text ab.

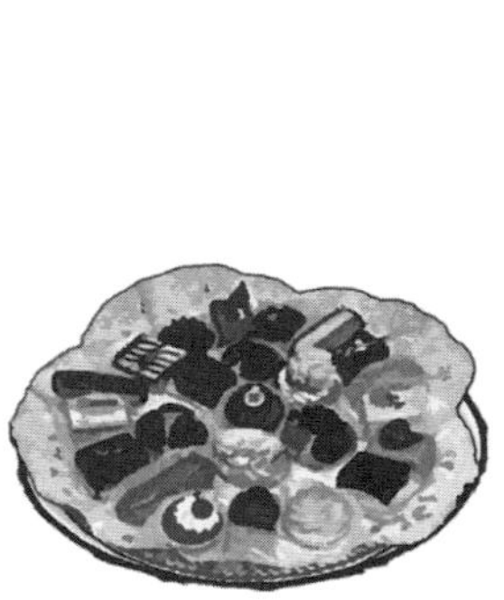

Michail Lermontow

Lermontow war 26 Jahre alt, als er bei einem Duell ums Leben kam. Sein Mörder Nikolaj Martynow wurde in Unehren aus der Armee entlassen und verbrachte den Rest seines Lebens im Höhlenkloster von Kiew. Er wurde zwar kein Mönch, lebte aber weltabgewandt und in sich gekehrt, jeglichen gesellschaftlichen Umgang meidend. Erinnerungen sind von ihm nicht überliefert. Doch seine Reue scheint aufrichtig gewesen zu sein. Er war ständig ins Gebet vertieft, Gott um Vergebung bittend.

Anders Georges-Charles d'Anthès, der Puschkin im Duell getötet hatte. Nach dem Duell aus Rußland ausgewiesen, ging er in seine Heimat Frankreich zurück, hielt sich einige Zeit in Paris auf und ließ sich schließlich auf seinem Stammgut in Soultz nieder (wo es heute ein nach ihm benanntes Hotel gibt). Er lebte unbeschwert bis ins hohe Alter, machte Karriere in Militär und Politik, erwarb sich den Ruf eines Salonlöwen und Don Juan, zeigte keine Scheu, mit Russen zu verkehren. Schuldgefühle oder Gewissensbisse waren ihm fremd; zumindest hat die Puschkin-Forschung nichts gefunden, was darauf schließen ließe; weder in Briefen noch in Gesprächen hat er seine Untat jemals erwähnt, geschweige denn bereut.

Der Aristokratensohn Lermontow besuchte zwar vornehmste Bälle, Soupers und Restaurants, doch von Speisen ist in seinem Werk kaum etwas zu finden. Daher versuchte ich, mit Hilfe von Büchern und Archivalien eine Vorstellung davon zu bekommen, was adlige Großstädter zu seiner Zeit aßen und tranken. Bei dem Historiker M. Pyljajew fand ich ein Dokument, das einen anschaulichen Eindruck hiervon vermittelt – den Tagebuchauszug eines unbekannten jungen Adligen aus der Provinz, der 1829 St. Petersburg besuchte.

»1. Juni. Mittagessen im Hotel *Heide* … Kaum Russen, fast alles nur Ausländer. Essen billig, zwei Rubel in Banknoten, aber kein Bissen Gebäck, und wenn man sonstwas dafür böte. Komische Sitten!

2. Juni. Mittagessen im deutschen Restaurant *Klee* auf dem *Newskij-Prospekt*. Essen billig, bekam Lafite für 1 Rubel, danach aber leider zwei Tage Bauchgrimmen.

3. Juni. Mittagessen bei *Dumet*. Das billigste, doch qualitativ beste Menü von ganz St. Petersburg. *Dumet* genießt das einzigartige Privileg, die Mägen der St. Petersburger Bonvivants und Salonlöwen zu füllen.

4. Juni. Mittagessen nach italienischem Gusto, bei Alexander alias Signor Alessandro, Polizejskij-Brücke an der Moika. Keine Deutschen, dafür jede Menge Franzosen … Makkaroni und Stufato eins a! Die Bedienung ist eine blutjunge Russin mit Namen Maria, die aber Marianna gerufen wird; sie kann prächtig Französisch und Italienisch, hat sich beides selbst beigebracht.

5. Juni. Diesmal kein Essen; hatte zuviel gefrühstückt und keinen Appetit.«

Welche Getränke Lermontow bevorzugte, ist dagegen hinlänglich bekannt. Der deutsche Schriftsteller und Übersetzer Friedrich von Bodenstedt schildert in einem Bericht seine persönliche Bekanntschaft mit Lermontow in Moskau, dabei fällt eine Äußerung, die aufmerken läßt: »Wir saßen bei Champagner. Der Schaum schoß über den Rand.« Auch Lermontow war also dem Champagner nicht abgeneigt und ließ ihn nach Russenart gern »über den Rand« schießen.

An einer Landstraße bei St. Petersburg gibt es ein kleines Gasthaus namens *Rote Schenke*, dessen Geschichte bis zum Anfang des 18. Jahrhunderts zurückreicht. Peter I. hatte es 1706 seinem Dolmetscher Iwanow geschenkt. 1762 soll auch Katharina die Große hier eine Weile abgestiegen sein, um sich zu erholen. Bei Pyljajew heißt es, schon damals sei es unter den jungen Leuten der höheren Kreise üblich gewesen, zwei-, dreimal im Winter hierherzukommen und Trinkgelage abzuhalten. »Champagner bestellte man nicht in Flaschen, sondern in ganzen Kästen. Statt Tee wurde Punsch getrunken. Und Abend für Abend Zigeunertanz und -gesang und ein allgemeiner Ausgelassenheitsrausch. So damals die Vorstellungen von jugendlicher Lebenslust!«

Nicht nur Puschkin, dessen Freund Alexej Wulf in seinen Tagebüchern mehrmals die *Rote Schenke* erwähnt, auch Lermontow war des öfteren hier, und nicht von ungefähr taucht die *Rote Schenke* in seinem autobiographischen Poem *Mongo* auf.

Und was wurde in der *Rote Schenke* zu Punsch und Champagner gegessen? Wulf erwähnt Waffeln – sie seien so »köstlich und sättigend«, daß sie ein ganzes Abendessen ersetzten.

Waffeln aus der Roten Schenke

Zutaten: ⅔ Glas Mehl, 1 Glas Butter, 1 Glas Sahne, 6 Eier, 8 TL Zucker

Zubereitung: Butter zerlassen, etwas (nicht zu sehr) abkühlen lassen und zügig mit Eigelb und Zucker verrühren, bis sie sich weißlich färbt; danach Mehl, Sahne und schaumig geschlagenes Eiweiß unterrühren und sofort backen. Mit Warenje servieren.

Doch sieh (was uns erstaunlich deucht):
der Hausherr selbst begrüßt ihn, reicht
mit Schwung ihm einen Kelch Champagner
und Kirschwarenje

Die Schatzmeistersfrau von Tambow

So ist es in der Tat, zu Champagner wurde Warenje gereicht! In den Aufzeichnungen der amerikanischen Abenteurerin Fanny Lear, die Mitte der 1860er Jahre

Rußland bereist hatte, fand ich es bestätigt: Die vornehme Jugend im Rußland des 19. Jahrhunderts, »goldene Jugend« genannt, aß zu Champagner Süßspeisen und Früchte, zum Beispiel Eiscreme und Apfelsinen. Und eben auch Warenje in allen möglichen Variationen. Hier Beispiele aus alten russischen Kochbüchern.

Kirschwarenje

Zutaten: 1 kg Sauerkirschen, 1,3 kg Zucker, 400 ml Wasser

Zubereitung: Kirschen entkernen und für 1 Minute in ca. 90 °C heißes Wasser legen. In einem Sieb abtropfen lassen und in eine Schüssel füllen. Danach Zucker, Wasser und abgetropften Saft aufkochen, zu Sirup reduzieren, über die Kirschen gießen und 4 Stunden ruhen lassen. Anschließend langsam erhitzen und 5 Minuten aufkochen. Weitere 6 Stunden ziehen lassen, zum Kochen bringen und 10 Minuten aufkochen und anschließend in Gläser füllen und sofort verschließen.

Himbeerwarenje

Zutaten: 1 Pfund Himbeeren, 1½ Pfund zerstampfter Zucker oder Puderzucker

Zubereitung: Himbeeren mit Zucker verrühren und über Nacht kühl stellen. Wenn der Zucker eingezogen ist und die Beeren Saft abgeben, erhitzen. Je nach Dicke des Topfbodens ist das Warenje nach 20–30 Minuten fertig. Wichtig: Dem Beerensaft kein Wasser beimischen.

Stachelbeerwarenje

Zutaten: 1 Pfund Stachelbeeren, 1½ Pfund Zucker, 1 Glas Wasser

Zubereitung: Reife (sich bereits rötende) große Stachelbeeren auswählen, in kaltem Wasser waschen. Wasser und Zucker aufkochen, über die Beeren geben, und alles erst bei kräftiger, dann bei schwacher Hitze kochen.

Melonenwarenje

Zutaten: 1 Melone (noch nicht ganz ausgereift), reiner Alkohol, 2 Pfund Zucker, 1 Glas Wasser

Zubereitung: Die Melone schälen, in mittelgroße Stücke schneiden und diese kräftig mit reinem Alkohol benetzen; ½ Pfund Zucker hinzugeben und 2 Stunden kühl stellen. In einem anderen Gefäß Wasser mit 1½ Pfund Zucker aufkochen und über die Melone geben, sobald es abgekühlt ist. Das Ganze über Nacht stehen lassen; am nächsten Tag den so entstandenen Sirup abgießen und aufkochen, dann abermals abkühlen lassen und wieder über die Melone geben. Am dritten Tag Melone in dem Sirup gar kochen.

Apfelwarenje

Zutaten: 1 Pfund Äpfel, 1½–2 Pfund Zucker, 1 Glas Wasser

Zubereitung: Apfelstiele auf 2–3 cm kürzen; gewaschene, ungeschälte Äpfel stellenweise mit einem Holzstäbchen durchstechen, in eine Schüssel legen, mit heißem Wasser übergießen und 15 Minuten zugedeckt stehen lassen; danach mit Zucker und dem Apfelwasser in einen Topf geben und auf kleiner Flamme köcheln lassen. Gare Äpfel am Stiel herausnehmen und in ein Weckglas geben. Gezuckertes Apfelwasser einkochen, bis es einen dicken Sirup bildet, dann abkühlen lassen und über die Äpfel im Glas geben.

Mein selbstgemachtes Wildapfelwarenje gefiel allen meinen Gästen lange Zeit am allerbesten. Wenn es bei einer Teerunde zufällig fehlte, wurde prompt gefragt: »Hast du nicht noch ein bißchen von dem tollen Miniapfelwarenje da?« Mir selbst läuft noch heute das Wasser im Mund zusammen, wenn ich an seinen herbsüßen, frischen Geschmack zurückdenke.

Als ich in Sibirien lebte, habe ich Apfelwarenje jeden Herbst auf Vorrat gemacht. Dort heißen diese Kleinäpfel »Bernsteine« und sind überall in den Wäldern zu finden. Eines Tages wollte ich mich wieder einmal mit Wildäpfeln eindecken, fürchtete mich aber, allein in den Wald zu gehen, weil mich beim letzten Mal beinahe ein Elch umgerannt hätte. Daher bat ich einen Nachbarn mitzukommen. Anders als Pferde, die mit den Hinterbeinen ausschlagen, schlagen Elche mit den Vorderbeinen aus, die lang und sehr kräftig sind. Und sie schlagen nicht nur aus, sondern zu! Mit solchen Hieben wurde schon manchem Wolf der Garaus gemacht. Nun, damals war mir aber der Himmel gnädig gewesen. Der Elch stand so plötzlich und so nah vor mir, daß er selbst erschrak und wie angewurzelt stehenblieb; er starrte mich erschrocken an und begann, auf der Stelle zu stampfen. Dann machte er einen Satz zur Seite und verschwand in den Büschen. Später meinte mein Nachbar, ein alteingesessener Sibirier, daß der Elch durchaus einen Herzinfarkt hätte bekommen können. Elche sind sehr sensibel, in ungewohnten Situationen geraten sie schnell in Panik. Füchse dagegen behalten immer die Geistesgegenwart, egal was passiert.

Doch zurück zu meinem Waldausflug. Es war ein sonniger warmer Nachmittag, und mich ergriff eine solche Naturseligkeit, daß ich begann, Arien aus meinen Lieblingsopern zu trällern. Mein Begleiter ließ es eine Weile über sich ergehen, schließlich murrte er: »Was singst du nur für ein Zeug? Kannst du kein normales Lied? Oder wenigstens eins, das schön klingt?«

> *Als einer der Hauptgänge wurde Haselhuhn aufgetragen … Die versonnene Tugendhafte erwachte bei der unvermuteten Frage, und die Straußenfedern auf ihrem Barett wippten. Sie konnte nicht gleich antworten, weil ihre unschuldigen Zähnchen mit tugendhaftem Eifer einen Bissen Haselhuhn zerkauten.*
>
> Fürstin Ligowskaja

Haselhuhn hat ein sehr zartes, leicht herb schmeckendes Fleisch. Wenn es zügig zubereitet wird, bleiben sein spezifischer Geschmack und seine Saftigkeit erhalten. Am schnellsten gart es in siedender Milch.

Haselhuhn, in Milch gekocht

Zutaten: 1 Haselhuhn, 500 ml Milch, Küchenkräuter, Salz

Zubereitung: Gerupftes, ausgenommenes und gründlich gewaschenes Haselhuhn längs der Wirbelsäule aufschneiden, auseinanderklappen, mit Salz einreiben und in einen so geräumigen Topf legen, daß es auseinandergeklappt auf dem Boden liegen kann. Damit es richtig aufliegt, gegebenenfalls mit einem Gewicht beschweren. Das Huhn mit heißer Milch übergießen und 3–4 Minuten kochen, dann ganz auseinanderschneiden, mit Federn, Kräutern, Gemüse und Früchten garnieren und heiß servieren.

Haselhuhn, am Spieß gebraten

Zutaten: 1 Haselhuhn, 100 g Butter oder ½ Glas Olivenöl, Pfeffer, Salz

Zubereitung: Das Braten am Spieß erfolgt in der Regel unter freiem Himmel. Man rammt zwei gegabelte Äste mit kleinem Abstand in den Boden, steckt das Haselhuhn auf einen Spieß oder einen ebenmäßigen Stab, befestigt ihn an den Astgabeln und entfacht darunter ein Feuer. Vorbereitetes Haselhuhn vor und nach dem Braten mit Salz, Pfeffer und Butter oder Olivenöl einreiben und während des Bratens langsam über dem Feuer drehen, bis es überall gleichmäßig gebräunt ist. Bratdauer 8–13 Minuten, auf alle Fälle nicht länger als 15 Minuten, weil das Fleisch sonst zu trocken wird.

»Oho!« äußerte der rothaarige Herr und schlang weiter die Trüffelsauce in sich hinein. Fürstin Ligowskaja

Trüffelsauce

Zutaten: 2 große oder 4 kleine Trüffeln, 1 Glas fetthaltige Bouillon, 1 Glas kräftige Bouillon, ¾ Glas Madeira, 1 EL Mehl, ½ EL Butter, ½ Zitrone

Zubereitung: Aus Butter, Mehl und kräftiger Bouillon eine Béchamelsauce zubereiten. Da frische Trüffeln in der Regel sandig sind, sollte man sie vor dem Säubern eine halbe Stunde in kaltes Wasser legen; danach einzeln abbürsten und noch einmal kalt wässern. Gereinigte Trüffeln in der fetthaltigen Bouillon zugedeckt köcheln lassen; danach kurz abkühlen lassen, zerkleinern und in zerlassener Butter zugedeckt schmoren. Während des Schmorens erst Madeira, dann die Béchamelsauce hinzugeben. Heiß in einer Schale servieren.

Der Diener in Livree trug Kartoffeln auf,
denn der Herrscher über Mephistoffel
war deutschblütig und liebte die Kartoffel.
Das Gastmahl des Asmodi

Aus dem 18. Jahrhundert, in dem Goethe sich im *Faust* eingehend mit der Figur des Mephistopheles beschäftigte, stammt auch das folgende Rezept.

Kartoffelkäse

Zutaten: 5 Pfund Kartoffeln, 450 ml saure Milch, Salz

Zubereitung: Kartoffeln kochen, schälen und zu Brei zerstampfen. Mit der sauren Milch und dem Salz vermengen. Vor Zugluft geschützt, 4 Tage ruhen lassen.

Abermals kneten und die Flüssigkeit durch ein Sieb ablaufen lassen. Käse 14 Tage lang trocknen lassen. Anschließend an einem trockenen Ort aufbewahren. Der Käse schmeckt um so besser, je älter er ist.

Kartoffelpüree mit Sahne und Zwiebellauch

Zutaten: 500 g geschälte junge Kartoffeln, 1 l Milch, 300 ml Sahne, feingehacktes Zwiebellauch, Salz

Zubereitung: Kartoffeln in gesalzener heißer Milch, nicht ganz zugedeckt, auf kleiner Flamme kochen, bis die Milch auf ⅓ ihrer Ausgangsmenge eingedampft ist. Sahne hinzugeben, und alles noch einmal 15 Minuten kochen. Die Kartoffeln zerstampfen, sobald sie zerfallen sind. Mit Zwiebellauch bestreuen.

Das Standardessen in der Butter- bzw. Fastenwoche (in der der Abschied vom Winter gefeiert wird) sind Blini mit saurer Sahne. Es hat in einem originellen Vergleich Eingang in ein Gedicht von Michail Lermontow gefunden:

Er schwebt über dem Erdenland
so voll und rund, so weiß und schön
alswie ein Blin in Sahneschmand,
als feierten die Himmelshöhn
in Ewigkeiten Butterwoche!
Inmitten von Himmelskörpern

In alten Zeiten standen die Blini so hoch im Kurs, daß man sie sogar zum Gegenstand regelmäßiger Backwettbewerbe machte und Frauen oder junge Mädchen, die darin schlecht abschnitten, Zielscheibe von Spott und Hohn werden ließ. Ein guter Blin muß locker und porös, nicht dicker als 1 cm und gleichmäßig gebräunt sein. Früher besaß jeder Haushalt eine spezielle Blinipfanne, die zu nichts anderem verwendet wurde.

Hefeblini

Zutaten: 2½ Glas Weizenmehl, 1 Glas Buchweizenmehl, 3½ Glas Milch, 30–45 g Hefe, 60–75 g Butter, 1–2 Eiweiß

Zubereitung: Aus Mehl, Milch, Hefe und Butter einen flüssigen Teig herstellen. Eiweiß schlagen und vorsichtig unterheben. Blini ca. 2 Minuten auf jeder Seite goldbraun backen. Traditionell werden heiße Blini mit Butter oder saurer Sahne bestrichen und zu Kaviar, gesalzenem oder geräuchertem Fisch gereicht.

Ich kehrte in einem Gasthaus ein, wo alle Reisenden abzusteigen pflegen, wo es indes keine Menschenseele gibt, der man die Zubereitung von Fasan und Kohlsuppe auftragen könnte, da die drei Invaliden, die es bewirtschaften, so einfältig und ständig so betrunken sind, daß man besser von vornherein davon abläßt.

Ein Held unserer Zeit

Gebratener Fasan

Zutaten: 1 mittelgroßer Fasan, ¼ Glas Wasser, ¼ Glas Gurkensaft, 200 g Öl, Küchenkräuter, gemahlener schwarzer Pfeffer, Salz

Zubereitung: Da Fasanenfleisch Zeit zum Reifen braucht, ungerupften Fasan mehrere Tage bei Zimmertemperatur lagern. Danach rupfen, ausnehmen, mit Salz, Pfeffer und Öl einreiben, mit dem Rücken nach unten in eine Pfanne legen und nach Zugabe von Wasser im mäßig heißen Ofen braten; währenddessen immer wieder mit Bratensaft begießen und wenden, damit er gleichmäßig bräunt. Nach 40–45 Minuten Gurkensaft hinzugeben und mit dem Begießen fortfahren. Bratdauer je nach Bratengröße 1–2 Stunden. Fertigen Fasan halbieren und jede Hälfte in 2–3 Stücke zerteilen. Diese auf vorgewärmtem Teller anrichten, mit Bratensaft übergießen und mit Fasanenfedern und Kräuterstengeln garnieren. Dazu gesondert Preiselbeer-, Moosbeer- oder Apfelwarenje, Salzgurken oder Sauerkraut reichen.

Mit obigem Zitat möchte ich dem Helden des Romans *Ein Held unserer Zeit* meine Reverenz erweisen, einem meiner liebsten literarischen Gestalten, und natürlich dem Roman selbst, der zu Recht ein Höhepunkt der klassischen russischen Literatur genannt wird.

Dieser Petschorin, was für ein interessant widersprüchliches, rätselhaftes Menschenkind! Welch ein Tausendsassa, Draufgänger, edler Ritter und Bösewicht in einem! Da raubt und entführt er die Tochter eines tatarischen Fürsten, verdreht einem adligen Fräulein den Kopf und hat gleichzeitig eine Liebschaft mit einer Dritten; er spürt Schmuggler auf, entwaffnet einen Psychopathen, tötet einen Rivalen und kommt schließlich im fernen Persien ums Leben, unbekannt wo und wodurch. Als Jugendliche habe ich mir oft gewünscht, einmal im romantischen Kaukasus auf Lermontows Spuren zu wandeln, der stolzen Tatarentochter Bela und ihrem tollkühnen Bruder Kasbitsch zu begegnen, Tscherkessen zu Pferd nachzusetzen, in den wilden Bergen zu nächtigen, Fasane zu jagen und so weiter und so fort.

Wenn Sie einmal in Moskau sind, dürfen Sie nicht versäumen, das Lermontow-Museum und Lermontow-Denkmal zu besichtigen. Das Denkmal steht bei einem Hochhaus in der Nähe der Metrostation *Krasnyje Worota*, wo sich früher Lermontows Geburtshaus befand (es war das Haus seiner Großmutter, einer reichen Gutsbesitzerin, bei der er aufwuchs), und bei der *Kirche zu den drei Metropoliten,* in der er als Säugling getauft wurde. Die Moskauer nennen das Denkmal »Mann im Jackett«.

Das Museum ist in der Malaja-Moltschanowka-Straße 2 untergebracht. Hier hat unser Dichter in seinen letzten beiden Lebensjahren gewohnt und seine wichtigsten Werke geschrieben. Von hier ging er nach St. Petersburg, dann weiter in den Kaukasus, wo er bei jenem Duell ums Leben kam.

Als ich einmal mit Freunden in diesem Museum war, trafen wir auf eine Besuchergruppe, deren lebhafter Disput über den Dichter unsere Neugier erregte. Wie sich herausstellte, waren es Nachkommen der Lermontows (Lermontow selbst hat keine Kinder gehabt) und gehörten einer Vereinigung namens *Lermontow-Erbe* an, die 220 Mitglieder zählte, alles Nachfahren jener berühmten Familie. Der russische Stammbaum der Lermontows geht auf den Schotten George Lermont zurück, der 1613 nach Rußland ausgewandert war und den russisch-orthodoxen Glauben angenommen hatte.

Ein jüngerer Mann in diesem Kreis gab eine Beobachtung zum besten, die mir unvergeßlich geblieben ist: 100 Jahre nach Lermontows Geburt begann der Erste Weltkrieg, 100 Jahre nach seinem Tod griff Nazi-Deutschland die Sowjetunion an, und 50 Jahre darauf brach die UdSSR zusammen.

»Mal sehen, was uns das Jubiläumsjahr 2014 beschert«, bemerkte nachdenklich der Museumswärter.

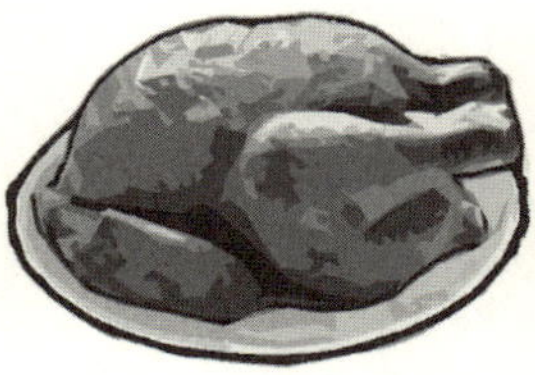

Fjodor Dostojewskij

In dem langgehegten Wunsch, einmal auf Dostojewskijs Spuren in Deutschland zu wandeln, fuhr ich Ende Juni 2010 nach Bad Ems. Als ich dort aus dem Zug stieg und mich umblickte, ging mir durch den Sinn: So, wie ich jetzt, wird auch Dostojewskij am Mittag des 24. Juni 1874 vor diesem schönen Bahnhofshaus gestanden haben. In meiner Tasche steckten zwei Bücher von ihm: der Roman *Der Jüngling*, in dessen Handlung Bad Ems auftaucht, und ein Band mit Briefen, die er aus Bad Ems an seine Frau Anna geschrieben hat. Von allen überlieferten Briefen an seine Frau (es sind über 160) sind diese für mich die emotionalsten und unverhohlen intimsten. Dabei ist bekannt, daß seine Frau sie redigiert und die ihr allzu freimütig erscheinenden Stellen getilgt hat, als sie die Briefe für den Druck vorbereitete. Dostojewskij scheinen solche Bedenken fremd gewesen zu sein; in einem der Briefe heißt es zum Beispiel: »Du schreibst: ›Und was, wenn ein anderer unsere Briefe liest?‹ Na was schon? Was wäre dabei, mag man uns nur beneiden.«

Ein Brief aus Bad Ems gefällt mir besonders gut, geschrieben wurde er am 16. August 1879 im *Hotel de France*, Zimmer 21. Das Gebäude dieses Hotels existiert noch, es liegt gegenüber dem Bahnhof am Bahnhofsplatz: »Mein Engel, Du schreibst in Deinem lieben Postskriptum, ich erschiene Dir oft im Traum. Du aber, weißt Du, erscheinst mir eher im Wachen. Ich sitze, trinke Kaffee oder Tee und muß an Dich denken, dabei nicht allein in dem einen, sondern in einem umfassenden Sinn. So wurde mir wieder bewußt, daß ich Dich nicht nur liebe, Anja, sondern daß ich in Dich verliebt bin und Du meine unumschränkte Herrin bist, und das seit zwölf Jahren! Aber so ist es auch im ganz irdischen Sinne, obwohl Du natürlich, wie könnte es anders sein, älter geworden bist und Dich verändert hast seit jenen Tagen vor neunzehn Jahren, als wir uns kennenlernten. Heute jedoch, glaube mir, gefällst Du mir sogar auch in diesem Sinn noch viel besser. Es mag unwahrscheinlich klingen, aber so ist es. Freilich, Du bist erst 32, stehst in der vollen Blüte des Weibes … Jemanden wie mich schlägt das natürlich erst recht in Bann. Wenn Du nun auch noch stets bis ins letzte aufrichtig wärest, wärest Du der Gipfel der Vollkommenheit. In meinen Tagträumen küsse ich Dich alle Augenblicke, bedecke Deinen Leib mit glühenden Küssen. Besonders liebe ich jene Stelle an Dir, von der gesagt wurde: ›Von diesem köstlichen Etwas ist er beglückt und berauscht.‹ Dieses Etwas küsse ich und werde ich küssen, solange ich bin. Anetschka, Liebes, niemals, unter keinen nur denkbaren Umständen werde ich in diesem Sinn von Dir lassen, meiner berückenden Verwöhnerin, denn hier wirkt noch mehr als die Verwöhnung allein, hier sind auch noch die Bereitschaft, die Anmut und die Intimität der Aufrichtigkeit da, mit denen ich die Verwöhnung empfange. Auf Wiedersehen, ich habe über alles Maß hinaus geplaudert, sei heiß geküßt und umarmt.«

Ich weiß nicht, ob es von Bedeutung ist oder nicht – aber ein Umstand in dieser Beziehung scheint mir verwunderlich: Seine geliebte Anna, die Mutter seiner Kinder, der ihm vertrauteste Mensch, die hingebungsvolle Unterstützerin seiner literarischen Arbeit, diente ihm nie als Vorbild für eine seiner Figuren, mehrfach hingegen eine andere Frau, die eine fatale Rolle in seinem Leben spielte: die boshafte, launische, egozentrische Apollinarija, an deren eigenartiger Liebe er beinahe zerbrochen wäre.

Während ich durch Bad Ems streifte, in Gedanken bei Dostojewskij, rüstete sich die Stadt St. Petersburg zu ihrem traditionellen »Dostojewskij-Tag«. Dieser Tag findet jedes Jahr Anfang Juli statt, weil (und ist das etwa kein respektabler Grund?) der berühmte Roman *Schuld und Sühne* mit den Worten anfängt: »Anfang Juli, in der heißesten Jahreszeit …«

Der Dostojewskij-Tag am 3. Juli 2010 begann vor seinem Denkmal auf dem Wladimirplatz mit Fanfarenstößen und dem Ruf »Vivat Fjodor Michailowitsch! Bin ich eine zitternde Kreatur oder habe ich ein Recht?!«, letzteres ein Zitat aus *Schuld und Sühne*. Die Versammelten schlugen ihre Bücher auf und trugen abwechselnd Stellen aus diesem Werk vor. Danach hatte das *Dostojewskij-Museum* die Veranstaltung *Raskolnikow in der Stadt* vorbereitet. An sechs verschiedenen Stationen, die im Roman Schauplätze der Handlung sind, waren Dostojewskij-Experten positioniert. Sie begrüßten das Publikum, brachten ihm den betreffenden Handlungsteil in Erinnerung und beantworteten Fragen zu dem Schriftsteller und seiner Zeit, um es schließlich an den nächsten Ort des Romangeschehens zu entlassen. In der Kusnetschny-Gasse hatte das Publikum Gelegenheit, mit Raskolnikow, Fürst Myschkin, Rogoshin und Katerina Iwanowna zu plaudern. Am Abend lud das Museum schließlich zu Tee, einem Imbiß und der Ausstellung *Geht die Welt unter oder sollte ich Tee trinken?* ein. Diese Ausstellung war dem Teetrinken als häufiges Motiv bei Dostojewskij und als Ausdruck einer besonderen Kommunikationskultur gewidmet. Zum Tee wurde Gebäck gereicht, das bei Dostojewskij erwähnt wird.

Auf den Seiten von *Schuld und Sühne* nehmen Beschreibungen von »Petersburger Winkeln« viel Raum ein. Das sind nicht etwa beschauliche Stadtansichten, sondern abgeschirmte Zimmerecken, gemietet von mittellosen Menschen, die sich kein ganzes Zimmer, geschweige denn eine Wohnung leisten konnten. Daher ist bei Dostojewskij auch so oft von einfachen Speisen die Rede, solchen, die seinen Helden aus der Unterschicht erschwinglich waren – Schtschi, Saikas zu Tee, Fisch, Blini, Piroggen und ähnliches.

»Saikas bringe ich gleich, aber möchtest du nicht lieber Schtschi statt Wurst? Sie sind gut, die Schtschi, von gestern. Ich hatte sie dir übriggelassen, du kamst aber zu spät heim. Es sind gute Schtschi.«

Schuld und Sühne

Saikas sind kleine Gebäckstücke aus Weizenmehl. Sie werden süß oder auch salzig zubereitet und sowohl in privaten Haushalten als auch in Bäckereien gebacken.

Saikas

Zutaten: 1 kg Weizenmehl, 2½ Glas Milch, 30 g Hefe, 200 g Butter, 3–4 Eier, 1 Glas Rosinen, 1 Glas Zucker, Salz

Zubereitung: Hefe in lauwarmer Milch auflösen und in die Hälfte des Mehls geben, beides verrühren, warm stellen und gehen lassen; danach nacheinander Zucker, Salz, Butter, Eier, übriges Mehl und Rosinen unterrühren. Rosinen vorher mit Mehl bestäuben, damit sie sich gleichmäßig im Teig verteilen, ohne zusammenzukleben. Teig warm stellen und gehen lassen, bis er um das Doppelte größer geworden ist. Dann Saikas in gewünschter Größe formen, auf ein eingefettetes Blech verteilen und noch einmal gehen lassen; schließlich mit Ei bepinseln und je nach Größe 15–20 Minuten backen.

Hinter dem Schanktisch machte sich ein kleiner Junge zu schaffen, etwa vierzehn Jahre alt, und ein anderer, noch jüngerer bediente, wenn etwas gewünscht wurde. Auf den Tischen standen Teller mit winzigen Gurken, schwarzem Zwieback und gebratenem Fischkotelett.

Schuld und Sühne

Fisch ist in St. Petersburg, der Stadt am Fluß, immer in reichem Maße vorhanden und gehört seit jeher zu den beliebtesten, da erschwinglichsten und gesündesten Nahrungsmitteln. Zu Dostojewskijs Zeiten hatten ihn alle, selbst einfachste Gaststätten im Angebot, auf verschiedenste Art zubereitet – gekocht, gebraten, gebacken, mit oder ohne Füllung, mit oder ohne besondere Zutaten (Petersilie, Schnittlauch, Zitrone, Salzgurken, Gewürzsauce o. ä.), mit Kartoffeln, Gersten- oder Buchweizengrütze als Beilage oder zu Ucha verarbeitet.

Hier nur die seinerzeit geläufigste Art der Fischzubereitung, ein Standardschmaus der Dostojewskijschen armen Leute.

Gebratener Fisch

Zutaten: 2 kg Fisch, 3 EL Mehl, 80 g Butter oder Schweineschmalz, Pfeffer, Salz

Zubereitung: Geschuppten, ausgenommenen, kalt abgewaschenen Fisch in gleichmäßige mittelgroße Stücke schneiden, salzen, pfeffern, in Mehl wälzen und in zerlassenem Fett auf beiden Seiten braten.

Es gab Wodka, Rum und Lissabonner Wein, zwar von schlechter Qualität, dafür sehr reichlich. Zu essen gab es neben Reisbrei mit Rosinen noch drei, vier andere Gerichte (darunter Blini), alles aus der Küche von Amalija Iwanowna; überdies standen zwei Samoware für den Tee oder Punsch nach dem Essen bereit. Schuld und Sühne

Tee mit Honig

Zutaten pro Tasse: 1 TL schwarzer Tee, 1 TL Lindenhonig

Zubereitung: Es gibt unendlich viele Arten der Teezubereitung. In allen Fällen spezielle Kannen verwenden, in denen sich die Teeblätter aufrollen können, um ihr Aroma ganz zu entfalten. Tee vor dem Brühen mehrmals mit heißem Wasser übergießen und erst danach in die Kanne geben. Kanne verschließen, ein paar Minuten stehen lassen, bis sich die Teeblätter aufgerollt haben. Dann den Tee mit ¼ der vorgesehenen Wassermenge brühen, Honig hinzugeben, einige Minuten ziehen lassen, schließlich das restliche siedende Wassers aufgießen. Zum Tee grundsätzlich Gebäck reichen – Saikas, Kringel oder Kekse.

Mandelhalbmonde

Zutaten für den Teig: 300 g Mehl, ¼ TL Zimt, 100 g Puderzucker, 1 Ei, 275 g Butter, 1 Päckchen Vanillezucker, 50 g Honig, 150 g gemahlene süße Mandeln
Zutaten für den Belag: 50 g Honig, 100 g Puderzucker
Zubereitung: Teig mit den genannten Zutaten anrühren, gründlich kneten, als Klumpen in eine Folie wickeln und über Nacht kühl stellen; am nächsten Tag ausrollen, 60 Halbmonde ausstechen, diese auf ein mit Backpapier ausgelegtes Blech reihen, bei 180 °C 12 Minuten backen und in noch warmem Zustand mit Honig bepinseln und in Puderzucker wälzen.

Unsere Küche ist hell und geräumig. Vormittags freilich, wenn Fisch oder Rindfleisch gebraten wird, ist es dort etwas rauchig und auch feucht und glitschig, weil immer etwas übergossen und verschüttet wird. Dafür wird sie abends zum Paradies. Arme Leute

Wie Fisch gehörte auch Rindfleisch zu den Festessen armer Leute, freilich nur, wenn der Geldbeutel es hergab, und in weit sparsamerer Zubereitung als in den Gasthäusern und Restaurants, das heißt ohne Kräuter, saure Sahne, pikante Saucen oder exotische Gewürze. Die einzige Fleischwürze in den Haushalten der Armen waren Pfeffer und Zwiebel.

Rinderschnitzel

Zutaten: 500 g Rindfleisch, 3 Zwiebeln, 3 EL Speiseöl, Pfeffer, Salz
Zubereitung: Fleisch in Scheiben schneiden, weich klopfen, salzen und pfeffern. Zwiebeln in Ringe oder Würfel schneiden, in Öl andünsten. Fleischscheiben auf die Zwiebeln legen und bei starker Hitze braten. In etwas Öl oder in Fleischsud gebratene Kartoffeln dienen als Beilage.

Der Büfettier hatte alle Hände voll zu tun – schenkte ein, reichte das Gewünschte hinüber, nahm das Geld entgegen und gab den Rest heraus. Herr Goljadkin wartete geduldig, bis die Reihe an ihm war, und zeigte schüchtern auf einen kleinen Rasstegaj.
Der Doppelgänger

Der Rasstegaj ist wie die Pirogge ein Hefegebäck mit variierender Füllung: Fisch, Fleisch, Reis oder Pilze. Im St. Petersburg des 19. Jahrhunderts war er hochbeliebt, stand auf jeder Speisekarte, und jeder Gastwirt wetteiferte darum, ihn besser als die Konkurrenz zuzubereiten. Die unterschiedlichen Füllungen prädestinierten ihn für die Tische sowohl der Reichen als auch der Armen. Ein kleiner Rasstegaj wurde im Ganzen, ein großer in einzelnen Stücken serviert.

Rasstegaj

Zutaten für den Teig: 400 g Mehl, 100 g Butter, 30 g Hefe, 1 Ei, 2 Eigelb, ¼ Glas Milch, 1 Prise Zucker, Salz

Zutaten für die Füllung, Variante 1: je 300 g Filet zweier verschiedener Fische (Hecht, Lachs, Barsch, Dorsch, Wels, Karpfen o. ä.), ¼ TL Pfeffer, Salz

Zutaten für die Füllung, Variante 2: 700 g Hackfleisch, 6 Eier, 1 TL schwarzer Pfeffer, Salz

Zutaten für die Füllung, Variante 3: 100 g Reis, 200 g getrocknete Pilze, 2 Zwiebeln, 1 TL schwarzer Pfeffer, Salz

Zubereitung: Hefe in lauwarmer Milch auflösen. Teig aus Mehl und Milch anrühren und zugedeckt gehen lassen; 2 Eigelb, zerlassene Butter, Zucker und Salz unterrühren, Teig kneten und noch einmal gehen lassen; danach abermals kneten, sehr dünn (0,5 cm) ausrollen und mit einem Glas Kreise ausstechen. Teigkreise mit Füllung belegen, Ränder aufschlagen und oben so zusammendrücken, daß in der Mitte eine Öffnung verbleibt. Gefüllte Teigkreise mit der Öffnung nach oben auf ein eingefettetes Blech verteilen und noch einmal 10 Minuten ruhen lassen. Kurz vor dem Backen mit Ei bepinseln.

Bei Süßspeisen sind nur zwei Vorlieben Dostojewskijs bekannt. Wie Gogol und Tolstoj hatte auch er eine Schwäche für Pastila und Baiser. Die Pastila (Betonung am Wortende), eine reinrussische Kreation mit alter Tradition, gibt es in drei Varianten: 1. schaumig, 2. glatt und fest, 3. knusprig. Hauptbestandteil der ersten Variante ist schaumig geschlagenes Eiweiß mit Zucker. Daraus wurde übrigens von den Franzosen das Schaumgebäck Zephir entwickelt. Bei der glatten und festen Pastila verwendet man statt Zucker Honig, durch den die Schaumbläschen verschwinden. Die knusprige Pastila besteht ausschließlich aus Zucker und Eiweiß, wie das Baiser.

Anfang des 20. Jahrhunderts erfuhr unser Pastila-Repertoire eine Erweiterung: Dem Eiweiß-Zucker- oder Eiweiß-Honig-Gemisch wurden Nüsse aller Art, auch sibirische Zedernüsse, sowie Zimt, Kakao und sogar Hopfen beigemengt. Eine dieser Neuschöpfungen war eine Pastila namens »Abstinenz«, die Hopfen, Zitrone und Minze als Zusatz enthielt. Ihre Erfinder behaupteten kühn, sie heile von Trunksucht, da ihre entspannende, harmonisierende Wirkung das Bedürfnis nach Alkohol nehme. Nun, wer's glaubte, wurde selig – die Pastila »Abstinenz« fand aber immerhin so viel Anklang, daß ihr auf der Pariser Weltausstellung 1907 die Große Goldmedaille zuerkannt wurde.

Das folgende Pastila-Rezept stammt aus einem russischen Kochbuch des 19. Jahrhunderts. Zwei weitere finden sich im Kapitel zu Lew Tolstoj.

Apfel-Honig-Pastila

Zutaten: reife, herbe, große Äpfel, Honig, Kleie

Zubereitung: Äpfel im Ofen backen, durch ein Sieb reiben, in eine Keramikschüssel geben und ausgiebig rühren, bis sich ein weißliches Mus bildet. Honig ebenfalls rühren, bis er sich weißlich färbt, und in das Mus geben (1 Glas Honig auf 1 Glas Mus); beides wiederum rühren, bis sich eine glatte helle Masse bildet; diese in drei Finger hohe Papierformen geben und auf einem mit Kleie bestreuten Blech bei maximal 40–50 °C mehrere Stunden backen. Die festgewordenen Portionen vorsichtig aus dem Papier herauslösen, zu je zwei oder drei Stück übereinanderlegen, mit Honig bestreichen, noch einmal in den warmen Ofen stellen und trocknen lassen.

Sahnezephir

Zutaten: 8 Glas Schlagsahne, 1 Glas Zucker, 1½ Glas Erdbeeren oder ¾ Glas Erdbeerwarenje ohne Saft oder 6 entsteinte Pflaumen, 3–4 Tropfen Zitronenöl oder ½ Zitrone mit etwas Vanille

Zubereitung: Sahne in einer auf Eiswürfeln stehenden Keramikschüssel steif schlagen, Zucker und Zitronenöl (oder Zitrone und Vanille) hinzugeben, und alles verrühren; anschließend zerkleinerte Erdbeeren (oder Warenje oder zerkleinerte Pflaumen) unterrühren. Masse in Schälchen füllen und glattstreichen, so servieren.

Apfelzephir mit Schlagsahne

Zutaten: 3–4 Äpfel, 1½ Glas Schlagsahne, 1 Eiweiß, ½ Glas Zucker, ½ TL Zimt

Zubereitung: Äpfel backen und durch ein Sieb reiben; an einem kühlen Ort Zucker, Eiweiß und Zimt unterrühren, und alles verrühren, bis sich eine dicke weiße Masse bildet. Sahne steif schlagen und ebenfalls unterrühren. Wie oben beschrieben servieren.

Michail Saltykow-Schtschedrin

Nach Twer fuhr ich zum ersten Mal nicht etwa wegen Saltykow-Schtschedrin, sondern anläßlich eines Puschkin-Jubiläums, das dort mit einer literarischen Veranstaltung begangen werden sollte. Puschkin hatte die Stadt 1836 besucht, wofür sie ihm gleich zwei Denkmäler setzte – allerdings erst sehr viel später.

Als ich nach der Veranstaltung durch die Straßen bummelte, überquerte ich in der Nähe des Theaters, wo einer der Puschkins steht, einen kleinen Platz und sah mich plötzlich einem Saltykow-Schtschedrin-Denkmal gegenüber. Es ist, wie ich alsbald erfuhr, das einzige in ganz Rußland. Saltykow-Schtschedrin wurde bei Twer geboren und wirkte in Twer als Vizegouverneur, bevor er den Staatsdienst an den Nagel hängte und sich nur noch seiner Schriftstellerei und seiner Tätigkeit als Chefredakteur bei der Zeitschrift *Otetschestwennyje sapiski* (»Vaterländische Notizen«) widmete. In seinem einstigen Domizil in Twer, einem alten Bürgerhaus, befindet sich seit 1976 das *Saltykow-Schtschedrin-Museum.*

Saltykow-Schtschedrin, der erste große Satiriker unter Rußlands Schriftstellern, hat in die russische Literatur jenes berühmte Element des Absurden und Grotesken eingebracht, das später von Michail Bulgakow, Daniil Charms, Ilf und Petrow zu wirkungsvoller Blüte gebracht wurde. Sein Buch *Die Geschichte einer Stadt* über die fiktive Stadt Glupow (»glupyj« bedeutet dumm, in der deutschen Übersetzung wird der Name mit »Dumburg« wiedergegeben) wurde zum Vorbild für zahlreiche russische Gesellschaftssatiren. Glupow ist ein exemplarischer Ort der behördlichen Allmacht und Willkür; seine Beamtenschaft steht den Einwohnern feindselig gegenüber, verdächtigt sie der Anstiftung zum Aufruhr oder verleitet sie zu zweifelhaften Handlungen, um sie bestrafen zu können. Inmitten dieser Teufeleien und Absurditäten erscheint das Motiv des Essens und Trinkens als einziger Ausdruck eines normalen, natürlichen Lebens. Aber auch hier versuchen die Behörden ihre verstörenden Prinzipien durchzusetzen, etwa indem sie jedermann verpflichten, in seinem Gemüsegarten »Herrenübermut«, »Zarenlocken« und »Tatarenseife« anzubauen. Die Glupower jedoch führen ihr Eigenleben beharrlich weiter – »jeder bäckt zu den Feiertagen Piroggen und läßt sich sein Gebackenes auch alltags nicht nehmen.«

Die soziale Symbolik von Speis und Trank wird in den ersten Jahrzehnten der Sowjetzeit Daniil Charms, Meister im Aufspießen sozialer und zwischenmenschlicher Absurditäten, aufgreifen: »Die Großmutter holte kurz aus / und hielt in der Hand eine Truhe. / ›Hier, hollahiheideldidaus, / trinkt, Kinderchen, Grütze und Schuhe!‹«

Auch in seinem Roman *Die Herren Golowlew* greift Saltykow-Schtschedrin das Motiv von Essen und Trinken auf. Hier wird ein so üppiges Mittagsmenü beschrieben, wie man es in der ganzen russischen Literatur schwerlich wiederfindet. Das Beste vom Besten ist versammelt, von Schtschi über Rinderfilet bis Himbeerpirogge mit Sahne. Und natürlich ausschließlich nach traditionellen russischen Rezepten zubereitet.

Im Haus war noch alles still, er aber lief schon in die Küche und fragte den Koch, was als Mittagessen gewünscht worden sei. Als erster Gang, so die gehorsame Antwort, Schtschi mit frischem Weißkraut, ein kleinerer Topf voll, dazu aufgewärmte Suppe von gestern, als Vorimbiß gepökeltes Rinderfilet in Aspik und vier Frikadellen, als Hauptgang Hammelschmorbraten und vier eingelegte Schnepfen und schließlich zum Nachtisch Himbeerpiroggen mit Sahne.

Die Herren Golowlew

Seljanka von Fisch und Weißkraut

Zutaten: 3 Pfund zweier Fischsorten (Stör, Hausen, Renke o. ä.), 1–2 EL Butter, ½ Glas Mehl, 1 feingehackte Zwiebel, 1 Bund feingehackte Petersilie, Bouillon von Fischgräten, -haut und -köpfen sowie Suppengemüse, 1 Lorbeerblatt, 10 Oliven, ½ Pfund frisches Weißkraut, 10 grobgehackte Champignons, 2 geschälte und zerkleinerte Salzgurken, 1–2 Glas Gurkenlauge, ½–1 Glas saure Sahne, Pfeffer, Salz

Zubereitung: Zwiebel in Butter anschwitzen, Mehl hinzugeben, ebenfalls anschwitzen, beides mit Bouillon ablöschen. Die so entstandene sämige Brühe abseihen und noch einmal aufkochen; dann in Stücke geschnittenen Fisch, Oliven, Champignons, Salzgurken und Weißkraut hinzugeben (letzteres zuvor mit Wasser überbrühen und ausdrücken), alles aufkochen und auf kleiner Flamme köcheln lassen, schließlich mit Salz und Gurkenlauge abschmecken und noch einmal aufkochen. Vor dem Auftragen saure Sahne und Petersilie darübergeben. Die Seljanka ist in der Regel dickflüssiger als die bekanntere Soljanka.

Hammelschmorbraten mit gerösteten Schalotten

Zutaten: 3 Pfund schieres Hammelfleisch, 1 in Würfel geschnittene Möhre, ½ Bund feingehackte Petersilie, ½ Bund Sellerieblätter, 1 feingehackte Zwiebel, 1–2 EL Butter, 2 Glas feingehackte Schalotten, 2–3 Lorbeerblätter, 15–20 Körner Piment, Essig, Mehl oder Paniermehl, Salz

Zubereitung: Abgewaschenes und weichgeklopftes Fleisch mit Salz einreiben, in eine Pfanne mit zerlassener Butter geben und von allen Seiten anbraten; Petersilie, Sellerieblätter, Zwiebel, Lorbeerblätter und Piment hinzugeben. Fleisch halbgar schmoren, dabei gelegentlich mit Essigwasser begießen. Halbgares Fleisch herausnehmen, in Mehl oder Paniermehl wälzen, in ein anderes Bratgefäß mit zerlassener Butter geben und während des Garens mit Schmorsaft begießen. Fertigen Braten mit gerösteten Schalotten bestreuen.

»Ach, und es hat Zeiten gegeben, da es auch mir vergönnt war, Schnepfen zu speisen. Ja, mein Lieber! Damals habe ich mit Oberleutnant Gremykin gewettet, ich könne fünfzehn Schnepfen auf einmal essen. Und es ist mir gelungen!«

Die Herren Golowlew

Gebratene Schnepfen in pikanter Sauce

Zutaten: 6 Schnepfen und ihre herausgelösten Innereien, 2–3 EL Butter, 5 Körner Piment, 1 EL Mehl, 2 EL saure Sahne, ⅓ Zitrone, ½ Zwiebel, Bouillon, 4 gemahlene schwarze Pfefferkörner, Salz

Zubereitung: Vorbereitete (gerupfte, ausgenommene, kalt abgewaschene und trockengetupfte) Schnepfen mit Butter einreiben und am Spieß über offenem Feuer oder im Ofen im Topf oder auf dem Herd in der Pfanne braten. Innereien fein hacken, in Zwiebelmehlschwitze andünsten und Bouillon, Piment, Pfeffer und saure Sahne hinzugeben. Sauce mit Salz und Zitrone abschmecken, aufkochen und über die Schnepfen gießen. Zu Schnepfen paßt auch eine pikante süßliche Sauce: 1 EL Mehl in ½ EL Butter anschwitzen, mit Bouillon ablöschen und aufkochen; je ½ Glas Madeira und Sauternes hinzugeben und noch einmal zusammen mit einem zusätzlichen ½ EL Butter aufkochen.

Für die Obstpirogge, wie die erwähnte Himbeerpirogge, wird in der Regel Mürbeteig verwendet. Hier eine der zahlreichen Mürbeteig-Varianten.

Mürbeteig mit saurer Sahne

Zutaten: ⅔ Pfund Mehl, ¼ Pfund Butter, ½ Pfund saure Sahne, 2 EL Zucker, Himbeeren, Erdbeeren oder Preiselbeeren, ½–1 Glas Zucker, Ei, 1 TL Salz

Zubereitung: Einen nicht zu festen Teig anrühren, zu einem runden oder länglichen dünnen Fladen ausrollen, mit Ei bepinseln, im Ofen backen; kurz bevor er gar ist, herausnehmen, mit abgewaschenen und abgetropften Beeren belegen und mit Zucker bestreuen, danach zu Ende backen. Mit Schlagsahne servieren.

Ein Lieblingsspruch meiner Großmutter war: »Süßes mögen alle, nur will es keiner zugeben.« Wie wahr. Darum hier noch zwei weitere süße Piroggen, die eine nach einem Kochbuchrezept neueren Datums, die andere nach dem Rezept meiner Großmama. »Klar, daß man davon nicht schlanker wird«, pflegte meine Großmutter über ihre Lieblingspirogge zu sagen, »unser Leben ist aber leider endlich, und ein Bissen von dieser Pirogge kann uns den Kummer darüber einen kleinen Moment vergessen machen.« Übrigens, mit ihrer Leidenschaft für Apfelpirogge mit Rum ist sie 98 Jahre alt geworden.

Apfelpirogge mit Rum

Zutaten: ⅔ Pfund Mehl, 3 süße Äpfel, 2 saure Äpfel, ¼ Pfund Butter, ½ Pfund saure Sahne, 2 EL Zucker, 1 EL Rum, 1 TL Zimt, ½–1 Glas Zucker, 1 gestrichener TL Salz

Zubereitung: Vorbereiteten Mürbeteig ausrollen und backen, dann dick mit Apfelwarenje bestreichen oder geschälten Apfelspalten belegen. Bei letzterem wird der Belag noch mit Zucker und Zimt bestreut, in jedem Fall aber mit Rum beträufelt; das Ganze in einem geschlossenen Topf dämpfen.

Buttermilch-Brombeer-Pirogge

Zutaten für den Teig: 225 g Weizenmehl Typ 405, 50 g Feinzucker, 115 g Butter, ¼ TL Mandelaroma

Zutaten für die Deckschicht: 2 Eigelb, 1 Ei, 70 g brauner Zucker, 50 g Vanillezucker, Mark einer Vanilleschote, 1 TL Stärkemehl, 250 ml Buttermilch, 500 g Brombeeren (oder andere Beeren)

Zubereitung der Bodenschicht: Mehl und Zucker vermischen, Butter in Flocken hinzugeben, alles verrühren und kneten, bis ein bröseliger Teig entsteht; danach Mandelaroma hinzugeben und eventuell etwas Wasser (falls der Teig noch nicht geschmeidig genug ist). Teig abermals kneten, als Klumpen in eine Frischhaltefolie wickeln und 1 Stunde kühl stellen; danach 4 mm dünn ausrollen, in eine Springform breiten und zugedeckt noch einmal 1 Stunde kühl stellen. Ofen auf 180 °C vorheizen. Backpapier über Bodenschicht decken, getrocknete Bohnen (oder andere getrocknete Hülsenfrüchte) darauf verteilen und das Ganze im Ofen 15 Minuten backen; danach Backpapier mit Bohnen entfernen und Teig weiterbacken, bis er hellbraun ist (ca. 15 Minuten).

Zubereitung der Deckschicht: Stärkemehl mit Eigelb, Ei, Zucker, Vanillezucker und Vanilleschotenmark verrühren; Buttermilch in gesondertem Topf anwärmen und unterrühren; gebackene Bodenschicht mit Beeren belegen und lauwarme dickflüssige Masse der Deckschicht vorsichtig über Beeren geben. Das Ganze bei 160 °C 35–40 Minuten backen.

Stepan Wladimirowitsch nahm ein, zwei Schlucke und wandte sich der Wurst zu; sie war steinhart und wie pures Salz und hatte eine so derbe Pelle, daß er die Spitze seines Messers zu Hilfe nehmen mußte, um sie aufzuschneiden. »Jetzt Weißlachs wäre nicht schlecht«, sagte er.

Die Herren Golowlew

Weißlachs in Weißwein

Zutaten: 3 Pfund Weißlachs, ½–1 Flasche trockener Weißwein, Pfund Butter, 1 kleinere Zitrone

Zubereitung: Vorbereiteten Weißlachs kalt abwaschen, trockentupfen, in gleichmäßige Stücke schneiden, in einen Topf geben und zur Hälfte mit Weißwein bedecken. Butter und in Viertel geschnittene, entkernte Zitrone hinzugeben. Inhalt zugedeckt 15 Minuten dünsten. Ebenso können Stör, Hecht, Sterlet, Hausen oder andere grätenarme Fische zubereitet werden.

Poschechonien, Saltykow-Schtschedrins Heimat sowie Handlungsort des Romans *Provinz Poschechonien*, ist von alters her für seine Wurstspezialitäten berühmt. Hier eines der alten Wurstrezepte, die dort noch heute, wie ich in einem neueren russischen Kochbuch las, detailgetreu angewandt werden.

Poschechonische Wurst

Zutaten: 5 Pfund Rinder- und 10 Pfund Schweinefilet, 5 Pfund in kleine Stifte geschnittener fetter Speck, 2 Glas Rum, 6 g Salpeter, Salz

Zubereitung: Beide Filetstücke fein hacken und mit dem Speck vermischen; Salz nach Geschmack, Rum und Salpeter hinzugeben, alles gut verrühren und in einen vorbereiteten Ochsendarm stopfen; diesen, mit einem Gewicht beschwert, 2 Tage ruhen lassen, dann mehrere Tage an einem kühlen, luftigen Ort lagern, anschließend drei Wochen räuchern.

Jeder bäckt zu den Feiertagen Piroggen und läßt sich sein Gebackenes auch alltags nicht nehmen.

Die Geschichte einer Stadt

Sibirische Plätzchen mit Zimt und Rum oder Wodka

Zutaten: 1 Glas Rum oder Wodka, 10 Eier, 2 EL Sahne, Mehl, 1 Tasse Zucker, Zimt, Butter

Zubereitung: Eigelb und Eiweiß trennen. Eigelb und ⅓ des Eiweiß verrühren, bis sie sich weißlich färben. Erst Rum oder Wodka in langsamem dünnem Strahl, dann Sahne und Zucker, zuletzt Mehl nach Bedarf hinzugeben, und alles zu einem festen Teig anrühren. Teig dünn ausrollen, Kreise ausstechen, mit Butter bestreichen, mit Zimt und Zucker bestreuen und im Ofen backen, bis sie trocken und gebräunt sind. Zum Nachtisch oder zu Tee oder Kaffee reichen.

Archangelsker Brötchen

Zutaten: 1 Pfund Gerstenmehl, ½ Pfund Butter, ½ Glas saure Sahne, ½ Glas Wasser
Zubereitung: Einen festen Teig anrühren, mittelgroße Brötchen formen und bei mittlerer Hitze backen.

Moskauer Kartoffelmehl-Brezeln

Zutaten: 1 Tasse Butter, 2 Tassen Milch, 3 Tassen Kartoffelmehl, 6 Eier, Salz (Menge nach Belieben), Zucker (Menge nach Belieben)
Zubereitung: Milch zusammen mit Butter aufkochen, Salz und Zucker hinzugeben, Kartoffelmehl langsam einrühren und unter Rühren einen Moment kochen. Dickflüssige Masse vom Herd nehmen und unter Rühren abkühlen lassen; dann nacheinander Eier hineinschlagen. Wenn der Teig fest genug ist, 15–20 cm lange Nudelstreifen aus ihm formen, diese zu Brezeln zusammenlegen und auf Backpapier im Ofen backen.

Einmal führten mich meine beruflichen Wege nach Beshezk, einer der kleinen Städte, von denen Saltykow-Schtschedrin in *Provinz Poschechonien* erzählt. Ich mußte dort Aufnahmen für eine Filmreportage über Heinrich Schliemann, den Wiederentdecker des antiken Troja, machen und Verschiedenes recherchieren. Was das russische Beshezk mit dem deutschen Schliemann und der altgriechischen Stadt Troja zu tun hat? Nun, Schliemann war in erster Ehe mit einer Russin aus Beshezk verheiratet; deren reiche Mitgift hatte den Grundstock seines Kapitals gebildet, mit dem er die Ausgrabungen finanzierte.

Am ersten Abend sah ich mich nach einem Speiselokal um, und nach einigem Suchen wurde ich zu einer Kantine im Obergeschoß eines alten Hauses gewiesen. Ich stieg die morsche Treppe hinauf und lugte in den Gastraum. »Immer herein in die gute Stube, wir haben noch auf!« empfing mich leutselig eine dicke Frau mit geblümter Schürze. Ich setzte mich an einen der leeren Tische, der einzige Gast weit und breit. »Wir haben noch Plow und etwas Winegret«, sagte die Frau.

»O bitte beides, ich bin hungrig wie ein Wolf.«

Die Köchin klapperte in der Küche mit Töpfen. Zuerst wurde Winegret gebracht: Kartoffelsalat mit roter Bete. Er schmeckte fabelhaft.

Ich hatte eine Flasche Weißwein in der Tasche. Gerührt vor Dankbarkeit, fragte ich: »Möchten Sie nicht einen Schluck mit mir trinken, liebe Frauen?« Die Köchin steckte den Kopf durch die Durchreiche. »Was ist es denn? Wein? Gut, Wein meinetwegen.« Ich füllte drei Gläser. »Auf unser aller Gesundheit!«

Dann der Hauptgang. Eine Wonne! Ich kann mich nicht erinnern, schon jemals einen so vollendeten Plow gegessen zu haben. Würzig, nicht zu fett, der Reis locker, das Fleisch zart. Wie glücklich ein gutes Essen machen kann!

Plow mit Lammfleisch

Zutaten: 3–4 Pfund schieres Lammfleisch, 1 feingehackte Zwiebel, ¼ Pfund feingehackte Schalotten, ¼ Pfund Butter oder Lammnierenfett, ½ Glas Reis, 1 Glas Bouillon, 5 Körner Piment, 5 schwarze Pfefferkörner, ½ Lorbeerblatt, Pfeffer, Salz

Zubereitung: Fleisch salzen, pfeffern und in kleine Würfel schneiden; Zwiebel und Schalotten in Butter oder Nierenfett andünsten, Fleischwürfel hineingeben, anbraten, mit Bouillon ablöschen und zugedeckt halbgar schmoren; zwischendurch umrühren. Reis waschen, mit heißem Wasser übergießen, 10 Minuten quellen lassen; danach in ein Sieb schütten, mit kaltem Wasser abschrecken, abtropfen lassen und zum Fleisch geben. Bratensaft mit so viel Bouillon auffüllen, daß Reis und Fleisch mit Flüssigkeit bedeckt sind; Lorbeerblatt, Piment und Pfefferkörner hinzugeben, und alles zugedeckt auf kleiner Flamme garen; zuletzt mit Salz abschmecken.

Winegret

Zutaten: 15 kleinere Kartoffeln, 3 Knollen rote Bete, ½ Pfund gekochte weiße Bohnen oder grüne Erbsen, 2 feingehackte Zwiebeln, 1 Bund feingehackte Petersilie, 3 EL Olivenöl, 2 EL Essig, Pfeffer, Salz

Zubereitung: Kartoffeln kochen, rote Bete backen, beides in kleine Würfel schneiden und vermischen. Bohnen (oder Erbsen), Zwiebeln, Salz, Pfeffer, Olivenöl, Essig und Petersilie hinzugeben, und alles gut verrühren. Wird als Vorspeise oder Beilage zu Rinderbraten gereicht; in Nordrußland ist es üblich, ihn zusätzlich mit Heringshappen zu garnieren.

Zu Winegret gibt es übrigens einen alten Kalauer, dessen Vielbemühtheit wohl nur in Rußland denkbar ist: Was unterscheidet den schwachen Mann vom starken? Der schwache Mann fällt mit dem Gesicht in den Winegret, der starke in den Nachtisch.

Lew Tolstoj

Als Lew Tolstoj einmal bei seiner Tochter Tatjana Suchotina auf Gut Kotschety zu Gast war, wurde er krank. »Mir kann nur ein vegetarisches Süppchen helfen, und nur von Sofjuschka gekocht«, erklärte der überzeugte Vegetarier. Alle Suppen, die ihm angeboten wurden, wies er mit gerümpfter Nase zurück. Tatjana blieb nichts anderes übrig, als ihre Mutter Sofja Andrejewna aus Jasnaja Poljana holen zu lassen; zum Glück war es bis dorthin nicht weit. Die Gräfin stieg aus der Kalesche, ging zum Hühnerstall, suchte das größte Huhn aus und wies das Gesinde an, es zu schlachten und in die Küche zu bringen. Dann schritt sie selbst zur Tat. Sie kochte das Huhn, schöpfte das Fett ab und steckte ein großes Kohlblatt in die Brühe. Als kurz darauf auch das letzte Fettauge verschwunden war, gab sie Gemüse hinzu und zauberte daraus ihre »vegetarische« Suppe. »Mmmh, genau das hat mir gefehlt!« brummte unser großer Schriftsteller zufrieden. »Ich sag's ja – keiner kann besser vegetarisch kochen als Sofjuschka!«

Aus ihren Tagebüchern wissen wir, welch ungeheures Arbeitspensum Sofja Andrejewna Tolstaja Tag für Tag zu bewältigen hatte: Dreizehn Kinder, der Haushalt, die Aufsicht über die Gutswirtschaft, die ständige Bewirtung von Gästen und dazu noch die Aufgabe, die Werke ihres Mannes mit der Hand abzuschreiben.

Schon oft habe ich Tolstojs Landgut Jasnaja Poljana in der Oblast Tula, das seit 1921 ein großes Tolstoj-Museum ist, besucht. Das letzte Mal allerdings aus einem Grund, der recht wenig mit dem Schriftsteller zu tun hatte. Ein Kollege aus der Drehbuchbranche hatte das Hobby, Fotos von besonderen Lenin-Denkmälern zu sammeln. Keinem Menschen auf der Welt wurden so viele Denkmäler gesetzt wie Lenin: Das exotischste steht in Aschgabat, der Hauptstadt von Turkmenistan, das größte und massivste (7,70 Meter hoch, 42 Tonnen schwer) in Ulan-Ude, der Hauptstadt von Burjatien, das frostbeständigste nahe des nördlichen Polarkreises.

Als ich die Foto-Leniniade meines Kollegen sah, stellte ich fest: »Aber der komischste Lenin fehlt noch in deiner Sammlung.« Ungläubig fragte mein Kollege: »Wirklich? Wo sollte er sein?« – »In Jasnaja Poljana.« – »Ausgeschlossen!« So versprach ich, ihm ein Foto dieses Denkmals zu beschaffen, damit er sich mit eigenen Augen davon überzeugen konnte.

Wenig später hatte ich beruflich in Tula zu tun und machte einen Abstecher nach Jasnaja Poljana. Vom Bahnhof begab ich mich direkt zu jener Schule, auf deren Gelände ich das Denkmal gesehen hatte. Wer sich halbwegs mit Geschichte auskennt, wird sich bei seinem Anblick tatsächlich wundern: Dieser Lenin trägt einen Mantel, der verdächtig nach Militärrock aussieht, und seine vorgestreckte Hand erweckt den Eindruck, als bäte der Führer des Proletariats um eine milde Gabe. Dieses ungewöhnliche Erscheinungsbild liegt einfach darin begründet, daß das Standbild 1956, als die Führung der Sowjetunion dem Kult um Stalin abschwor, verändert und der »Vater der Völker« in den »Führer des Proletariats« umgemodelt wurde.

Als ich mein Foto geschossen hatte, streifte ich noch einmal im schönen Jasnaja Poljana umher. Wenn man vom Eingang her die Birkenallee hinaufgeht, vorbei an Wirtschaftsgebäuden, Gärten und den Waldstücken Tschapysh und Sakas, gelangt man auf eine weite Wiese mit einer Anhöhe. Von dort bietet sich ein Rundblick auf das ganze sonnenüberflutete Landgut und man begreift das »Jasnaja« in seinem Namen – »jasnaja« heißt »hell«. Tolstoj hat diesen Platz innig geliebt. In seinem Tagebuch heißt es: »Ging gestern Abend zum Sakas hinaus und mußte vor Freude und aus Dankbarkeit für das Leben weinen.«

Hier ist fast alles noch so, wie es zu Tolstojs Zeiten war. Auch gibt es noch zahlreiche Bäume, die »sich des Grafen entsinnen« – Eichen, Ahorne und sogar bis zu vierzig Meter hohe Pappeln. Über die Pappeln wunderte ich mich, wußte ich doch, daß sie nicht so langlebig wie Ahorne oder gar Eichen sind. Als mir der Förster begegnete, fragte ich ihn danach. Die Stämme dieser Pappeln, so seine Erklärung, seien mit der Zeit hohl geworden, einige teilweise, andere fast ganz, und die Leute vom Ort hätten sie immer wieder stabilisiert, um ihre lieben Tolstoj-Riesen am Leben zu erhalten. »Sehen Sie die vielen Blech- und Netzflicken?« Gepflanzt worden seien die Pappeln schon von Tolstojs Mutter.

Zurück zu unserem Thema. Wer bei der Lektüre von *Krieg und Frieden*, *Anna Karenina*, *Die Auferstehung* oder *Die Kosaken* auf Kulinarisches achtet, wird erstaunt sein, wie viele interessante, ausgefallene Speisen dem Autor geläufig waren. Doch anders als etwa Gogol, der sich gern in Einzelheiten der Tafel, des Speisens und sogar der Zubereitung ergeht, enthält sich Tolstoj jeder näheren Beschreibung. Er gibt lediglich eine Vorstellung von der Art des Essens, seiner Kargheit oder Reichhaltigkeit, und das meist nur durch ein bezeichnendes Detail. Dabei war er selbst ein großer Gourmet, mit einer Vorliebe für Geräuchertes oder am Spieß gebratenes Spanferkel, außerdem eine Naschkatze, ganz begierig auf süße Nachspeisen, besonders Pastila. Im fortgeschrittenen Alter wurde er Vegetarier.

So kommen wir nun auf die schon erwähnte Pastila zurück, die beliebteste und wohl älteste Süßspeise der russischen Küche.

Früher hat fast jede Familie ihr eigenes Pastila-Rezept gehabt und sein Geheimnis eifersüchtig gehütet. So liest man in dem berühmten Kochbuch der Sofja Andrejewna Tolstaja unter Rezept Nr. 151: »Pastila der Tolstojs«. Zeitgenossen erinnerten sich, daß die Tolstojsche Pastila »Obstwölkchen« hieß und stets perfekt gelang – schneeweiß und schaumig. Sie wurde in Schachteln aufbewahrt, und die Kinder konnten es zum Unmut der Mutter nicht lassen, heimlich von ihr zu naschen.

Tschechow und Dostojewskij aßen Pastila ebenfalls leidenschaftlich gern, Iwan Lashetschnikow beschreibt sie in seinem Roman *Der Eispalast*, und Boris Pilnjak machte sie sogar zum Thema seiner Erzählung *Kolomnaer Pastila*. Überhaupt soll die Pastila aus Kolomna stammen; jedenfalls wurden in dortigen Klöstern Hand-

schriften aus dem 15. Jahrhundert gefunden, in denen ihre Zubereitung erstmals beschrieben ist: Gekochte oder gebackene Äpfel schaumig rühren, in mehr oder weniger dicker Schicht auf den Boden eines breiten Tongefäßes auftragen und im warmen russischen Ofen trocknen, die festgewordenen Schichten übereinanderlegen, in Erlenholzkästchen legen und noch einmal trocknen lassen.

Für Kolomna als Herkunftsort spricht auch, daß 1737 nirgendwo anders als dort die erste Pastilafabrik Rußlands eröffnet wurde. Sie brachte es zu solchem Erfolg und Ansehen, daß selbst der Zarenhof bei ihr bestellte. Ab Mitte des 19. Jahrhunderts wurde Pastila als kulinarische Besonderheit nach Europa exportiert.

Anfangs verwendete man für die Pastila nur Antonow-Äpfel oder wilde Äpfel, das heißt Apfelsorten mit besonders viel von dem notwendigen natürlichen Geliermittel Pektin. Später kam auch die Beerenpastila auf, deren Zubereitung aber wegen des geringen Pektingehaltes der Beeren mühsamer ist.

Wie einfach die Pastilazubereitung an sich auch zu sein scheint, sie hat ihre Tücken. Dagegen helfen folgende Vorkehrungen: 1. Bevor das durchs Sieb gerührte Obstmus in den Ofen kommt, sollte man es dämpfen und ausgiebig schlagen, 2. Pastila im abkühlenden Ofen trocknen, also bei langsam sinkender Temperatur, 3. streng auf den richtigen Trockenheitsgrad achten, denn wenn die Pastila zu trocken wird, zerfällt sie zu Apfelchips; wenn sie nicht trocken genug ist, mißrät sie zu einer sahnebonbonähnlichen, zähklebrigen Masse. Sie trocknet gut auf Pergament, am besten aber auf einer Art Geweberost – einem in einen Holzrahmen gespannten Stück Tuch. Zu aufwendig? Aber es lohnt der Mühe! Pastila ist nicht nur ein Leckerbissen, sondern auch gut für die Gesundheit: nicht nur reich an Vitaminen, sondern auch an Pektin und Agar, von denen das eine den Cholesterinspiegel senkt und das andere die Nierenfunktion unterstützt.

Im folgenden zwei Pastilarezepte aus dem Hause Tolstoj.

Hausgemachte Apfelpastila

Zutaten: Äpfel, Zucker (je 2 Glas Zucker pro 4 Glas Mus), 2 geschlagene Eiweiß, Puderzucker

Zubereitung: Äpfel auf ihre Eignung prüfen: zwei, drei Stück dämpfen oder backen, durch ein Sieb reiben und kräftig rühren; wenn sie sich dabei weiß färben, sind sie für Pastila geeignet. Stets nicht ganz ausgereifte Äpfel verwenden. Für die Pastila ganze Äpfel in etwas Wasser dämpfen, bis die Schale rissig wird; durch ein Sieb reiben und mit Zucker verrühren; Eiweiß hinzugeben und alles schaumig rühren. Masse 2 cm hoch in eine eingefettete Form geben, mit Pergament abdecken und bei maximal 40–50 °C Ofentemperatur 2–4 Stunden backen. Fertige Pastila aus dem Ofen nehmen, abkühlen lassen, in Stücke schneiden, mit Puderzucker bestäuben und zum nochmaligen Trocknen in den warmen Ofen stellen. Danach servieren oder in mit Pergament ausgelegten Schachteln aufbewahren.

Beerenpastila mit Nüssen

Zutaten: Beeren, Zucker, gemahlene Walnüsse, Puderzucker

Zubereitung: Beeren beliebiger Sorte in einem Topf mit etwas Wasser kochen, durch ein Sieb reiben, mit beliebig viel Zucker verrühren und unter Rühren weiterkochen. Wenn das Beerenmus so weit angedickt ist, daß es sich vom Topfboden ablösen läßt, Walnüsse unterrühren. Eingefettetes Pergamentpapier auf ein Blech breiten, Mus darauf 1–2 cm dick verteilen und im halbgeöffneten Ofen bei 60 °C backen. Festgewordenes Mus in schmale Streifen schneiden, Streifen mit Walnüssen und Puderzucker bestreuen, zusammenrollen und mit einem Holzspießchen fixieren.

Im Jahr 1899 erschien mit *Die Auferstehung* Tolstojs dritter und letzter Roman. Selten hat ein literarisches Werk eine so starke Wirkung auf mehrere Generationen zugleich ausgeübt wie dieses. Aber kein Wunder – verbunden mit einem menschlich bewegenden Sujet, ist es von einer Sozialkritik getragen, deren Schärfe und Radikalität in Rußlands Geschichte ihresgleichen sucht.

Nechljudow, ein junger adliger Gutsherr, verführt Katja, die sechzehnjährige Tochter einer Magd. Als sie schwanger wird, überläßt er sie ihrem Schicksal. Viele Jahre später, sie ist inzwischen Prostituierte in einem Bordell geworden, wird sie zu Unrecht eines Mordes beschuldigt und vor Gericht gestellt. Der Zufall will es, daß Nechljudow bei der Gerichtsverhandlung Geschworener ist; er erkennt sie wieder, bekommt Gewissensbisse und beginnt, mit sich selbst hart ins Gericht zu gehen. Von Schuldgefühlen überwältigt, beschließt er, alles zu tun, was in seinen Kräften steht, um sie zu retten. Er verwirft sein bisheriges Leben, hält um ihre Hand an und folgt ihr nach Sibirien in die Verbannung.

Der Roman wurde 1899 in Rußland nur mit umfangreichen Streichungen veröffentlicht; im europäischen Ausland erschien er unzensiert.

Katjuscha und Marja Pawlowna, beide in Stiefeln, kurzem Pelz und Kopftuch, verließen die Etappenbaracke und gingen zu den Händlerinnen hinüber, die an der windgeschützten Nordseite des Zaunes hockten und ihre Ware anpriesen: frisches Weißbrot, Gebäck, Fisch, Nudeln, Grütze, Leber, Rindfleisch, Eier, Milch; eine hatte sogar ein gebratenes Spanferkel mitgebracht.

Die Auferstehung

Gebratenes Spanferkel

Zutaten: Frisch geschlachtetes Spanferkel, ½ Glas Mehl, 2 Glas saure Sahne, 100 g Butter, Salz

Zubereitung: Spanferkel mit Wasser überbrühen und abtrocknen; noch verbliebene Borsten mit Mehl einreiben und absengen. Bauch- und Brustpartie bis zum Kopf aufschneiden, Innereien und Eingeweide herausnehmen, Leib außen und innen kalt abwaschen und innen mit Salz einreiben; dann bäuchlings auf ein mit etwas Wasser bedecktes Blech legen, mit zerlassener Butter und saurer Sahne übergießen, in den Ofen schieben (möglichst einen so großen, daß er vollständig Platz hat) und bei mittlerer Hitze braten, dabei gelegentlich mit Wasser oder Bratensaft begießen. Bratdauer nicht länger als 1½ Stunden, weil das Fleisch sonst zu fest und trocken wird. Unzerteilt anrichten und mit Kräutern garnieren.

An anderer Stelle wird geschildert, wie Katja und ihre Begleiterin Fisch einkaufen. Daher noch ein paar alte russische Rezepte zu Fischgerichten; bei den meisten davon handelt es sich übrigens um Sakuska, einen kalten Imbiß, der vor der Hauptmahlzeit serviert wird.

Gefüllte Zanderfilet-Rollen

Zutaten: Zanderfilet, Mehl, Ei, Paniermehl, Butter oder Öl

Zutaten der Füllung: 200 g Steinpilze oder Champignons, 1 Petersilienwurzel, mehrere kleine Zwiebeln, Butter, Gemüsebouillon, 2–3 EL Tomatenmark, Pfeffer, Salz

Zubereitung der Füllung: Pilze, Petersilienwurzel und Zwiebeln fein hacken, salzen, pfeffern, miteinander verrühren, in Butter anbraten, dann etwas Gemüsebouillon hinzugeben, und alles 5 Minuten kochen; zuletzt Tomatenmark unterrühren.

Zubereitung: Zanderfilet enthäuten, entgräten und in 6–10 cm breite Streifen schneiden, mit Füllung belegen, zusammenrollen, mit Holzspießchen fixieren und in Mehl, dann verquirltem Ei, dann Paniermehl wälzen und grillen oder in Butter oder Öl braten.

Gefüllter Hecht

Zutaten: 1 frischer Hecht, 2 Zwiebeln, 2 Scheiben Weißbrot ohne Kruste, 1 Glas Milch, 50 g Butter, 2 Eier, 5–6 Knoblauchzehen, gekochte Salzkartoffeln, Mayonnaise, Essig, Pfeffer, Salz

Zubereitung: Hecht schuppen, ohne die Haut zu verletzen; Haut rings um den Kopf einschneiden, vom Fleisch ablösen und wie einen Strumpf zusammen mit dem Schwanz abziehen (dabei ggf. mit dem Messer nachhelfen: Rückengräte in Schwanznähe unterhalb der Haut durchtrennen, dadurch läßt sich die Schwanzflosse mitabziehen). Enthäuteten Hecht ausnehmen, waschen und entgräten. Von Zwiebeln, Pfeffer und Hechtkopf eine Bouillon kochen. In grobe Stücke geschnittenen Hecht, eingeweichtes und ausgedrücktes Weißbrot und Knoblauch durch den Fleischwolf drehen, miteinander verrühren, mit Salz abschmecken; dann Eier und angewärmte Butter unterrühren. Geschlossene Hechthaut mit dieser Masse füllen, in einen Topf geben, Bouillon hinzugeben, aufkochen und kürzere Zeit köcheln lassen. Den garen, gefüllten Hecht erst herausnehmen, wenn die Bouillon abgekühlt ist, dann auf einen Bratenteller heben, vorsichtig in Portionen schneiden, so daß die Fischform erhalten bleibt (dazu auch ausgekochten Hechtkopf am vorderen Ende anlegen) und mit Mayonnaise übergießen. Salzkartoffeln als Beilage sowie Essig und zerkleinerten Knoblauch gesondert servieren.

Fisch auf Kosakenart

Zutaten: 4 Forellen à ca. 180 g, 4–5 Zwiebeln, 200 ml trockener Weißwein, Pfeffer, Salz

Zubereitung: Die Forellen reinigen, mit einem Messer quer unter den Kiemen aufschneiden und die Eingeweide herausziehen, gut durchspülen, abtropfen lassen und anschließend salzen und pfeffern. Die Fische in eine feuerfeste Form legen, mit Weißwein begießen und im vorgeheizten Backofen bei 180 °C auf der mittleren Schiene ca. 18 Minuten garen.

Fisch-Kartoffel-Puffer auf Wolgabauernart

Zutaten: 300 g Fischfilet, 100 g in Milch eingeweichtes und ausgedrücktes Weißbrot ohne Kruste, Butter oder Speiseöl, Milch, Ei, 300 g Kartoffelpüree, Paniermehl

Zubereitung: Fisch zusammen mit Weißbrot durch den Fleischwolf drehen und mit Kartoffelpüree verrühren. Masse in Pufferportionen teilen, mit in Milch verquirltem Ei bestreichen, in Paniermehl wenden und in Butter oder Öl braten.

Fisch-Sauerkraut-Topf aus der Klosterküche

Zutaten: 400 g Sauerkraut, 100 g getrocknete Pilze, 40 g entgräteter, schwach gesalzener, in kleine Stücke geschnittener Fisch, 100 g Butter, 2 grobgehackte Zwiebeln, Pfeffer

Zubereitung: Pilze in heißem Wasser einweichen und abkühlen lassen, danach fein hacken und in einen Topf geben; Sauerkraut, Zwiebeln, Pfeffer, Butter und Pilzwasser hinzugeben, und alles zusammen garen. Wenige Minuten bevor der Topf vom Herd genommen wird, den Fisch unterrühren.

> *Der Tisch war mit einem grobleinenen Tuch bedeckt, als Serviette diente ein gesticktes Handtuch, und die aufgetragene Vieux-Saxe-Terrine mit abgeschlagenem Henkel enthielt Kartoffelsuppe, in der Stücke jenes Hahns schwammen, der noch kurz zuvor bald das eine, bald das andere schwarze Bein ausgestreckt hatte … Nach der Suppe wurden Bratenteile desselben Hahns, an denen noch Federreste klebten, und Quarkkeulchen mit überaus viel Butter und Zucker gereicht.*
>
> Die Auferstehung

Quarkkeulchen

Zutaten: 500 g Quark, 2 Eier, ½ Glas Mehl, ½ Glas saure Sahne, 60 g Butter, 4 EL Zucker, 1 Prise Salz

Zubereitung: Quark durch ein Sieb rühren, Mehl, Salz, Zucker und Eier hinzugeben. Teig glatt rühren und zu gleich großen flachen Keulchen formen; diese in Butter goldbraun braten. Mit Zucker und saurer Sahne anrichten.

Aber worüber alle anderen auch redeten und lachten, wie genüßlich sie auch ihren Rheinwein tranken und ihr Sauté und Gefrorenes speisten, geflissentlich vermeidend, Pierre und Hélène anzublicken … man merkte doch, daß das Gelächter über die Anekdoten … und das Vergnügen am Essen und Trinken nur Verstellung waren.
Krieg und Frieden

Von Sauté ist bei unseren Klassikern nur selten die Rede, dabei gehörte es in den russischen Adelshäusern häufig zur größeren Tafel. Es ist eine Art Ragout von Fleisch jeder Art (von Hühnchen über Schnepfe bis Wildbret und Fisch) bzw. Kalbs- oder Gänseleber. Außer bei letzteren, denen in der Regel Pilze beigegeben werden, bleibt die Zubereitung in jedem Fall gleich.

Wildsauté

Zutaten: 1 kg kleingeschnittenes Wildfleisch, 700 ml Weißwein, 500 ml Weinessig, 50 g Butter, 200 g zerkleinertes Suppengrün, feingehackte Petersilie und Dill

Zubereitung: Fleisch in eine Marinade von Weißwein, Weinessig, Suppengrün, Dill und Petersilie legen und 24 Stunden kühl stellen; danach herausnehmen, weich klopfen und noch einmal 2 Stunden ruhen lassen; schließlich zügig bei kräftiger Hitze braten. Heiß servieren, zusammen mit einer passend gewürzten Sauce und Beilage nach Wahl.

Sogleich, noch bei der Ucha, brachte man Gagin Champagner …
Anna Karenina

Ucha aus Aal

Zutaten: 1 Aal von 3–4 Pfund, 4 Zwiebeln, 3 Petersilienwurzeln, 1 Lorbeerblatt, gehackte Petersilie, Dill, Zwiebellauch, 3–4 schwarze Pfefferkörner, Salz

Zubereitung: Aal enthäuten oder besser mit Sand abreiben, da er ohne Haut an Geschmack einbüßt, und waschen; ausnehmen, außen trockentupfen, innen salzen, dann in größere Stücke schneiden. Für die Ucha Wasser zusammen mit Zwiebeln, Petersilienwurzel, Pfefferkörnern und Lorbeerblatt aufkochen, Aalstücke und nach Geschmack Salz hinzugeben. Aalstücke kurz vor dem Garen (nach ca. 45 Minuten) in einen anderen Topf geben, mit der Kochbrühe übergießen und zu Ende garen. Mit Petersilie, Dill und Zwiebellauch bestreut servieren.

»Was gibt es denn zum Nachtisch, Mama?« ließ sich Nataschas Stimmchen vernehmen ... »Eiscreme, aber du bekommst nichts«, antwortete Maria Dmitrijewna.

Krieg und Frieden

Nicht nur Pastila, auch Eiscreme wurde im Hause Tolstoj selbst gemacht, und sicherlich ist es kein Zufall, daß der Schriftsteller bei dieser Szene mit der jugendlichen Heldin Natascha Rostowa als Nachtisch nicht Gebäck, sondern ausdrücklich Eiscreme gewählt hat. Hier ein sehr altes russisches Rezept.

Eiscreme

Zutaten: 200 ml Milch, 8 EL frische Sahne, 5 Eier, 80 g Zucker, 2 EL Kartoffelmehl

Zubereitung: Milch und schaumig geschlagene Eier anwärmen, zusammenschütten und sorgfältig verrühren; anschließend unter Rühren in etwas lauwarmem Wasser aufgelöstes Kartoffelmehl, dann Sahne und Zucker hinzugeben. Dickflüssige Masse durch ein Sieb streichen und 2–3 Stunden stehen lassen, dann kräftig schlagen, in Schälchen füllen und ins Gefrierfach stellen. In gefrorenem Zustand mit Warenje, frischen Himbeeren, Erdbeeren oder Preiselbeeren servieren.

Lukaschka erhob sich und musterte den gefangenen Fasan kritisch ... »Heute gibt es Pilaw; los, schlachte und rupfe ihn.« ... Lukaschka zog ein kleines Messer unter seinem Dolch hervor und stieß es blitzschnell in den Hals des Fasans. Der Fasan schnellte hoch, spreizte die Flügel, doch schon fiel sein Kopf zur Seite; dann zuckte er noch einmal heftig blutend und blieb regungslos hängen. »So wird's gemacht!« brummte Lukaschka und warf den Fasan auf den Boden. »Das wird einen ordentlich fetten Pilaw geben.«

Die Kosaken

Pilaw ist ein anderer Name für Plow, jenem bekannten mittelasiatischen Gericht, das auch in Rußland weite Verbreitung fand. Es ist ein Reisgericht mit Fleisch und Gemüse.

Plow mit Fasanenfleisch

Zutaten: 500 g in Würfel geschnittenes Fasanenfleisch, 500 g Reis, 200 g in Würfel geschnittene Möhren, 200 g in Würfel geschnittener Rinderspeck, 150 g grobgehackte Zwiebel, ½ TL roter Pfeffer, ½ TL Piment, ½ TL Berberitze, ½ TL Butter zum Anbraten, Salz

Zubereitung: Fleisch in stark erhitzter Butter scharf anbraten, Zwiebeln und Möhren hinzugeben und ebenfalls anbraten; danach alles salzen und würzen und mit 1 Glas Wasser ablöschen. Reis waschen, in warmem Wasser einweichen; Wasser durch ein Sieb abgießen und Reis zum Fleisch schütten. So viel Wasser auffüllen, daß Fleisch, Reis und Zutaten vollständig mit Flüssigkeit bedeckt sind. Alles bei festgeschlossenem Deckel ½ Stunde köcheln lassen. Fertigen Plow mehrmals kräftig umrühren.

Die Kosaken haben stets ihren eigenen Wein, und ihr häufiges gemeinsames Trinken ist weniger ein Bedürfnis als vielmehr ein Brauch, dessen Nichtbefolgung für Häresie gehalten werden würde.

Die Kosaken

Obstwein nach Kosakenart

Zutaten: 3 kg Beeren oder Obst, 1 kg Zucker, 7 l Wasser

Zubereitung: Wichtig bei der Herstellung von Obstwein: Auf die richtige Zuckerkonzentration und eine gleichbleibende Temperatur von 25 °C beim Gärprozeß achten. Beeren oder Obst nicht waschen, da sich auf der Oberfläche die erforderlichen Gärstoffe befinden. Wenn, wie in der Regel, Weintrauben verwendet werden, diese in einem Gefäß zerstampfen, ausgetretenen Saft filtern, nach Bedarf süßen und in Gefäße mit schmalem Hals abfüllen. Jedes Gefäß mit einem Deckel verschließen, an dem ein Schlauch angebracht ist. Das andere Schlauchende in ein Glas Wasser tauchen. Der Gärprozeß ist nach einer Woche abgeschlossen, doch sollte man den Wein 1–2 Monate ruhen lassen. Den ausgegorenen Wein einige Zeit kühl lagern, dann abseihen und in saubere Gefäße füllen.

Nikolaj Leskow

Im Leskow-Museum in Orjol sah ich einmal das Foto eines Generalleutnants. »Wer mag das sein?« fragte ich den Museumswärter. »Leskows Sohn Andrej«, war die Antwort. »Der jüngere Sohn, aus zweiter Ehe; er kümmerte sich rührend um seinen kranken alten Vater und war überhaupt der einzige Mensch, der immer zu ihm hielt. Später schrieb er die erste Leskow-Biographie. Auch für dieses Museum hat er viel getan.«

Dann erzählte er eine Menge Interessantes über den Autor der bekannten Novellen *Die Lady Macbeth von Mzensk*, *Der verzauberte Pilger* und *Der Linkshänder*, verschiedener Romane und zahlreicher Erzählungen, und ich hörte zu und dachte bei mir: Die Museumsleute in der russischen Provinz sollten wie Heilige verehrt werden. Für ein winziges Gehalt, manchmal sogar ohne jede Bezahlung hüten sie die Kultur und Geschichte ihrer Region und haben es sich zur Herzensangelegenheit gemacht, den Schatz ihrer Kenntnisse mit jedem zu teilen, der bei ihnen hereinschaut.

Unterdessen fuhr der Mann fort: »Maxim Gorkij sagte einmal zu Recht: ›Ein Großvater von Leskow war Geistlicher, eine Großmutter Kaufmannsfrau, der Vater Beamter und die Mutter Adlige; so floß das Blut von vier Ständen in seinen Adern. Er kannte das Leben wie kein zweiter, das heißt die Lebensgewohnheiten, Lebensverhältnisse und die sozialen und sozialpsychologischen Gegebenheiten aller Stände.‹«

Aus seiner Biographie wissen wir, daß Leskow ungewöhnlich aufgeschlossen gegenüber anderen Menschen war. Täglich empfing er in seinem Haus nicht nur Freunde, sondern jeden, der das Gespräch mit ihm suchte. Mit den Jahren allerdings wurde ihm die Bewirtung so vieler Gäste zu beschwerlich. Einmal schrieb er darüber wie zu seiner Rechtfertigung: »Ich lebe durchaus nicht sparsam, sondern so, wie ich leben möchte, immer gern bereit, andere nach besten Kräften zu unterstützen. Es lieber seinlassen? Das kann nur jemand meinen, der nie am eigenen Leib erfahren hat, was es in der Not bedeutet, eine Mahlzeit spendiert zu bekommen oder Unterkunft bei Fremden zu finden. Wenn ich heute meine Gäste nicht mehr so reich wie früher, sondern nur noch mit Tee bewirte, so tue ich dies nicht aus Sparsamkeit oder gar Geiz, sondern weil ich es leid geworden bin, mein Haus ständig in ein Büfett verwandelt zu sehen. Auch kann ich den Bediensteten nicht länger zumuten, Abend für Abend bis in die tiefe Nacht bei Fuß zu stehen.« Aber auch zu den Teestunden kamen die Besucher in Scharen, oft von weither aus ganz Rußland, darunter Mönche, Altgläubige, Pilger und Wallfahrer. Sie alle saßen bis Mitternacht beisammen und führten mit dem Hausherrn angeregte Gespräche.

Was mag man in diesem Kreis getrunken haben? Nur Tee? Nun, sicherlich auch mal einen Schluck Wodka. Oder das eine oder andere Glas Champagner. Daß Leskow selbst kein Champagnerverächter war, geht untrüglich aus einer amüsanten Szene seiner Novelle *Der Bischof* hervor. Und in dem Roman *Die Klerisei* taucht wiederholt ein Getränk mit dem geheimnisvollen Namen Lampopo auf; es war in der zweiten Hälfte des 19. Jahrhunderts in Rußland populär, ist aber heute so gut wie vergessen.

Doch zunächst die Champagner-Szene. Drei junge Abenteurer bieten einem Bischof, der sich auf der Durchreise befindet, ihr Geleit an, nachdem sie mitbekommen haben, daß ihm sein Gastgeber »einen kleinen Imbiß und ein wenig Schäumenden« als Wegzehrung in die Kutsche mitgegeben hat.

»Doch gleich nach dem Essen begann er, zum Aufbruch zu rüsten, und während er den Kaffee nahm, wurde die Kutsche bereitgestellt. Wie er gekommen war, nur mit seinem Diener Semen, so wollte er weiterfahren. Da aber sprachen die drei Brüder N. bei ihm vor und baten eindringlich, ihn nach der Stadt O. geleiten zu dürfen.

›Und aus welchem Grunde wollt ihr mich geleiten?‹ fragte der Bischof.

›Es ist ein öder Weg, Euer Hochwürden.‹

›Vor öden Wegen ist mir nicht bang; ich habe gerade mal dreihundert Rubel bei mir, und die sind redlich verdient.‹

›Aber wir möchten Euch gern das Geleit geben, Herr!‹

›Also wenn ihr so dringend möchtet … Nun denn, meinetwegen.‹

Und der Bischof setzte seine Reise im Geleit fort. Er saß in seiner Kutsche, und ihm voran fuhr ein großer Kasaner Tarantas, in dem es sich die drei stattlichen jungen Männer bequem gemacht hatten: ein Friedensrichter, ein Offizier und ein Studiosus von der Universität.

Vor der Abfahrt hatte der Gastgeber zum Bischof gesagt: ›Ich habe mir erlaubt, Eurem Diener etwas unter den Sitz schieben zu lassen.‹

›Und was ist dieses Etwas, das meinem Semen untergeschoben wurde?‹

›Ein kleiner Imbiß und … ein wenig Schäumender.‹

›Schäumender, wozu das?‹

›Laßt nur.‹

›Hm … Nun denn, lassen wir's meinetwegen. Semen, mein Freund, daß du mir das Untergeschobene gut hütest!‹

Das Wetter war mild und trocken, die befestigten Wege waren gut in Schuß … Die beiden Gefährte fuhren ruhig und wohlbehalten dahin, und ihre Insassen erfreuten sich bester Stimmung – besonders übrigens die des vorderen, unsere jungen Männer; das war freilich weniger ihrer Frohnatur als dem Umstand geschuldet, daß sie sich ihrerseits mit einer Wegzehrung versehen und diese nicht allzu tief verstaut hatten. Nach und nach wurde ihnen indes bewußt, daß ihre sie so vergnügt stimmenden Vorräte zu versiegen drohten, bevor das Ziel der Reise erreicht war, sich unterwegs aber keine Möglichkeit bot, sie wieder aufzufüllen …

So vergaßen sich unsere übermütigen drei und faßten den kühnen Entschluß, sich an der »Wegzehrung« des Bischofs schadlos zu halten. Wie es aber anstellen? Einfach anzuhalten und den Bischof um Wein zu bitten wäre unschicklich gewesen ... Ihr Durst wurde unterdessen so übermächtig, daß sich die Lösung schließlich wie von selbst ergab.

Unvermittelt hielt der Tarantas, die drei stiegen aus und näherten sich ehrerbietigen Schrittes der Kutsche.

Der Bischof steckte den Kopf aus dem Fenster und fragte den Kavalleristen, der, eben herangetreten, Habachtstellung annahm und die Hand zum Mützenschirm schwenkte: ›Aus welchem Grunde haben wir gehalten?‹

›So will es die Sitte, Euer Hochwürden. An diesem Ort wird immer ein wenig verweilt.‹

›Und aus welchem Grunde will es die Sitte?‹

›Wer Proviant bei sich führt, möge hier einen Toast ausbringen.‹

›Was ihr nicht sagt! Und aus welchem Grunde ein Toast?‹

›An diesem Ort ... äh ... äh ... wurden die ersten Erzvorkommen entdeckt, die der vaterländischen Industrie so ungemein zugute kamen.‹

›Das ist natürlich … hm … nun denn, meinetwegen‹, murmelte der Bischof. ›Wenn es sich so verhält, wollen wir die Sitte befolgen.‹ Er öffnete das Klappfenster hinter sich und rief: ›Semen, den Schäumenden!‹

Der Diener packte die Vorräte aus, der Champagnerkorken knallte, die vier leerten einträchtig eine Flasche, und die Gefährte setzten sich wieder in Bewegung. So ging es fort: Immer wieder fanden unsere drei einen neuen Grund zum Halten, bis der bischöfliche Vorrat an ›Schäumendem‹ erschöpft war.«

Nun zu dem Getränk Lampopo. In dem Buch *Das gestrige Moskau* eines späten Zeitgenossen Leskows fand ich lediglich den Vermerk, Lampopo sei ein alkoholisches Mixgetränk, das »nur von Kennern oder von einer Gesellschaft getrunken wird, die sich noch einen besonderen Gaumenkitzel verschaffen will, nachdem sie schon alles durchprobiert hat«. Mehr nicht. In dem Roman *Die Klerisei* hingegen erfahren wir sogar seine Zusammensetzung: Honig und Bier.

Wie gut sich Leskow mit den Speisen und Getränken seiner Zeit wie auch früherer Zeiten auskannte, finden wir, wie die folgenden Beispiele zeigen, in seinen Werken vielfach belegt.

> *Das Mütterchen hatte ihm nicht mal erlaubt, in die Schänke »Wien« auf einen Tee zu gehen. »In diesem ›Wien‹ bekommst du sowieso nichts Gescheites zu hören«, sagte sie, »bleib lieber daheim und iß eingelegte Äpfel.«* Der Raub

Eingelegte Äpfel

Zutaten: 15 kg herbe, mittelgroße, ganze Äpfel, eine größere Menge Kirsch- oder Schwarze-Johannisbeeren-Blätter oder Weizen- oder Roggenstroh; salzige Lake (10 l Wasser, 200 g Roggenmehl, 2 EL Salz) oder süße Lake (10 l Wasser, 600 g Honig, 400 g Zucker, 3 EL Salz)

Zubereitung der salzigen Lake: Mehl mit siedendem Wasser übergießen, Flüssigkeit salzen, sorgfältig umrühren, abkühlen lassen und durch ein Tuch seihen.

Zubereitung der süßen Lake: Honig, Zucker und Salz im kalten Wasser verrühren.

Zubereitung: Nur ein Holz- oder Emaillegefäß (Kübel oder Faß) verwenden; in dieses abwechselnd eine Lage Blätter oder Stroh und eine Lage Äpfel geben, bis es gefüllt ist, wobei obenauf wiederum eine Schicht Blätter bzw. Stroh liegen sollte. Vollgeschichtetes Gefäß mit Lake füllen, auf die Decklage einen umgedrehten Teller legen und diesen mit einem geeigneten Gegenstand, etwa einem gesäuberten Feldstein, beschweren. Da die Äpfel in den ersten 3–4 Tagen viel Flüssigkeit aufnehmen, gelegentlich Lake oder kaltes Wasser nachfüllen, dabei darauf achten, daß der Teller stets 3–5 cm mit Flüssigkeit bedeckt ist. Einlegedauer mindestens 30–40 Tage.

Als erstes aßen sie ein paar Bissen Störrücken und Kaviar.
Der Raub

Auch dies ist eine Sakuska, eine kalte Vorspeise. Nirgends auf der Welt wird sie in solcher Vielfalt und Reichhaltigkeit hergestellt wie in Rußland; schon manch nichtsahnender ausländischer Gast hat sich so daran gesättigt, daß er bei den Hauptgängen hoffnungslos passen mußte. Viele russische Sakuskas haben Eingang in die europäische Küche gefunden: Sülze, Störrücken, Kaviar, Eingelegtes, Mariniertes und die berühmten Salate. Im folgenden einige Sakuska-Salate aus meinem persönlichen Küchenrepertoire.

Kamtschatka-Salat

Zutaten: 150 g gekochter, in kleine Stücke geschnittener Kabeljau, 2 gekochte Kartoffeln, 1 gekochte Möhre, 2 Tomaten, 2 EL grüne Erbsen aus der Dose, 1 EL Preiselbeeren oder Moosbeeren, 2 Stangen Lauchzwiebeln, Marinade von 100 g Sonnenblumenöl, ½ Glas Essigwasser, Pfeffer, Salz

Zubereitung: Kartoffeln, Möhre, Tomaten in kleine Würfel schneiden, mit Zwiebellauch, Erbsen, Beeren und Fisch vermischen, alles gut verrühren, mit Salz und Pfeffer abschmecken und mit der Marinade übergießen.

Marinierter Lachs

Zutaten: 1 ausgenommener Lachs (ca. 1½ kg), 40 g Steinsalz, 30 g Zucker, 2 Bund Dill, 1 TL grobgemahlener schwarzer Pfeffer

Zubereitung: Lachs waschen und trockentupfen; Filetstücke samt Haut auf beiden Seiten ablösen, Gräten mit einer Pinzette entfernen und Ränder mit einem Messer begradigen. Würzmischung aus Salz, Zucker und Pfeffer zubereiten, zur Hälfte auf das eine Filetstück streuen, Filetstück mit der Haut nach unten in ein Steingut- oder Porzellangefäß legen. Dill waschen und trockenschütteln, fein hacken, zusammen mit der anderen Hälfte der Würzmischung auf das andere Filetstück streuen, dieses mit der Haut nach oben so auf das untere legen, daß sich Schwanz- und Kopfpartien decken. Doppelfilet mit einer Speisefolie bedecken, mit einem Gewicht beschweren und im Kühlschrank mehrere Stunden ziehen lassen. In gleichmäßige Bissen geschnitten servieren.

Gemüse-Regenbogen

Zutaten: 8 Brotscheiben, 1 Möhre, 1 mittelgroße junge Kartoffel, 100 g Blumenkohl, ½ mittelgroßer Melonenkürbis, 2 Eier, 3 EL grüne Erbsen aus der Dose, 1 EL Butter, 100 g geriebener Käse, Salz

Zubereitung: Möhre, Blumenkohl, Kürbis und Kartoffel kochen und fein zerkleinern; Erbsen, mit Butter verrührte Eier und Salz hinzugeben, und alles gut verrühren. Brotscheiben damit bestreichen und zusätzlich mit Käse bestreut 5 Minuten im Ofen backen.

Ukrainische Kürbis-Frikadellen mit Sauce

Zutaten: 600 g Kürbis, 2 Zwiebeln, 1 Knoblauchzehe, 1 Bund Petersilie, 75 g geriebener Käse, 2 Eigelb, 2 EL Paniermehl, 2 EL Sonnenblumenöl, 2 EL Kürbiskerne, Pfeffer, Salz

Zutaten für die Sauce: 200 ml Wasser, 3–4 Eigelb, 100 g saure Sahne, 2–3 EL Zucker, 1 EL Butter

Zubereitung der Sauce: Wasser, saure Sahne und Butter unter ständigem Rühren zum Kochen bringen. Eigelb und Zucker verrühren, hinzugeben, und alles zusammen aufkochen lassen.

Zubereitung: Kürbis schälen, Kerne und Fasern entfernen. Die Stücke fein schneiden. Zwiebeln und Knoblauch schälen, Zwiebeln würfeln, Knoblauch pressen. Kürbiskerne und Petersilie hacken. Alles gut mit Käse, Eigelb, Paniermehl und Gewürzen vermengen. 6 Frikadellen formen und in heißem Fett von beiden Seiten 5 Minuten braten. Als warme Vorspeise servieren.

»Was ist denn daran kränkend, Warnascha? Morgens trinkst du ewig Milch, ewig willst du Tee und Brötchen, und mit Braten und Grütze ist es dasselbe.« Die Klerisei

Marinierte Rinderhappen mit Saure-Sahne-Rettich-Sauce

Zutaten: 500 g schieres Rindfleisch, 1 Glas Tomatensaft, 50 g Butter, Marinade von 1 Möhre, 1 Selleriewurzel, 2 Zwiebeln, 1 Lorbeerblatt, Zucker, Apfelessig, Pfeffer, Salz

Zutaten der Sauce: ½ EL Butter, 1 EL Mehl, 2–3 Glas Bouillon, geriebener Rettich, ⅓ Glas saure Sahne, (nach Belieben:) Essig, Salz, Zucker

Zubereitung der Sauce: Aus Butter, Mehl und Bouillon eine Béchamelsauce zubereiten. Mit angebratenem Rettich, saurer Sahne und nach Belieben mit Essig, Salz und Zucker verfeinern. Diese Sauce paßt auch sehr gut zu anderen Fleischgerichten.

Zubereitung der Marinade: Möhre, Selleriewurzel, Zwiebeln fein hacken und zusammen mit Pfeffer, Lorbeerblatt, Zucker, Salz, Essig 10 Minuten in wenig Wasser kochen.

Zubereitung des Fleisches: rohes Fleisch in Würfel von ca. 50g schneiden, leicht klopfen, mit der abgekühlten Marinade übergießen, zugedeckt kühl stellen und 20 Stunden ziehen lassen; anschließend auf ein sauberes Tuch breiten, 10–15 Minuten trocknen lassen und in erhitztem Fett kräftig anbraten; Tomatensaft und Marinade hinzugeben, und alles im Ofen bei mittlerer Hitze schmoren, dabei Fleischstücke gelegentlich mit Bratensaft begießen.

Buttermilchbrötchen

Zutaten: 2½ Glas Weizenmehl, 1 EL Kartoffelmehl, 2 Eier, 2 Glas Buttermilch, ½ Glas Zucker, Salz

Zubereitung: Weizenmehl mehrmals sieben, mit Kartoffelmehl vermischen; beides noch einmal sieben, auf eine Arbeitsfläche häufen, in eine Mulde in der Mitte Buttermilch, gequirlte Eier, Zucker und Salz geben, und alles zu einem festeren Teig kneten. Aus dem Teig ovale Klümpchen von je 100–150g formen, diese auf ein Blech reihen, mit Eigelb bepinseln und im Ofen 20–30 Minuten backen.

Hirsegrütze mit Kürbis war im alten Rußland sehr verbreitet, vor allem wurde es in Bauernfamilien gegessen.

Hirsegrütze mit Kürbis

Zutaten: 1 Glas Hirse, 600g Kürbis, 3 Glas Milch oder Wasser, 50g Butter, 1 EL Zucker, Salz

Zubereitung: Kürbis in kleinere Würfel schneiden, in einen tiefen Topf geben, mit heißer Milch oder heißem Wasser übergießen, zuckern, salzen und 5–10 Minuten kochen; danach in lauwarmem Wasser gewaschene Hirse hinzugeben, alles gut verrühren und weitere 30–40 Minuten kochen.

Während alle um die Pirogge versammelten Gäste darin vertieft waren, ihren Appetit zu stillen, warf der Hausherr beiläufig einen Blick aus dem Fenster und rief erstaunt: »Nanu? Sieh nur, Weib, wer dich besuchen kommt!« … »Aber mein Schwesterchen wird etwas zu sich nehmen wollen … Setzt Euch, Schwesterherz, und laßt es Euch schmecken. Wozu sich zieren?« sagte Zwerg Nikolaj Afanassjewitsch zu seiner Schwester neben sich und fuhr, an Olga Arsentjewna gewandt, fort: »Wenn Ihr ohne mich nicht essen mögt, verehrte Frau, seid so lieb und tut mir ein wenig Möhrenfüllung von der Pirogge auf.« Die Klerisei

Pirogge mit Möhren

Zutaten: 1 kg Weizenmehl, 4 Glas Milch, 3 Eier, 100 g Butter, 50 g Hefe, ½ Glas Zucker, Salz

Zutaten der Füllung: 400 g Möhren, 2 EL Honig, 1 Glas Zucker, 1 g gemahlene Nelke, 1 g gemahlener Zimt

Zubereitung der Füllung: geschälte und in Würfel geschnittene Möhren sehr weich kochen, abkühlen lassen, pürieren und Zucker, Honig, Nelken und Zimt unterrühren.

Zubereitung: Einen Teil des Mehls, Milch und Hefe zu einem Vorteig anrühren, diesen warm stellen und gehen lassen; sobald sich Bläschen bilden, durchkneten und Zucker, Salz, Butter in Flocken, Ei und das übrige Mehl hinzugeben. Teig noch einmal kneten, bis er nicht mehr an den Händen klebt und in zwei gleich große Klumpen teilen. Erst den einen Klumpen ausrollen (1–2 cm dick), mit Füllung belegen, seine Ränder aufschlagen und andrücken, dann den anderen Klumpen ebenfalls ausrollen und über den Belag breiten. Das Ganze warm stellen und 20–30 Minuten gehen lassen, dann im Ofen backen.

> *In diesem Schuppen war aller möglicher Hausrat abgestellt; es standen Fäßchen und Zuber herum, an der Decke hing ein ganzer Schinken, und an Pflöcken steckten Sträußchen von Quendel, Minze und Dill.*
>
> Die Klerisei

Räucherschinken

Zutaten: 500 g durchwachsenes Schweinefleisch, 1 große Zwiebel, 1 Selleriewurzel, 1 Bund Petersilie, 30–40 g Pastinakwurzel, 5–10 g rote Paprikaschote (oder Pulver), 5–8 schwarze Pfefferkörner, Salz

Zubereitung: Fleisch unzerschnitten in einen Topf geben und mit heißem Wasser übergießen, so daß es knapp bedeckt ist; Topf fest zugedeckt in den vorgeheizten Ofen stellen. Wenn das Wasser zu sieden beginnt, den sich bildenden Schaum mit einem Holzlöffel abschöpfen. Fleisch 2–4 Stunden kochen. 1 Stunde vor Ende der Garzeit zerkleinerte Zwiebel, Selleriewurzel, Petersilie, Pastinakwurzel, Pfeffer und Paprikaschote sowie Salz hinzugeben. Gegartes Fleisch aus dem Kessel nehmen, 2–3 Stunden trocknen lassen, danach auf einen Spieß stecken und 2–3 Stunden über offenem Kohlefeuer räuchern; wenn es ringsum gebräunt ist, vom Spieß nehmen, fest mit einer Hanfschnur umwickeln und an einem luftigen Ort im Stall oder Keller aufhängen. So behandelt, ist es mehrere Monate haltbar.

Gegen Abend äußerte der Bischof sogar den Wunsch, Karauschen im Teich zu angeln … »Eine uralte Arbeit, besonders beliebt bei den Aposteln!« murmelte er. »Um der Natur nahe zu sein, das besänftigt das Herz. Jesus Christus liebte Meere und Berge und verweilte gern an Seen. Weil man am Wasser so gut seinen Gedanken nachhängen kann.« So verbrachte er den ganzen Tag, ohne die Gespräche über Pilger und Gottesnarren zu vermissen, und als er den Tee genommen hatte, sagte er das Abendessen ab und bat nur um »ein wenig von der Christus-Speise« – gebackenem Fisch.

Kleinigkeiten aus einem Bischofsleben

Gebackener Fisch

Zutaten: Zum Backen sind nur größere Fische geeignet, wie Zander, Hecht, Renke, Brasse, Karpfen, Weißlachs oder Stör. Kleinere wie Dorsch, Karausche, Äsche oder Barsch sollten, mit drei Rückeneinschnitten versehen, in der Pfanne gebraten werden; Butter, Paniermehl, Petersilie, Salz

Zubereitung: Fisch schuppen, ausnehmen, waschen, innen und außen salzen, trockentupfen, mit Butter bestreichen, auf ein Blech legen und in den vorgeheizten Ofen schieben; wenn er leicht angebraten ist, mit Paniermehl bestreuen, dann weiterbraten und zwischendurch mit Bratensaft begießen. Gebackenen wie gebratenen Fisch mit frischer Petersilie bestreuen und zusammen mit Bratkartoffeln und Rote-Bete- oder Gurkensalat servieren.

Der hochwürdige L. aber war so voreingenommen, daß er alle Speisen, die ihm vorgesetzt wurden, für Fleischkost hielt. »Ich kann nicht, Euer Exzellenz«, sagte er zu seinem Gastgeber, als er einen Löffel zu sich genommen hatte, »Bouillon vom Rind!« »Aber nein, Euer Hochwürden, keine Sorge, es ist Ucha.« »Ucha, wirklich?!« »Ucha, wie ich Euch sage, eßt nur getrost, ich bitte Euch.« Aber der hochwürdige L. konnte seinem Gastgeber keinen Glauben schenken und aß zwar nicht ohne Appetit, doch von argem Zweifel geplagt, und mit jedem Bissen wurde seine Voreingenommenheit größer. Nun kam der Hauptgang an die Reihe, Verschiedenes in mehreren Schichten, und der Gastgeber fragte: »Von welchem Fisch darf ich Euch auflegen, von diesem hier oder dem?« Aber der Gast in seiner Voreingenommenheit vermochte keinen Fisch auf dem Teller zu erkennen, er sah nur noch Rebhuhn und Truthahn vor Augen, Rebhuhn und Truthahn, dick übereinandergeschichtet.

Der Bischof

Gekochter Zander

Zutaten: Zander, Bouillon aus Suppengrün, 3–4 Zwiebeln, 2 Lorbeerblätter, 1 Bund Petersilie, 15–30 Körner Piment, Salz

Zubereitung: Zander schuppen, ausnehmen und nach Entfernen der Kiemen kalt waschen; Kopf mit einem Faden umwickeln. Zander salzen, auf den Rost eines Fischkessels legen, mit der abgekühlten Bouillon übergießen, so daß er knapp bedeckt ist, und ¼ Stunde auf kleiner Flamme kochen. Garen Zander vorsichtig auf eine entsprechend große Platte heben und mit Kräutern garnieren.

Gebratener Stör mit Béchamelsauce

Zutaten: 2–3 Pfund Stör, 2 EL Olivenöl, 2 EL Paniermehl, geriebener Käse, Pfeffer, Salz

Zutaten für Béchamelsauce: ⅛ Pfund Butter, ½ Glas Mehl, 2 Glas Milch oder 2 Glas Bouillon oder 1½ Glas Bouillon mit ½ Glas saure Sahne, Muskatnuß

Zubereitung: Stör abbrühen, enthäuten und in größere Stücke schneiden; diese salzen, pfeffern, in Paniermehl wälzen, in Olivenöl anbraten, vom Herd nehmen, abkühlen lassen, auf einen Teller geben und mit geriebenem Käse und Paniermehl bestreuen. Aus Milch oder Bouillon, Mehl, Butter, saurer Sahne und geriebener Muskatnuß die Béchamelsauce zubereiten. Stör mit etwas Sauce übergießen, im Ofen backen und, mit gebratenen Champignons garniert, zusammen mit dem Rest der Sauce servieren.

Gedünsteter Stör

Zutaten: 3 Pfund Stör, 1 Glas Madeira, 1 Glas Gurkenlauge, 1 Lorbeerblatt, 1 Bund Petersilie, ⅛–¼ Pfund Butter, 1 feingehackte Selleriewurzel, 1 feingehackte Petersilienwurzel, 2 kleine feingehackte Salzgurken, 2 marinierte Pilze, Kapern (Menge nach Belieben), Oliven (Menge nach Belieben), ½ EL Mehl, ½ EL Speiseöl, 1 Glas geriebener Meerrettich, Salz

Zubereitung: Stör abbrühen, enthäuten, in mehrmals zu wechselndem kaltem Wasser waschen, salzen und 1 Stunde stehen lassen. In einem Topf Madeira und Gurkenlauge mit dem Lorbeerblatt und Petersilie aufkochen, Stör hineingeben und zugedeckt auf kleiner Flamme dünsten. Bevor er vom Herd genommen wird, eine aus Sellerie- und Petersilienwurzel, Salzgurken, Pilzen, Kapern, Oliven, Butter und Mehl bereitete Sauce hinzugeben und aufkochen. Mit der Sauce übergießen und mit Meerrettich servieren.

Leskow nennt Rußland ein Flüsseland, und so ist es in der Tat. Den zahllosen Flüssen Rußlands verdanken wir, daß Fisch zu unserem Tisch wie das Amen in die Kirche gehört. Und daß das Angeln einer unser liebsten Zeitvertreibe ist, ein regelrechter Volkssport. An jedem unserer Flüsse, ob an großen oder kleinen, sieht man bis in den tiefen Herbst ganze Heerscharen von Anglern sitzen, die, von Mücken umschwärmt, mit Engelsgeduld darauf warten, daß der Fisch beißt. Sogar unsere Katzen haben das Angeln heraus!

Dazu eine kleine Begebenheit aus meiner Kindheit. Ich war mit Vater zum Angeln gefahren. Still saßen wir in unserem Boot, einige Meter vom Ufer entfernt, Vater mit seiner alten Angel aus Nußbaum. Da kam eine Katze angepirscht und stieg ins Wasser. Ich traute meinen Augen nicht, wußte ich doch, daß Katzen extrem wasserscheu sind. Sie watete seelenruhig weiter; als nur noch Kopf und Schwanz zu sehen waren, blieb sie wie versteinert stehen. Wir hielten den Atem an. Plötzlich gab es einen lauten Platsch, die Katze schnellte hoch und sprang zurück ans Ufer – einen zappelnden Fisch im Maul. Sie verschlang die Beute, schüttelte sich und spazierte zufrieden davon.

Anton Tschechow

»Die Medizin ist meine mir angetraute Ehefrau, die Literatur meine Geliebte. Wenn mir die eine auf die Nerven fällt, übernachte ich bei der anderen«, schrieb Anton Tschechow einmal an seinen Verleger Alexej Suworin. An diese Worte muß ich immer denken, wenn ich auf dem Landgut Melichowo bin, meiner liebsten Tschechow-Gedenkstätte. Es liegt in der Nähe von Moskau, und schon manchen Nachmittag habe ich dort verbracht. Auf Gut Melichowo pflegte Tschechow wochentags bei Sonnenaufgang aufzustehen und die Flagge an seinem Haus zu hissen, das Zeichen dafür, daß »der Doktor da ist« und Patienten empfängt. Auf seinem Anwesen ließ er eine selbständig praktizierende Naturheilerin wohnen, die ihm bei manchen Fällen zur Seite stand.

Auf seinem Landgut fiel Tschechow das Atmen leichter als anderenorts, und er wurde weniger von Husten geplagt. Hier züchtete er Fische, war doch seine Lieblingskost Fisch in allen Variationen. Am liebsten aß er Hering; in vielen Briefen an seine Frau bittet er um Schokoladenkonfekt, Pfefferminzplätzchen und – Hering. Auf Melichowo half er außerdem seiner Schwester, den Gemüsegarten zu bestellen, wo Wasser- und Zuckermelonen, Tomaten und sogar (damals noch eine Rarität) Spargel und Artischocken gediehen. Den Haushalt führte seine Mutter Jewgenija Jakowlewna, in der Küche waltete die getreue Marjuschka.

Dieses Haus mit dem Mezzanin hat für mich auch deshalb einen besonderen Zauber, weil Tschechow in seiner Melichowo-Zeit noch voller Lebenslust und Genußfreude war. Damals besuchte er in Moskau gern Restaurants mit guter Küche, zum Beispiel das *Eremitage* am Petrowskij-Boulevard, Ecke Neglinnaja-Straße, wo er mit Vorliebe den originalen *Oliviersalat* bestellte, eine Kreation des für seine Kochkunst berühmten Restaurantchefs Louissin Olivier.

Auch gute Weine hatten es Tschechow angetan. An Alexej Pleschtschejew schrieb er am 9. Februar 1888: »Wein und Musik dienten mir schon immer als trefflicher Pfropfenzieher. Wenn ich auf Reisen war und sich ein Pfropfen in meiner Seele oder meinem Kopf bildete, brauchte ich nur ein Gläschen Wein zu trinken, schon wuchsen mir wieder Flügel und legte sich das Unbehagen.«

In Melichowo durchlebte Tschechow eine langjährige schmerzliche Beziehung zu Lika Misinowa, dem Urbild der Nina in seinem Stück *Die Möwe*. Viele Jahre später heiratete er die Theaterschauspielerin Olga Knipper. In dieser Zeit zwangen ihn gesundheitliche Gründe, nach Jalta, ans Schwarze Meer, zu ziehen, während sie durch ihren Beruf an Moskau gebunden blieb.

In ihrem Briefwechsel dieser Jahre ist gelegentlich von Mandelflecken die Rede. Dieses Kleingebäck aß Tschechow so überaus gern, daß er seine Frau immer mal wieder bat, es aus Moskau zu schicken, und wenn sich herausstellte, daß sie es woanders als in dem gewünschten Geschäft gekauft hatte, war er verstimmt. Um diesen Tschechowschen Mandelflecken auf die Spur zu kommen, habe ich manches alte Kochbuch gewälzt, bis ich ihr Rezept fand.

Moskauer Mandelflecken

Zutaten: ¾ Glas Mehl, ¾ Glas geriebene Mandeln, ½ Glas Zucker, ¼ Pfund Butter, 1 Prise Kardamom, 1 EL Rosenwasser, ½ EL Butter fürs Backblech

Zubereitung: Teig anrühren aus Mehl, Mandeln, Zucker, glattgerührter Butter, Kardamom und Rosenwasser, eßlöffelweise (möglichst einen Silberlöffel verwenden) auf einem eingefetteten Blech verteilen und bei mittlerer Hitze backen.

In dem Briefwechsel stieß ich auch auf einen Brief von Olga Knipper, der nicht an Tschechow selbst, sondern an seine Mutter gerichtet ist; darin werden Fragen der täglichen Ernährung erörtert, und es ist die Rede davon, daß Tschechow bei seinen Moskaubesuchen die von seiner Frau arrangierten leichten Mahlzeiten sehr genossen habe, seine Mutter und Schwester in Jalta aber leider dazu neigten, zu fett- und kalorienreich zu kochen. Gute Ratschläge, gewiß, und vielleicht auch durchaus angebracht, aber ihr belehrender Ton muß die alte Dame gekränkt haben.

»Hier hat er die ganze Zeit Haselhuhn, Wachtel, Pute oder Hühnchen gegessen; Pökelfleisch und Schweinekotelett ißt er natürlich ebenfalls gern, die sollte es aber nur in Maßen geben. Zunge mag er, auch können Sie ihm Nieren, Leber oder Pilze mit saurer Sahne zubereiten. Und Ucha, versteht sich. Nur eben möglichst selten Kotelett. Machen Sie ihm bitte auch süße Speisen, etwas mit Marmelade oder mit Schokolade von Vernier. Und morgens Ei. Kaufen Sie unbedingt nur frische Eier.«

Aus Moskau brachte sich Tschechow stets Rinderzunge und getrocknete oder eingelegte Pilze mit.

In seinen Briefen wimmelt es von Einzelheiten und Begebenheiten, die uns Einblick in seine Neigungen und Gepflogenheiten gewähren. Einige Beispiele.

»Ich liebe das Meer und könnte vor Glück schier vergehen, wenn ich an Deck des Dampfers schlendere oder in der großen Salonkajüte zu Mittag esse«, »Und ich liebe Geselligkeit, liebe die ungestümen russischen Feste, wo getanzt wird, einzeln oder in Scharen, und der Wein strömt«, »Früher konnte ich, wie man so sagt, ›nicht schlecht bechern‹«, »Ich bin nicht gern mit Menschen zusammen, die mir gleichgültig sind, und mag nicht an Jubiläumstafeln von Schriftstellern sitzen, deren Werke ich nicht gelesen habe«.

Im Laufe meines Lebens habe ich mir schon sämtliche russische Tschechow-Museen angesehen, nur das eine bei der ukrainischen Stadt Sumy besuchte ich seltsamerweise lange Zeit nicht, dabei liegt es gar nicht weit vom Wohnort meiner Eltern entfernt. Dieser kleine Museumsort ist dafür bekannt, daß Tschechow dort

die Sommermonate 1887 bis 1889 verbrachte und wahre Hymnen auf die landschaftliche Umgebung sang. An seinen Verleger Suworin schrieb er 1888: »Ich wohne am Psjol, im Seitenflügel eines alten Herrenhauses ... Natur und Leben sind hier nach einem Standard gebaut, der heute veraltet und in den Redaktionen ausgemustert ist, ganz zu schweigen von den Nachtigallen, die jede Nacht singen, ... den verwilderten alten Gärten und dem Vergessen anheimgefallenen poetischen und schwermütigen Gutshäusern, in denen die Seelen schöner Frauen wohnen.«

Das alte Herrenhaus gehörte den Lintwarjows, einer großen Gutsbesitzerfamilie, die, sehr liberal gesinnt, ihre geistigen über die materiellen Interessen stellte. Um wirtschaftlich überleben zu können, hatte sie die Seitenflügel vermietet, den westlichen an die, wie sie sich ausdrückte, »liebe Tschechei«. Alles hier traf Tschechows Geschmack. »Unser Flügel. Mit Säulen. Die Veranda gut erhalten. Hinten und zu den Seiten der Garten, der auf einen hohen Berg zuführt.« Nach alter Gewohnheit lud er hierhin auch Freunde ein. »Ich habe es hier einfach schön, so schön, daß es gar nicht zu beschreiben ist. Die Landschaft großartig, Naturwuchs, wohin das Auge reicht, eine himmlische Weite, die Leute prächtig, die Luft warm ... Sie werden nicht bereuen, hergekommen zu sein.«

Erst vor einigen Jahre bin ich endlich dazu gekommen, einmal dorthin zu fahren, im Wonnemonat Mai, wo am Luka und Psjol die Nachtigallen singen und die Akazien blühen. Bis Sumy fuhr ich mit der Bahn, den Rest des Weges legte ich zu Fuß zurück, um noch auf dem Friedhof vorbeizuschauen, wo Tschechows Bruder, der talentierte Maler Nikolaj Tschechow, begraben liegt. Von diesem Friedhof wanderte ich dann wie durch einen weiten Tschechowschen Kirschgarten zu meinem Ziel. Im Haus war alles sauber, gepflegt, behaglich. Das Arbeitszimmer: ein Schreibtisch, eine Lampe mit grünem Schirm, Bücher, Fotos, in einer Ecke ein Sammelsurium medizinischer Geräte. An diesem Tisch schrieb Tschechow vor langer Zeit: »Ich schreibe und heile Kranke.« Oder: »Ich sitze am offenen Fenster und höre im verwilderten Garten Nachtigallen singen und Kuckucke und Wiedehopfe schreien.«

Durch die Räume führte mich ein älterer Mann, Mitglied des örtlichen *Klubs der Freunde A. P. Tschechows*. Als wir zur Küche kamen, fragte ich spontan, was hier zu Tschechows Zeiten wohl am liebsten gegessen wurde. Der Museumsführer antwortete: »Dasselbe wie heute, gekocht nach Großmutters Rezepten: Sülze mit Meerrettich, Braten in Aspik, Pilzkaviar und Gemüsesalate.«

Von dort habe ich ein ganzes Bündel Rezepte mitgebracht, hier einige davon.

Sülze mit Meerrettich

Zutaten: 1 kg Schweinsfüße, 5 Glas Wasser, ½ in Würfel geschnittene Möhre, ½ feingehackte Petersilienwurzel, 2 in Würfel geschnittene Zwiebeln, 2 Lorbeerblätter, geriebener Meerrettich, saure Sahne, 5 schwarze Pfefferkörner, Salz

Zubereitung: Klauen von Schweinsfüßen entfernen, Schweinsfüße absengen, in der Mitte einschneiden, mit kaltem Wasser übergießen und 2–3 Stunden stehen lassen; danach kalt abwaschen, mit frischem Wasser übergießen und aufkochen. Möhre, Petersilienwurzel, Zwiebeln, Lorbeerblätter, Pfefferkörner und Salz hinzugeben, und alles bei mäßiger Hitze kochen. Aus dem gegarten Fleisch Knochen entfernen; Kochbouillon abseihen, Fleisch damit übergießen und 5–10 Minuten kochen. Bouillon zusammen mit dem Fleisch in tiefe Teller oder spezielle Formen geben und erkalten lassen, bis sie erstarrt ist. Sülze mit saurer Sahne und Meerrettich servieren.

Pilzkaviar

Zutaten: 100g getrocknete Steinpilze, 150g salzig eingelegte Steinpilze, 2 große Zwiebeln, 1 kleine Zwiebel, 2 EL Sonnenblumenöl, Pfeffer, Salz

Zubereitung: Getrocknete Pilze kochen, abtropfen lassen und durch einen Fleischwolf drehen. Zwiebeln kleinhacken, in 1 EL Öl anbraten und unter die Pilze mischen. Die salzig eingelegten Pilze abtropfen lassen, kleinhacken, ebenfalls dazugeben und mit Pfeffer und Salz abschmecken. In 1 EL Öl 20 Minuten schmoren. Die kleine Zwiebel in Ringe schneiden, die Pilze damit belegen und servieren. Pilzkaviar wird oft als Beilage gereicht.

In der Erzählung *Die Stachelbeeren* wartet Tschechow mit einer Speiseszene höchst skurriler Art auf. Ein im Sterben liegender Kaufmann läßt sich einen Teller Honig bringen und ißt sein ganzes Geld und alle seine Wertpapiere zusammen mit dem Honig auf – »damit sie keiner bekommt«.

»Bitte zu Tisch, meine Herren!« fordert die Marschallswitwe ihre Gäste auf. »Nur müssen Sie entschuldigen: Branntwein haben wir nicht … Ich halte keinen im Hause.« … Die Gäste setzen sich und wenden sich unschlüssig dem ersten Gang zu, der Pirogge. Aber das Essen will nicht in Schwung kommen. An der Art, wie sie die Gabel einstechen und das Messer führen, wie sie den Bissen in den Mund stecken und kauen, ist unschwer eine gewisse Lustlosigkeit zu erkennen … Als der Stör aufgetragen wird, murmelt Friedensrichter Marfutkin, er habe sein Zigarrenetui im Schlitten vergessen, erhebt sich und geht hinaus zum Stall. Um sich auf diesem Weg nicht zu einsam zu fühlen, nimmt er den Diakon mit, dem seinerseits eingefallen ist, nach seinem Pferd schauen zu müssen.

Bei der Frau Marschallin

Gekochter Stör

Zutaten: 500 g Stör, 1½ l Wasser, 1 Zwiebel, 2 Möhren, 20 g getrockneter Dill, 1 Lorbeerblatt, Petersilie, Pfeffer, Salz

Zutaten für die Sauce: 100 g geriebener Meerrettich, 200 g saure Sahne, 3 harte Eier, 1 EL Mehl, 1 EL Essig, 2 Glas Fischbouillon, 20 g Butter, 1 TL Zucker, Salz

Zubereitung: Vorbereiteten Stör in einen Topf geben, mit Wasser übergießen, genannte Zutaten, wenn nötig zerkleinert, hinzugeben und auf kleiner Flamme kochen. In einem anderen Gefäß Mehl und Butter anschwitzen, mit der abgeseihten und abgekühlten Kochbouillon ablöschen, Meerrettich, Salz, Essig und Zucker hinzugeben, und alles aufkochen; danach saure Sahne und geraspelte Eier unterrühren. Stör in Portionen schneiden, auf einem Bratenteller anrichten, mit Sauce übergießen und Petersilie bestreuen. Nach Belieben heiß oder kalt servieren.

Ein Lakai mit gestutztem Schnurrbart und grauem Backenbart setzte gravitätisch die Sauciere auf den Tisch. »Was bringst du da?« fragte Frolow. »Sauce provençale für den Hering, gnädiger Herr.«

Die Betrunkenen

Sauce provençale

Zutaten: 2 EL Mehl, 4 Glas Fischbouillon, 3 EL Gurkenlauge, 30g Butter, 2 Eigelb, 40ml Weißwein, 50g saure Sahne, 50g süße Sahne, feingehackter Dill, feingehackte Petersilie, feingehackter Zwiebellauch, Salz

Zubereitung: Mehl in 10g Butter anschwitzen, mit Bouillon ablöschen und 10 Minuten kochen. Angedickte Flüssigkeit vom Herd nehmen, mit Salz und Gurkenlauge abschmecken, Sahne und übrige Butter hinzugeben, und alles gut verrühren; danach abseihen und Kräuter, mit saurer Sahne verrührtes Eigelb und Weißwein unterrühren. Zum Hering servieren.

Nach dem Namenstagsessen mit seinen acht Gängen und endlosen Gesprächen begab sich die Frau des zu Feiernden, Olga Michailowna, in den Garten hinaus.

Der Namenstag

Was ist ein Namenstagsessen? Zu Tschechows Zeiten war es ein Festmahl von mindestens acht Gängen. Es gibt alte russische Kochbücher, wo für jeden Monat ein spezielles Namenstagsessen aufgeführt ist. Für Mai 1900 zum Beispiel dieses:

1. Sterlet-Champagner-Suppe und Mürbeteigpiroggen mit gedörrtem Störrücken oder Schichtpiroggen mit Quappen gefüllt; Erbspüree-Suppe und Toastbrot
2. Rinderbraten mit Pilzsauce, dazu Porter, angewärmter Château Lafite oder roter Portwein
3. Forelle, dazu Sauternes, Rheinwein, Moselwein, Chablis oder Burgunder
4. Krebspastete oder Reispudding mit Krebsen, dazu Malaga oder Tokajer
5. Punsch von Teelikör mit einer Kugel Speiseeis
6. Gebratenes einfaches Hühnchen oder gebratenes gefülltes Hühnchen mit Salat von Entenbrust, Steinpilzen und geraspelten harten Eiern, dazu Champagner
7. Gefrorene Erdbeer- oder Johannisbeerknospen-Creme
8. Käse
9. Obst
10. Kaffee, Tee, Weinbrand, Rum, Likör

Salat mit Entenleber und geräucherter Entenbrust

Zutaten: 1 Kopfsalat, 20g Entenleberpastete, 13g geräucherte Entenbrust, 25g Eßkastanie aus der Dose, 5g Schnittlauch, 5 Wachteleier, 30g Steinpilze, 1 EL Butter

Zutaten für das Dressing: 25ml Rotwein, 75g Nußbutter, Pfeffer, Essig, Salz

Zubereitung: Pilze und Eier in Butter braten, salzen und pfeffern; Schnittlauch fein, Kastanien grob hacken; Entenbrust in schmale Streifen, Pastete in dünne Scheiben schneiden. Salat, Kastanie, Schnittlauch zusammenschütten, verrühren und mit dem Dressing abschmecken. Entenbruststreifen, Pastetenscheiben, Wachteleier und Pilze obenauf legen, mit Zwiebeln bestreuen, und alles mit dem Rest des Dressing übergießen.

> *»Bringen Sie mir noch Rogen!« rief der Nachbar und tupfte sich mit der Serviette die fettigen Lippen. »Aber die Lauchzwiebeln nicht vergessen!«*
> Der dumme Franzose

Hechtrogen

Zutaten: 100g Rogen vom Hecht (oder eines beliebigen anderen Fisches), 1 feingehackte Zwiebel, 2 EL Butter, Essig, Pfeffer, Salz

Zubereitung: Rogen aus Fischleib herausdrücken und in ein mit einem Mulltuch ausgelegtes Durchschlagsieb geben; seine Häutchen mit einer Gabel entfernen, ihn mit siedendem Wasser übergießen und dabei ständig rühren. Mulltuch mit Rogen aus dem Sieb nehmen, bündeln und über ein Gefäß hängen; Rogen abtropfen lassen, in eine Schüssel geben, mit Butter, Zwiebel und Salz intensiv verrühren und 5 Stunden kühl stellen. Vor dem Auftragen mit Pfeffer und Essig abschmecken, kalt servieren.

Abschließend noch etwas zu der Rolle des Champagners in Tschechows Werk. Interessant, wie sehr sich Tschechows und Puschkins Verhältnis zum Champagner unterscheiden. Bei Puschkin ist der Champagner ein Synonym für jugendliche Genialität, Lebenslust und Berauschung am Leben, für etwas Spielerisches, Sprühendes, zum Himmel Stiebendes. Tschechow sieht ihn eher mit Ironie, Skepsis und sogar Argwohn. Andererseits mochte er ihn aber durchaus, und als er im Sterben lag, bat er um ein Glas Champagner.

Wer Tschechow aufmerksam liest, wird feststellen, daß der Champagner bei ihm meist Vorbote von Unglück oder Niedertracht und Verrat ist. Oder von Häme und Heuchelei, einer Scheinwelt, hinter der die Tragödie lauert.

Die Erzählung *Champagner* zum Beispiel. Ein Bahnhofsvorsteher und seine Frau leben in einem einsamen Häuschen an einer entlegenen Bahnstation. Von

Langeweile und Trübsal niedergedrückt, warten sie auf die Neujahrsnacht wie auf ein Wunder, weil sie sich dann eine Flasche besonders guten Champagners gönnen wollen. Diese Flasche, Marke Veuve Clicquot, hat der Bahnhofsvorsteher bei einer Wette gewonnen, die anläßlich einer Kindstaufe im Haus seines Vorgesetzten abgeschlossen wurde. In der Neujahrsnacht sitzen die beiden nun schweigend in ihrem Stübchen, die Augen bald auf die Uhr, bald auf den Champagner gerichtet. Und was geschieht? Die Flasche rutscht ihm aus den Händen. Zwar kann er sie noch abfangen und ihren »zischenden Schlund« mit dem Finger verstopfen, doch die Hoffnung auf das Wunder ist zerstoben. An ihre Stelle tritt die Ahnung eines Unglücks, und sie wird sich alsbald bewahrheiten. Unversehens taucht eine Frau am Bahnhof auf – Trägerin des Unglücks, die »Zerstörerin«. Und »alles geht kopfüber zum Teufel« ...

Auch in dem komischen Einakter *Der Heiratsantrag* spielt der Champagner die Rolle eines Unglücksboten. Vater Tschubukow hört, wie seine törichte Tochter und sein Nachbar Lomow, der eigentlich um ihre Hand anhalten möchte, sich darüber streiten, welcher Hund besser sei – Otkatai der Tschubukows oder Ugadai der Lomows. Mit Müh und Not kommt es zum Eheversprechen, da beginnt die Auseinandersetzung von neuem. Ärgerlich fährt Tschubukow dazwischen: »Ah, jetzt fängt das Familienglück an! Bringt Champagner!« Sie streiten lauthals weiter. Er versucht sie zu überschreien: »Champagner, Champagner, Champagner!«

In der Erzählung *Die Betrunkenen* zeichnet Tschechow mit dem Fabrikanten Frolow eine Gestalt, die als Prototyp seiner Zeit gelten kann. Frolow haßt seine junge Frau und ist fest davon überzeugt, daß sie ihn allein seines Geldes wegen geheiratet hat. Er hadert überhaupt mit Gott und der Welt und ist des Lebens überdrüssig. Eines Tages lädt er seinen Anwalt in ein Restaurant ein. Er bestellt Zigeunermusik, beginnt sich zu betrinken und gerät, als er nach Wodka, Wein und Weinbrand sein erstes Glas Champagner geleert hat, außer Rand und Band; er zerschlägt Geschirr und wirft Flaschen auf Bilder und Spiegel. Champagner ist hier der Auslöser von Wahnsinn und seelischem Zusammenbruch.

Alle Tschechow-Figuren, die Champagner lieben, sind Tagediebe und Spitzbuben, so in den Erzählungen *Zwei Skandale*, *Die Beichte*, *Das einzige Mittel* oder *Erzählung, für die einen Namen zu finden schwierig ist*. In letzterer sitzen demoralisierte Beamte gesellig beisammen. Sie essen Kaviar und Hummer und trinken Champagner. Laut krakeelend schimpfen sie auf die Regierung und rechtfertigen Diebstahl und Raub. Doch als ihr Vorgesetzter erscheint, der sich verspätet hat, sind sie plötzlich wie ausgetauscht: »›Hurra!‹ grölen alle zwanzig Kehlen, und durch zwanzig Kehlen rinnt Champagner.« Hier wird Champagner zur Metapher für Maulheldentum und Speichelleckerei. Ein von solchen Menschen getragenes Gemeinwesen ist dem Untergang geweiht.

Der Literaturwissenschaftler Juri Lotman sagte einmal, Champagnerschaum gleiche einer Illusion und der Champagner selbst einem Aufschneider, der mehr Schaum als Wein habe. Rußland sei immer in Illusionen befangen gewesen, daher vielleicht seine Leidenschaft für Champagner.

Maxim Gorkij

Puschkin, Gogol oder auch Krylow sprachen vom Essen, ohne ihm eine besondere soziale Symbolik beizumessen. Diese symbolhafte Bedeutung bekam das Essen zum ersten Mal in Tolstojs *Krieg und Frieden*. Vor einer üppigen Tafel erklärt Lewin: »Mir ist das alles einerlei. Ich hätte am liebsten Schtschi und Kascha«, worauf der Bedienstete, ein Tatar in Lakaienrock, sich über ihn beugend »wie eine Amme über das Kind«, mit unübertrefflich feiner Ironie fragt: »Der Herr wünschen Kascha à la russe?«

In der Literatur des Sozialistischen Realismus wurde das Essen später einer radikalen Deästhetisierung unterzogen. Die literarischen Helden – die Revolutionären und die Bahnbrecher einer neuen Welt – sahen das Essen nur noch als Möglichkeit an, »dem Organismus Eiweiß und Kohlenhydrate zuzuführen«.

Vorher waren allerdings noch die Futuristen in Erscheinung getreten, unbekümmert erklärend: »Wir sind jung alle und von heute / und hungrig von Kopf bis Zeh. / Laßt uns löffeln die Himmelsweite, / Himmelstiefe und Himmelshöh'«. Hier herrschen aber immerhin noch jugendlicher Übermut, Humor und der Spaß am Absurden, nicht jenes triste Asketentum, das für die Aktivisten des sozialistischen Aufbaus kennzeichnend wurde.

Auch der Genuß von alkoholischen Getränken veränderte sich. Während die Tschechowschen Helden Champagner noch zu Austern und in Salons oder Restaurants trinken, genießen zum Beispiel Maxim Gorkij und sein Begleiter Wladimir Giljarowskij Champagner unbekümmert zu Dörrfisch und in der freien Natur. Schon zu Beginn des 20. Jahrhunderts war es in Rußland üblich geworden, Champagner zu Gedörrtem, Gesalzenem oder Mariniertem zu trinken.

Und was aßen und wie lebten die Schriftsteller des Sozialistischen Realismus in ihrem Alltag? Nun, Gorkij zumindest, der große proletarische Schriftsteller, aß sehr gerne Pelmeni mit verschiedenen Füllungen; es fiel ihm nicht schwer, 30 bis 50 Stück auf einmal zu verzehren. Er führte im übrigen ein recht feudales Leben, stets umgeben von einem großen Gefolge – Kind und Kegel, Kostgängern und Bediensteten. Übrigens, über seine Begleitpersonen soll er sich nicht immer mit gebührendem Respekt geäußert haben. Die Schauspielerin Faina Ranewskaja notierte eine seiner Bemerkungen in ihrem Tagebuch: »So an die zwanzig habe ich durchzufüttern.«

Wie Gorkij in Italien lebte, wissen wir unter anderem aus den Erinnerungen Wladislaw Chodassewitschs, der zusammen mit seiner Frau Nina Berberowa eine Zeitlang zu seinen Gästen gehörte. Gorkij war 1924 mit seinem Sohn und seiner Schwiegertochter nach Italien gezogen. In Sorrent bewohnte er eine Villa mit einem geräumigen Arbeitszimmer, etlichen Gästezimmern, gut ausgestatteter Küche und einem Speisesalon, wo jeden Tag ein üppiges Mittagsmahl gereicht wurde.

Aber schon bald änderten sich die Zeiten, und Gorkij mußte in die Heimat zurückkehren. Er wurde von Stalin freudig empfangen, fürstlich beschenkt und in eine prächtige alte Villa bei Moskau, einstiges Eigentum des Millionärs und Kunstmäzens Stepan Rjabuschinskij, einquartiert. Zwar litt er auch weiterhin keinerlei Mangel, doch die Künstleridylle, wie er sie in Sorrent genossen hatte, war ein für allemal verloren.

Zweimal, am 22. und am 26. Oktober 1932, weilte Stalin in Gorkijs Haus, anläßlich eines, wie man heute sagen würde, »informellen Treffens« mit Schriftstellern. Zu einem dieser Besuche fand ich in dem Erinnerungsbuch *Zeitgenossen eines ehernen Jahrhunderts* folgende Tagebuchnotiz eines hohen Parteifunktionärs: »In den Pausen, wenn die Tische fürs Abendessen gedeckt wurden, verstreuten sich alle im Haus ... Stalin legte einer Gruppe Schriftsteller dar, daß der Sozialistische Realismus die Anwendung der romantischen Methode keineswegs ausschließe. Dann trug er die Erzählung *Kirilka* vor und interpretierte sie. Er las mit dunkler Stimme, ruhig und eindringlich, wie stets mit seinem charakteristischen georgischen Akzent.« Das Treffen endete erst in den Morgenstunden. »Man war bereits im Aufbruch, da rief jemand: ›Stalin wird noch einmal sprechen!‹ Alle stürzten auf ihre Plätze zurück. Stalin brachte einen Abschiedstoast aus, der mit den Worten schloß: ›Schriftsteller sind Ingenieure der menschlichen Seele. Erheben wir das Glas auf die Genossen Schriftsteller als die Ingenieure der menschlichen Seele!«

Um den Einfluß von Stalin auf Gorkij treffend zu beschreiben, fällt mir ein Zitat von Gogol ein: »Und nehmen wird er ihm das Herz und die Seele und die göttliche Flamme des Talents.«

Jedesmal, wenn ich nach Nischni Nowgorod komme (diese Stadt war von 1932 bis 1990 nach Gorkij benannt), führt mich mein Weg zuerst zum *Kaschirin-Haus* am Hochufer der Wolga. Hier wurde Alexej Peschkow, der später das Pseudonym Maxim Gorkij annahm, geboren. Damals gehörte das Haus seinem Großvater mütterlicherseits, Wassilij Kaschirin. Alles in diesem eingeschossigen Haus ist so erhalten geblieben, wie Gorkij es in *Meine Kindheit*, dem ersten Teil seiner berühmten autobiographischen Trilogie, beschreibt: drei enge Zimmer für die ganze sechzehnköpfige Familie; der russische Ofen mit Liegepritschen, auf die sich der kleine Aljoscha flüchtete, wenn es unter den anderen zu Handgreiflichkeiten kam; die breite Bank, die der Großvater jeden Samstag in der Küche aufstellte, um darauf jedes Kind, das während der Woche etwas ausgefressen hatte, zu versohlen.

Gorkij hinterließ eine Vielzahl von Erzählungen, die uns ein eindringliches Bild vom Leben der Kaschirins vermitteln, von ihrem Tagesverlauf, ihren Gewohnheiten, ihren Eigenarten und Unarten und natürlich auch von ihrem Essen.

»Mach Pelmenchen zu Mittag, Tanja. Mit schön viel Schweinefleisch. Und laß sie ein bißchen braten, damit sie vom Teller heraufgucken, die lieben Schätzchen, wie knusprige Spanferkel, mmmh! Und tüchtig Pfeffer dran!«

Drei Menschen

Pelmeni mit Pfeffer

Zutaten für den Teig: 2 Glas Mehl, 1 Ei, 100 g Paprikaschote, 1 Möhre, 1 Zwiebel, Pfeffer, Salz

Zutaten für die Füllung: 200 g Rindfleisch, 300 g Schweinefleisch, 100 g fetter Schweinespeck, 1 Ei, ½ EL Butter, Salz

Zubereitung des Teigs: Mehl auf eine Arbeitsfläche häufen, in eine Vertiefung in der Mitte Ei, Salz und etwas Wasser geben, und alles vermengen; Teig durchkneten, dünn ausrollen und mit einer Stechform oder einem Glas Kreise ausstechen.

Zubereitung der Füllung: Speck und beide Fleischsorten fein hacken oder durch den Fleischwolf drehen, Ei hineinschlagen, 1 Prise Salz hinzugeben, und alles gut verrühren. Die Füllung so auf den Teigkreisen verteilen, daß die Ränder frei bleiben; Ränder aufschlagen, oben zusammendrücken und mit Ei bepinseln (damit sie sich im heißen Wasser nicht voneinander lösen). Pelmeni in siedendes Salzwasser geben, kochen und nach 5–7 Minuten herausnehmen. Paprikaschote in schmale Streifen, Zwiebel und Möhre in kleine Würfel schneiden und in Butter anbraten, Pelmeni hinzugeben und 4–5 Minuten braten. Mit saurer Sahne oder zerlassener Butter übergießen und heiß servieren.

Jakow hantierte emsig – tat Tee in den Kessel, zählte Zuckerstücke ab, goß Wodka ein, öffnete und schloß schwungvoll die Schublade. Der Kellner eilte herbei, rief: »Einen Halbliter! Zwei Bier! Brathäppchen zum Zehner!« und warf die Marken aufs Büfett.

Drei Menschen

Brathäppchen werden meist als Vorspeise zu leichten alkoholischen Getränken gereicht. Sie können aus einer Mischung verschiedener Fleischsorten oder nur einer Fleischsorte bestehen. Nur einzeln zubereitet wird Huhn bzw. Geflügel (Rezept: 1 kg in Würfel geschnittenes, gesalzenes und gepfeffertes Filet zusammen mit 200 g marinierten Pilzen und 100 g gehackter Zwiebel schmoren).

Anstelle von Fleisch kann auch fetter Schweinespeck verwendet werden: Speckwürfel goldbraun braten, mit feingehackter Zwiebel, marinierten Pilzen und Tomatenmark vermischen und kalt servieren.

Brathäppchen

Zutaten: Je 200 g Rinder-, Schweine- und Hammelfilet, mehrere Paprikaschoten, 1 EL Tomatenmark, 100 g Zwiebel, Essig, ½ EL Speiseöl, feingehackter Dill, Petersilie, Schnittlauch, gemahlener schwarzer Pfeffer, Salz

Zubereitung: Filets in schmale Streifen schneiden, in einer aus Essig, Petersilie, Dill, Zwiebel und Pfeffer bereiteten Marinade mehrere Stunden ziehen lassen, danach trockentupfen, gleichmäßig auf einem eingefetteten Blech verteilen und zusammen mit Kräutern und Tomatenmark im Ofen braten.

»Ihre geliebten Tartinki: Hering, harte Eier und Zwiebellauch – gehackt und mit Butter verrührt.« … Tatjana Wassiljewna versuchte, ihren Gast weiter zu beschwichtigen. »Und marinierter Sterlet mit Tomaten.

Drei Menschen

Wolga-Tartinki

Zutaten: 200 g Heringsfilet, 200 g Butter, 100 g Zwiebellauch, 5 Eier, Speiseöl, Schwarzbrotscheiben

Zubereitung: Hartgekochte Eier und Heringsfilet durch den Fleischwolf drehen und mit Butter und feingehacktem und passiertem Zwiebellauch zu einer Paste verrühren. Brotscheiben in einer eingefetteten Pfanne rösten, abkühlen lassen und mit der Paste bestreichen. Als kalte Vorspeise servieren.

Marinierter Sterlet auf Zarenart

Zutaten: Sterlet, 1 EL Olivenöl, 1 EL Senf, (nach Belieben:) Essig, Lorbeerblätter, Nelken, Pfeffer, Zimtrinde, Weinbeeren, Datteln, Rosinen, geschälte, entkernte Zitronen- und Apfelsinenscheiben, feingehacktes Zitronat, geviertelte Äpfel

Zubereitung: Sterlet in Salzwasser garen, abkühlen lassen und in mundgerechte Stücke schneiden. Wasser mit Essig, Lorbeerblättern, Nelken, Pfeffer, Zimtrinde und Senf aufkochen und in einen Topf abseihen; Weinbeeren, Datteln, Rosinen, Zitronen- und Apfelsinenscheiben, Zitronat und Äpfel hinzugeben, alles zweimal aufkochen, danach abkühlen lassen und unterrühren. Sterletstücke in ein Weckglas geben, mit den Früchten beschichten und der Marinade übergießen. Glas zunächst mit Wachspapier, nach 4 Stunden mit einfachem Papier verschließen. Kühl aufbewahren.

Der Kellner brachte eine Schüssel mit etwas Trübem und kräftig Duftendem. Platon sog begierig die Luft durch die Nase ein, zog die Schüssel mit beiden Händen zu sich heran und füllte die Suppe in den Teller, ohne im Sprechen innezuhalten.

Die Erzählung des Filipp Wassiljewitschs

Nishegorodsker Rassolnik

Zutaten: 1 kg in kleine Stücke geschnittene Rinderniere, 3 l Bouillon, 3 große geschälte Kartoffeln, 3 feingehackte Zwiebeln, 1 geraspelte Möhre, 200 g klein geschnittene Salzgurken, 100 g Perlgraupen, 1 Bund feingehackte Petersilie, Pfeffer, Salz

Zubereitung: Kartoffeln und vorher eingeweichte Graupen ½ Stunde kochen. Kartoffeln herausnehmen und zerstampfen. Nierenstücke zusammen mit Möhre, Zwiebeln und Salzgurken anbraten und zugedeckt 10 Minuten schmoren. Gestampfte Kartoffeln, Graupen, Bouillon und nach Belieben Gewürze hinzugeben, und alles weitere 5 Minuten kochen. Vor dem Auftragen mit Petersilie bestreuen.

Die Wolga ist seit Menschengedenken berühmt für ihren einzigartigen Fischreichtum. Daher wäre es für mich und meine Freunde undenkbar gewesen, Gorkijs Heimat zu besuchen, ohne zum Angeln an die Wolga zu fahren. Die verschiedenen Arten des Fischfangs sind mir von Kindesbeinen an vertraut, in Nischni Nowgorod an der Wolga aber sah ich eine mir völlig neue. Während des Sonnenuntergangs, wenn die Fische bekanntlich am besten beißen, saßen die Angler am Ufer und spielten Karten. Doch kaum war die Sonne verschwunden, und der Fluß lag im Dunkelrot ihres letzten Widerscheins, tauchten einzelne Lichter über dem Wasser auf. Die Angler waren ins Wasser gewatet, jeder mit einer kleinen Lampe am Kopf, wie Grubenarbeiter. Nächtliches Fischen mit der Schwimmangel! Am frühen Morgen bewunderten wir ihren Fang: mindestens vier Kilo pro Mann, darunter auch Sterlet.

Der Sterlet ist früher der größte Schatz der Wolga gewesen und wurde bis in die Hauptstadt, sogar an den Zarenhof geliefert. Später war er lange Zeit nahezu ausgestorben. Heute aber tritt er wieder vermehrt auf. Neuerdings werde Sterletlaich in der Wolga ausgesetzt, wurde mir erklärt. Eine hiesige Chemiefabrik habe ihre Produktion umgestellt, große Teiche angelegt und angefangen, den »schönen Fisch« – Sterlet und Stör – in Riesenmengen zu züchten, wobei überschüssiger Laich der Wolga »spendiert« werde.

In Nischni Nowgorod aß ich das köstlichste Störgericht meines Lebens, hier sein Rezept.

Stör in Tatarentunke

Zutaten: 2–3 Pfund Stör, 2 EL Olivenöl, 2 EL Paniermehl, geriebener Käse, Pfeffer, Salz

Zutaten für die Sauce: 5 Eigelb, 1–2 EL Zucker, 1½ EL Olivenöl, ½ Glas Essig, 1 Glas geriebener Meerrettich

Zubereitung der Sauce: Eigelb, Zucker und Öl verrühren, bis sie sich weiß färben; Essig und Meerrettich hinzugeben und ebenfalls verrühren.

Zubereitung: Stör abbrühen, enthäuten und in größere Stücke schneiden; diese salzen, pfeffern, in Paniermehl wälzen, in Olivenöl anbraten, vom Herd nehmen, abkühlen lassen, auf einen Teller geben und mit geriebenem Käse und Paniermehl bestreuen. Stör mit etwas Sauce übergießen, im Ofen backen und zusammen mit dem Rest der Sauce servieren.

Iwan Bunin

Als ich Ende der 1960er Jahre erstmals Gelegenheit hatte, Gedichte und Prosa von Iwan Bunin zu lesen, war ich so begeistert, daß ich am liebsten überall hingefahren wäre, wo ihr Autor gelebt hat. Doch wo war das?

Iwan Bunin wurde in Woronesch geboren, wuchs bei Jelez auf und lebte zeitweise in Jefremow, Orjol und einer Reihe Dörfer, alles alte mittelrussische Orte, die in seinem berühmten autobiographischen Roman *Das Leben Arsenjews. Eine Jugend im alten Rußland* eine Rolle spielen. 1920 emigrierte er nach Frankreich. In jenen Dörfern ist er lediglich aufgrund der vielen Besucher, die durch seinen Namen angezogen werden, bekannt. Doch die Leute von Jelez, Jefremow und Orjol sehen ihn als einen aus ihrer Mitte an und halten sein Andenken in hohen Ehren.

Es heißt, wer einen Dichter verstehen will, muß sich in seine Heimat begeben. Das tat ich dann auch in diesem Fall, indem ich eines Tages nach Jelez fuhr, wo der spätere Nobelpreisträger Wanja Bunin das Gymnasium besucht und in einem alten Häuschen zur Untermiete gewohnt hatte. Dieses Häuschen, sorgfältig restauriert, beherbergt heute ein Bunin gewidmetes Museum.

Alles in diesem Museum ist interessant – die Porträts der Eltern und Geschwister sowie allerlei Gebrauchs- und Einrichtungsgegenstände aus jener uns längst entrückten Zeit. Gegenstände, die dem Schriftsteller selbst gehört haben, gibt es hier zwar, allerdings nur ganz vereinzelt – hergesandt aus Frankreich, wo sein Schaffen nicht etwa versiegt war wie das der meisten anderen Emigranten, sondern an Kraft und Fülle noch zugenommen hatte. Eine Brille, ein Rasierapparat, ein Reisekoffer, Briefblätter mit handschriftlichen Zeilen, ein Füllfederhalter, »ewige Feder« genannt, und so fort.

Interessant war auch die alte Kleinstadt, von der mir die Museumswärterin sagte, sie sei in Bunins Werken überall wiederzuerkennen. Ihre einstige Provinzialität hat Züge einer originellen Altehrwürdigkeit, ja eines trotzigen Beharrungswillens angenommen, was ihr einen besonderen Reiz verleiht. Ihr Wahrzeichen ist die Kuppel eines prächtigen Domes, der im Krieg auf wundersame Weise unversehrt blieb. Als Bunin in Frankreich die Nachrichten über den Frontverlauf hörte, soll er bitter ausgerufen haben: »Mein Gott – auch Jelez! Alles Orte des innersten Rußlands! Dort habe ich gelebt, dort bin ich umhergelaufen!« Unversehrt geblieben ist auch das Gebäude des einstigen Gymnasiums, in das Bunin eingeschult wurde, dem er aber aus Abscheu vor dem offiziellen Bildungsprogramm adieu sagte. Seine Universitäten waren das Leben auf dem Land.

Der Ort seiner frühen Kindheit und ersten Welterfahrung, das Gehöft *Butyrki*, existiert heute nicht mehr. An ihn erinnert nur noch ein Pfahl mit Namen und

Inschrift. Am Fuß dieses Pfahls erkennt man noch vage die Reste eines Hausfundaments – Grundmauern aus gelblich-weißem Kalkstein, wie er in dieser Gegend noch heute zum Bauen von Scheunen, Kellern und Hofeinfriedungen verwendet wird. In Paris auf seine frühe Kindheit zurückblickend, schrieb Bunin: »Ich wuchs in einer grandiosen Weltabgeschiedenheit auf. Das einsame Gut inmitten öder Felder ... Im Winter ein grenzenloses Schneemeer, im Sommer ein Meer aus Getreide, Gras und Blumen ... Und die Stille, das geheimnisvolle Schweigen dieser Felder.«

Das Universum seiner Kindheit wurde dann das Dorf Oserki (in *Das Leben Arsenjews* »Baturino« genannt), wohin die Familie nach dem Tod der Großmutter gezogen war: das alte Gutshaus, die Wirtschaft, der Garten, der Teich. Auch hier wieder – Felder, die bis ans Gehöft heranreichen, ein strahlender Himmel, wogendes Getreide, Schwalben, Wachtelrufe. »Das Familienleben verlief wieder in geordneten Bahnen.« Aber der Vater, der schon die ganze Familienhabe durchgebracht hatte, gewohnt, in den Tag hineinzuleben, ließ letztlich auch hier alles den Bach hinuntergehen.

1894 verließ Bunin Oserki. »Die ländlichen Universitäten sind absolviert, Zeit, in die große Welt hinauszutreten.«

Was aßen die Bunins in diesen Jahren? In den Erinnerungen erscheinen: kalte Kwassuppe, Brot und Äpfel, Krebse mit saurer Sahne, Putenbraten und zu Ostern Osterpiroggen und Blini mit Warenje.

Klassische Kwassuppe

Zutaten für 4 Personen: 800 g Roggenbrot, 7 l Wasser, 5 g Hefe, 2 hartgekochte Eier, 5 gewürfelte, gekochte Kartoffeln, 2 gewürfelte, frische Gurken, 1 Zwiebel, 4 feingehackte Radieschen, 1 Bund feingehackte Petersilie, saure Sahne, 1 Prise Zucker, Salz, eventuell zusätzlich: 2–3 Eigelb, geriebener Meerrettich, Senf

Zubereitung: Brot in dünne Scheiben schneiden, kräftig rösten, mit siedendem Wasser übergießen und 4 Stunden stehen lassen. Danach Aufguß abseihen, Zucker und in lauwarmem Wasser aufgelöste Hefe hinzugeben, nach Belieben auch Salz, geriebenen Meerrettich und mit Senf verquirltes Eigelb. 12 Stunden warm stellen. So entstandenen Kwas abseihen und vor dem Servieren oder der Weiterverarbeitung mehrere Stunden kühl stellen. In Würfel geschnittene Zwiebel in einen Topf geben, zerdrücken und etwas salzen, mit Kartoffeln, Gurke, Radieschen, Petersilie vermischen, alles mit Kwas übergießen und zu einer Suppe verrühren. Diese Art Kwassuppe wird auch gern mit gekochtem magerem Fleisch, gekochtem Fisch, eingelegten Pilzen oder eingelegten Äpfeln (alles in kleine Stücke geschnitten) angereichert und zusätzlich mit Senf und Meerrettich oder gemahlenem schwarzem Pfeffer gewürzt. Vor dem Servieren der Suppe in jeden Teller ½ hartes Ei und 1 EL saure Sahne geben.

Was Bunin am liebsten aß, können wir am ehesten seinen Tagebüchern entnehmen. Besonders hatte es ihm offenkundig der Ostertisch angetan, wovon eine heitere Episode Zeugnis ablegt. »Im Frühjahr 1901 waren Kuprin und ich in Jalta … Die Rektorin des Mädchengymnasiums hatte uns eingeladen … Wir fuhren zu Ostern zu ihr, trafen sie aber nicht an. Im Eßzimmer war der Ostertisch gedeckt, und hocherfreut machten wir uns ans Essen und Trinken. Kuprin meinte: ›Am besten, wir schmieden ihr ein Gedichtchen und legen es hin.‹« Und lachend schrieben sie: »Im Speisezimmer von Madame W. K. / stand einladend ein riesengroßer Tisch / mit Pute, Schinken, Käse, Eiern, Fisch. / Und nichts auf einmal war davon mehr da! / War hier ein Krokodil herumgelungert? / I wo, nur Iwan Bunin halbverhungert.«

Bunins bevorzugte Fleischsorte war Lamm, und von den alkoholischen Getränken trank er Wodka und Wein am liebsten. Auch Käse aß er gern. Am 10. Oktober 1940 heißt es im Tagebuch: »Heute vor siebzig Jahren, bei Tagesanbruch, wurde ich in Woronesch in der Dworjanskaja-Straße geboren … Zur Feier meiner Geburt gab es Lammschulter und Wein.«

Lammkeule mit Gemüse

Zutaten: 1,2 kg Lammkeule, 300 g rote Bete, 300 g Pastinaken, 100 g Petersilienwurzel, 200 g Schalotten, 2 EL Olivenöl, 150 ml Bouillon, 2 EL Honig, 100 ml Apfelsaft, 50 ml Portwein, 6 Thymianzweige, 1 kg Kartoffeln, Pfeffer, Salz

Zubereitung: Gemüse schälen und in Stücke schneiden, Schalotten fein würfeln. Backofen auf 180 °C vorheizen, einen Bräter beiseite stellen. Lammkeule abspülen, trockentupfen. Mit Pfeffer und Salz würzen und in 1 EL Olivenöl rundherum anbraten. Petersilienwurzel, Schalotten, Bouillon und Honig hinzufügen und den Bräter in den Ofen stellen. 50 Minuten braten und dabei mehrmals mit Fleischfond übergießen. Dann Apfelsaft, Thymian und Portwein hinzufügen und die Keule noch 50 Minuten im Ofen garen. Kartoffeln schälen, in Salzwasser gar kochen. Abgießen, abkühlen lassen und in Spalten schneiden. Restliches Öl in einer Pfanne erhitzen und die Kartoffeln knusperig anbraten. Fleisch in Stücke schneiden. Mit Kartoffeln und Gemüse servieren.

Koch Luka kam herein, ein hochgewachsener Bursche mit gelblichem Gesicht und kahlgeschorenem Kopf; er trug einen länglichen weißen Zuber, fest die Henkel umfassend und sichtlich bemüht, kein Wasser zu verschütten. »Zwölfeinhalb Pfund, Euer Hochwohlgeboren«, erklärte er stolz, »wir haben ihn abgewogen.« Der Seehahn lag in dem Zuber etwas eingezwängt, mit nach innen gebogenem Schwanz. Die Schuppen waren golden und die Flossen rosa, und zu seiten seines mächtigen Raubtiermauls standen zwei faltige hellblaue Flügel wie Fächer ab. Der Seehahn lebte noch, angestrengt arbeiteten seine Kiemen. Anna tippte mit dem kleinen Finger vorsichtig an seinen Kopf, da schnellte der Schwanz hoch und spritzte Wasser auf, und sie zuckte mit leisem Aufschrei zurück.

»Keine Sorge, mit Verlaub, Euer Hochwohlgeboren, es wird alles aufs beste gerichtet«, sagte Luka … »Der Bulgare hat zwei Melonen mitgebracht. Süß wie Ananas! … Und wenn ich fragen darf: Welche Sauce zu dem Hahn beliebt den Herrschaften? Tatarische oder polnische, oder kann es auch Zwieback in Butter sein?« »Mach es, wie du's gewohnt bist. Geh!« sagte die Fürstin.

Das Granathalsband

Gebratene Wachteln

Zutaten: 4 Wachteln, ¼ Pfund gewürfelter fetter Speck, ½ Pfund in dünne Scheiben geschnittenes Kalbfleisch, 1 Bund feingehackte Petersilie, 1 feingehackte Zwiebel, 1 EL Butter, 1 Glas Weiß- oder Rotwein, 1 Glas Gemüsebouillon, Salz

Zubereitung: Speck, Kalbfleisch, Petersilie und Zwiebel in Butter anbraten und salzen, Wein und Gemüsebouillon aufgießen und erhitzen, vorbereitete Wachteln hinzugeben, bei geschlossenem Deckel und mäßiger Hitze kochen, bis sie gar sind, dann herausnehmen. Fett des Bratensaftes abschöpfen, Bratensaft abseihen und über die fertigen Wachteln gießen. Als Beilage Reis mit Speiseöl und geriebenem Parmesan.

Roastbeef mit Teigkruste

Zutaten: 300 g Mehl, Wasser, 1½ kg Roastbeef, 1 Knoblauchzehe, 1 Rosmarinzweig, 1 Thymianzweig, Pfeffer, 1 gestrichener TL Salz

Zubereitung: Mehl und Salz vermischen und mit Wasser zu einem festen Teig anrühren. Teig 15 Minuten zugedeckt stehen lassen. Roastbeef waschen, trockentupfen, pfeffern und mit der zerdrückten Knoblauchzehe einreiben. In einer Pfanne erst auf der Fettseite, dann auf der anderen Seite anbraten und mit grobgehacktem Rosmarin und Thymian bestreuen. Teig auf einer mehlbestäubten Arbeitsfläche ausrollen, Fleisch darin einwickeln. Teigmantel an verschiedenen Stellen einstechen, damit der Backdampf entweichen kann. Auf einem eingefetteten Blech bei 250 °C eine halbe Stunde backen, dann bei 180 °C weitere 10–15 Minuten; anschließend in eine Schüssel geben und 5 Minuten ruhen lassen. Vor dem Anrichten vorsichtig, damit der Teigmantel als Kruste erhalten bleibt, in gleichmäßige Portionen schneiden.

Gekochte Krebse

Zutaten: 30 größere lebende Krebse, 1 Bund feingehackter Dill, Petersilie, Salz

Zubereitung: Krebse mit viel lauwarmem Wasser übergießen und mit einem Kochlöffel hin und her bewegen, damit sich die Schmutzpartikel lösen; dann in ein Sieb geben und abtropfen lassen. Salzwasser mit Dill aufkochen, Krebse darin 4 Minuten kochen, mit einer Schaumkelle herausnehmen und, mit frischer Petersilie garniert, heiß servieren.

Als die Barkasse abgelegt hatte und der Dampfer Fahrt aufnahm, begab sich Wosnizyn in den Speisesaal hinunter. Dort erwartete ihn ein überraschendes Schauspiel. Die Tische, längs der Wände aufgestellt, waren mit farbenfrohen frischen Blumen geschmückt und mit mannigfaltigen Osterspeisen gedeckt. Im Ganzen gebratene Lämmer und Truthähne hielten ihre häßlichen nackten Köpfe auf langen, inwendig mit Draht gestützten Hälsen erhoben. Die Hälse, wie Fragezeichen gekrümmt, wippten und bebten von den Stößen des fahrenden Dampfers, und es schien, als lägen da auf den großen Speiseplatten geheimnisvolle vorsintflutliche Ungetüme in Art von Brontosauriern oder Ichthyosauriern, wie man sie von Zeichnungen kennt, die Beine unter den Leib gezogen, gesenkten Hauptes mit kurioser Bangnis umherspähend. Sonnenstrahlen, zu runden grellen Säulen gebündelt, strömten zu den Bullaugen herein, vergoldeten hier und da die Tischtücher, übergossen die bunten Ostereier mit Purpur und Saphir und verwandelten die Hyazinthen, Vergißmeinnicht, Veilchen, Tulpen und Stiefmütterchen in fröhlich tanzende Flämmchen.

Lenotschka

Ostern wird zwar in Rußland wie in Deutschland am ersten Sonntag nach dem Frühlingsvollmond gefeiert, allerdings liegt der Berechnung der Julianische Kalender zugrunde. Das russische Osterfest findet also frühestens am 4. April und spätestens am 8. Mai statt.

Der Osterschmaus beginnt nach der morgendlichen Messe – erst in diesem Augenblick gelten die Großen Fasten als beendet. Die Tafel muß reich gedeckt sein, doch dürfen die zusätzlichen Speisen die traditionellen Osterspeisen nicht in den Schatten stellen. Krönung der Tafel ist die Schüssel mit gefärbten Eiern, der Osterpirogge und dem Osterkuchen. Um sie herum sind die übrigen Speisen verteilt – Huhn, Fisch, Gemüse, Nüsse in Honig, Obst, alles betont fettarme Kost.

Auf jeden Ostertisch gehören frische Zweige und Blumen, bei denen Gelb überwiegen sollte, da Gelb und Grün die traditionellen Osterfarben sind.

Als erstes werden die geweihten Eier und die Pas'cha (Osterkuchen) gereicht, es folgen einige Schlucke Kagor, ein spezieller Meßwein, und danach wird die Tafel eröffnet. Zum Essen wird möglichst viel getrunken – Saft und Kwas, indes kein weiterer Alkohol.

Pas'cha

Zutaten: 7 Pfund feuchter frischer Quark, 1 Glas saure Sahne, ½ Pfund Butter, 2 TL Salz, ½–⅔ Glas Zucker

Zubereitung: Quark für 10–12 Stunden unter die Presse legen, danach durch ein Sieb rühren; saure Sahne, Butter, Salz und Zucker hinzugeben, und alles glattrühren. Eine entsprechend große Kuchenform mit Backpapier auslegen, Masse hineinfüllen, mit einem Brettchen abdecken und dieses mit einem Stein beschweren. Masse nach 24 Stunden in eine Schüssel umfüllen. Dem Quark können auch mit Zucker vermischte gestoßene Vanille, Zitrone, Rosinen oder feingehackte süße Mandeln beigemischt werden.

Zaren-Pas'cha

Zutaten: 5 Pfund frischer Quark, 10 Eier, 1 Pfund ungesalzene Butter, 2 Pfund saure Sahne, 1–2 Pfund Zucker, 1 gestoßene Vanillestange, ½ Glas gemahlene süße Mandeln, ½ Glas gestoßene Zimtrinde

Zubereitung: Den durch ein Sieb gerührten Quark mit Eiern, Butter und saurer Sahne in einen Topf geben und unter Rühren erhitzen. Sobald die ersten Bläschen aufsteigen, Topf vom Herd nehmen, auf Eis stellen und Inhalt so lange rühren, bis er vollständig abgekühlt ist. Zucker, Vanillestange, Mandeln und Zimtrinde hinzugeben; alles noch einmal verrühren, in eine mit Backpapier ausgelegte Kuchenform füllen, mit einem Brettchen abdecken und einem Stein beschweren.

Gebratene Pute mit Walnußfüllung

Zutaten: Vorbereitete Pute, 1 Pfund Walnüsse, 1 Pfund Kalbsleber, 300 g Weißbrot, Milch, 2–4 Eier, Butter, 1 Glas Madeira, Kartoffelmehl

Zubereitung der Füllung: Walnußkerne abbrühen, enthäuten und fein hacken; Kalbsleber anbraten, zerdrücken und durch ein Sieb reiben; Weißbrot in Milch einweichen und ausdrücken. Alles zusammen mit Eiern und Butter in eine Schüssel geben und gut verrühren. Pute mit der Masse füllen und braten. Mit Milch und Kartoffelmehl angedickten Bratensaft mit Madeira verfeinern und über die Bratenstücke gießen.

Gefülltes Haselhuhn im Rote-Bete-Kartoffel-Bett

Zutaten: 3–4 vorbereitete Haselhühner, ½ Kalbsleber, ½ Pfund fetter Schweinespeck, 4 kleine Kartoffeln, ½ Pfund in Milch eingeweichtes und ausgedrücktes Baguette, 4 kleine rote Bete, 5–6 Eier, 1 Lorbeerblatt, 5 Körner Piment, 1 EL Kapern, 1 EL Oliven, 1 TL Senf, 1 EL Olivenöl, 1 EL Essig, Salz

Zubereitung der Füllung: Kalbsleber in kleinere Stücke schneiden, zusammen mit Schweinespeck, Lorbeerblatt und Piment in einem Topf anbraten, danach fein hacken und mit Weißbrot, Eiern und einer Prise Salz vermischen; alles zerstampfen, gut verrühren und durch ein Sieb reiben.

Zubereitung der unteren Schicht: Rote Bete backen, Kartoffeln kochen, beides pellen, zerkleinern, mit Kapern, Oliven, Senf, Olivenöl und Essig vermischen, und alles so lange rühren, bis es eine feste Masse bildet. Diese in einer Schüssel zu einem 2 Finger dicken Rechteck formen und oben und an den Seiten glattstreichen.

Zubereitung: Haselhühner längs des Rückgrats aufschneiden, Knochen, ohne die Haut zu verletzen, entfernen, Klauen und Flügel abtrennen. Haselhühner mit der Füllung versehen und im Ofen braten; anschließend abkühlen lassen, zerteilen, auf die in einer Schüssel vorbereiteten Unterschicht geben und mit gehackten Kräutern bestreuen. Dazu gesondert Senfsauce oder eine andere Sauce.

Fisch in Aspik

Zutaten: 2½ Pfund Fisch (Aal, Schleie, Hecht, Zander, Forelle, Stör o. ä.), 1 Pfund Kleinfisch oder Fischkarkasse (Gräten, Haut, etwas Fischleim), Bouillon (aus Suppengrün, Gewürzen und Essig)

Zubereitung: Fisch ausnehmen, waschen, in größere Stücke schneiden, salzen und 1 Stunde stehen lassen. In einem Topf Bouillon bereiten, Fischstücke hineingeben und kochen. Topf vom Herd nehmen und mit Papier zudecken. Fischstücke abkühlen lassen, herausnehmen und nach Entfernen von Haut und Gräten in gleichmäßige Portionen schneiden. Kopf, Gräten und Haut wieder in die Bouillon geben, außerdem Kleinfisch oder Fischkarkasse; Bouillon auf 4 Glas Flüssigkeit einkochen, durch ein Tuch seihen, über die in Fischform zusammengelegten Portionen gießen und abkühlen und gelieren lassen.

Er bestand aber darauf, und »ihm zuliebe« blieben die meisten über Nacht. Es wurde den ganzen Abend Tee getrunken, und zum Tee gab es so unendlich viele Sorten an Warenje, daß man immer wieder hingehen und sich von der einen, der anderen oder der dritten und vierten beliebig viel auftun konnte. Dann wurden die Tische gedeckt und so viele Kerzen angezündet, daß alle Spiegel von ihnen widerleuchteten und in den Räumen … ein goldener Schimmer lag wie in einer Kirche.

Suchodol

Weintraubenwarenje

Zutaten: 1 Pfund Weinbeeren, 2 Pfund Zucker, ¾ Glas Wasser

Zubereitung: Kerne aus den Weinbeeren entfernen. 1 Pfund Zucker mahlen oder zerstampfen, unter die Beeren rühren und über Nacht einziehen lassen. Am nächsten Tag aus Wasser und 1 Pfund Zucker Sirup kochen, ihn abkühlen lassen, über die Beeren gießen und kochen, bis die Beeren nicht mehr auf den Boden sinken.

Zitronenwarenje

Zutaten: 1 Pfund Zitronen, 1½ Pfund Zucker, 2 Glas Wasser

Zubereitung: Zitronen in kleine Stücke schneiden und Kerne entfernen. Zitronenstücke mit Wasser bedeckt kochen, bis sich die Schale mit einem Strohhalm durchstoßen läßt, dann mit einer Schaumkelle herausnehmen, in einen tiefen Teller geben, diesen mit einem weiteren tiefen Teller bedecken, zwischen zwei Daunenkissen stellen und abkühlen lassen. Zitronenstücke wiegen und in Weckgläser abfüllen. Sirup folgendermaßen zubereiten: 2 Glas von dem Wasser, in dem die Zitronenstücke gekocht wurden, zusammen mit 1 Pfund Zucker aufkochen, abkühlen lassen und über die Zitronenstücke gießen. Am nächsten Tag Sirup abgießen, aufkochen, nach Zugabe von ¼ Pfund Zucker abkühlen lassen und über die Zitronenstücke gießen. Am dritten Tag Sirup wiederum abgießen und aufkochen und nach Zugabe des letzten ¼ Pfunds Zucker warm, jedoch nicht heiß über die Zitronenstücke gießen. Abgekühlte Zitronenstücke in ein Weckglas geben und dieses luftdicht verschließen.

Kürbiswarenje

Zutaten: 1 kg Kürbis, 1 kg Zucker, 40 ml Wasser, Vanillezucker (nach Belieben)

Zubereitung: Kürbis schälen, entkernen, in grobe Würfel schneiden, mit heißem Wasser übergießen und 5 Minuten kochen. Wasser durch ein Sieb abgießen und Kürbis abkühlen lassen. Sirup wie oben bereiten, über die Kürbiswürfel gießen und 6 Stunden einziehen lassen; danach aufkochen und auf kleiner Flamme ½ Stunde köcheln lassen.

Vogelbeerwarenje

Zutaten: 1 kg Vogelbeeren, 1,7 kg Zucker, 3 Glas Wasser

Zubereitung: Vogelbeeren mit heißem Wasser übergießen und mehrere Minuten stehen lassen oder 1–2 Stunden warm stellen, damit sie weich werden. Sirup aus Zucker und Wasser zubereiten. Beeren mit siedendem Sirup übergießen und über Nacht stehen lassen; am nächsten Tag aufkochen und 10–15 Minuten stehen lassen; danach noch einmal aufkochen. So mehrmals hintereinander verfahren. Fertiges Warenje 10–12 Stunden ruhen lassen, dann in Weckgläser füllen und mit dem Sirup übergießen. Wenn der Sirup zu dünn geraten ist, ihn durch Einkochen andicken.

Heckenrosenwarenje

Zutaten: 1 Pfund frisch entfaltete Heckenrosenblütenblätter, Saft aus 2 großen Zitronen, 2 Pfund Zucker, 2 Glas Rosenwasser (alternativ: 2 Glas Wasser mit 2 Tropfen Rosenöl)

Zubereitung: Blütenblätter in ein Durchschlagsieb geben, mit siedendem Wasser übergießen und mit einem Kochlöffel unter Wasser drücken; danach im Sieb in eisgekühltes Wasser tauchen und lange rühren. Dieses »Wechselbad« drei- bis viermal wiederholen. Blütenblätter ausdrücken, auf einen Teller geben und mit Zitronensaft, Zucker und Rosenwasser verrühren. Das Warenje ist fertig, wenn die Blütenblätter weich und geschmeidig sind und nicht mehr an die Oberfläche steigen.

In den erwähnten Tagebüchern fand ich unter dem 22. Januar 1922 ein Bekenntnis, das mir vieles im Leben und Schaffen des großen Schriftstellers erklärt: »Stets habe ich die Welt über Düfte, Farben, Licht und Wind und Wein und Speisen wahrgenommen – und wie intensiv, wie lebhaft, mein Gott, oft bis zum Schmerz!«

Bunin war im weitesten Sinn des Wortes ein Dichter. Ich beneide jeden, der ihn noch nicht gelesen hat – ihn erwartet das Erlebnis eines glänzenden literarischen Werkes und eines Menschen, von dem zu Recht gesagt wurde: »Die russische Literatur, um Iwan Bunin beraubt, wäre blasser, denn es ermangelte ihr des erhebenden Stern- und Regenbogenleuchtens einer einsamen Pilgerseele.«

Marina Zwetajewa

In meinem Archiv befindet sich ein typisches kleines Samisdat-Produkt alter Zeiten – drei selbstgebastelte Hefte mit eigenhändig abgetippten Gedichten. Sie aufzubewahren ist mittlerweile eigentlich unnötig geworden, aber ich hänge an ihnen wie an einer Reliquie, handelt es sich doch um die ersten Zwetajewa-Texte, die mir im Leben zugänglich wurden.

Lange Jahre meiner Jugend schwärmte ich für Alexander Blok und Sergej Jessenin und las Nikolaj Gumiljow und Anna Achmatowa mit anderen um die Wette, während Marina Zwetajewa mir absolut unbekannt war; keine von unseren Bibliotheken besaß auch nur eine Zeile von ihr. So kann man sich denken, wie erstaunt ich war, als mir 1967 zum ersten Mal etwas von Marina Zwetajewa in die Hände fiel. Ein schmales Bändchen Gedichte, 1961 in der UdSSR erschienen, von einer Freundin geliehen. Vieles daraus weiß ich noch heute auswendig, denn natürlich verfiel damals auch ich dem allgemeinen Zwetajewa-Fieber.

Jedesmal, wenn ich Berichte lese, in denen sich Zeitgenossen an Marina Zwetajewa erinnern, stoße ich auf Zeugnisse rührender menschlicher Anteilnahme und Hilfsbereitschaft. »In den Hungerjahren«, so der Dichter Konstantin Balmont über die Zeit kurz nach dem Ersten Weltkrieg, »brachte mir Marina drei Kartoffeln, wenn sie sechs hatte. Als ich schwer krank war, beschaffte sie mir sonstwoher ein paar Gramm echten Tees.«

Anfang 1917 bildeten sich in Marina Zwetajewas Poesie zwei Hauptlinien heraus – die romantische (»Küsse zum Mittagessen, zum Abendessen Verse«) und die folkloristische bzw., wie sie selbst formulierte, die »russische«. Besonders bei letzterer begegnet man einer Vielzahl kulinarischer Namen und Begriffe, vor allem solche, die sich auf traditionelle russische Feste beziehen, etwa die Butterwoche.

Zeit zu essen Blini, Bursche!
Butterwoche! Futterwoche!
Blini, Waffeln, Zucker, Honig!
Stell dich, Herrchen, an die Schlange!
Kringel, Brezeln, Kugeln, Sterne,
Kaviar wie Perlen.

Butterwoche weit und breit

Die Butterwoche (russisch: »Masleniza«, abgeleitet von »maslo«, Butter) ist in Rußland das ausgelassenste traditionelle Fest des Jahres. Und es ist das älteste Fest, da es altslawischen, heidnischen Ursprungs ist. Es wird als Abschied vom Winter in der letzten Woche vor den orthodoxen Fasten gefeiert, wenn der

Verzehr von Fleisch bereits verboten ist, Milch, Eier, Butter und Fisch aber noch gegessen werden dürfen. An jedem Tag dieser Woche findet ein bestimmtes Programm statt, das gemeinschaftlich gefeiert wird: das Basteln und Verbrennen der Butterwochen-Puppe, einer überlebensgroßen Puppe aus Stroh, gemeinsames Tafeln (Blini, Käse, saure Sahne, Kaviar), Schlittenrennen und andere Wettspiele, Tanz, Gesang und Schaudarbietungen unter freiem Himmel. Der letzte Tag, Sonntag, heißt »Tag der Vergebung«, an dem Bekannte, Freunde und Verwandte einander umarmen und um Vergebung bitten: »Wenn ich mich vor dir schuldig gemacht habe – vergib mir.« Die Antwort: »Der Herrgott wird dir vergeben.« Nach dem Verbrennen der Strohpuppe am Abend nimmt jeder ein ausgiebiges Schwitzbad, um tags darauf, wenn die Großen Fasten beginnen, »leichten und reinen Herzens auf den Weg zu treten, der zur Erkenntnis der Auferstehung Christi führt.«

Was essen wir Russen in dieser Woche?

In Zwetajewas Gedicht *Butterwoche weit und breit* werden viele Speisen der Butterwoche aufgeführt. Greifen wir uns hiervon dies und das heraus.

Butterwochen-Blini

Zutaten: 1⅓ Glas Weizenmehl, 3⅓ Glas Buchweizenmehl, 2⅓ Glas warmes Wasser, 12–24 g Hefe, 2 Glas Milch, 3–4 Eier, Zucker, Salz, Butter (nach Belieben)

Zubereitung: Teig anrühren aus Weizenmehl, 2⅓ Glas Buchweizenmehl, Wasser und Hefe. Wenn der Teig zu gehen beginnt, ein weiteres Glas Buchweizenmehl hinzugeben und ihn zu Ende gehen lassen; danach mit heißer Milch übergießen, glattrühren, abkühlen lassen, Salz, Zucker und nach Belieben Butter sowie Eier unterrühren und ihn noch einmal gehen lassen; anschließend unverzüglich, ohne noch einmal zu rühren, mit dem Blinibacken beginnen.

Waffeln

Zutaten: ⅔ Glas Mehl, 1 Glas lauwarme zerlassene Butter, 6 Eigelb, 6 Eiweiß, 1 Glas Sahne, 8 TL Zucker

Zubereitung: Butter, Eigelb und Zucker sorgfältig verrühren; Sahne und Mehl hinzugeben und so lange rühren, bis die Teigmasse glatt ist. Vor dem Backen schaumiggeschlagenes Eiweiß hinzugeben, und alles noch einmal intensiv rühren, dabei darauf achten, daß sich keine Schaumbläschen bilden.

Hufeisen-Brezel mit Safran und Kardamom

Zutaten: 1½ Pfund Mehl, 1¼ Glas warme Milch, 1–2 TL Hefe, 1 Prise mit Rum befeuchteter Safran, ⅓ Glas saure Sahne, ¼ Pfund Butter, ⅓ Glas Zucker, ½ Glas Rosinen, ½ Glas Zimt, ½ TL Kardamom, 1 Ei, 1 Eigelb

Zubereitung: Milch, Safran, saure Sahne, Hefe, Mehl verrühren und gehen lassen. Teig gründlich kneten, schaumig gerührte Butter, Eigelb, Zucker, Rosinen und Zimt sowie Kardamon hinzugeben. Teig abermals gründlich kneten und gehen lassen. Brezel in Hufeisenform auf ein Blech legen; wenn sie zu gehen beginnt, mit Ei bepinseln und bei mittlerer Hitze backen.

Gefüllte Eier mit Kaviarhäubchen

Zutaten: 6 Eier, 3 g roter Kaviar, 3 g schwarzer Kaviar (oder Forellen- oder Seehasenrogen), 80 g saure Sahne, 2 EL feingehackter frischer Schnittlauch, frischgemahlener weißer Pfeffer, Salz

Zubereitung: Eier 10 Minuten kochen und in kaltes Wasser legen. Schale im oberen Drittel des Eis anklopfen und entfernen. Eiweiß bis zum Eigelb abschneiden, Eigelb mit einem Teelöffel herauslösen und zusammen mit abgeschnittenem Eiweiß in einer Schüssel zerdrücken; saure Sahne und Schnittlauch hinzugeben, alles verrühren und mit Salz und Pfeffer abschmecken. In der Schale verbliebenes Eiweiß mit dieser Masse füllen und Kaviarhäubchen von 1 TL obenauf setzen.

»Unser rotbackiger Grützekoch …«
Butterwoche weit und breit

Mit »Grützekoch« meint Marina Zwetajewa einen der Köche, die zur Butterwoche auf Straßen und Plätzen Speisen zubereiten. Was mag das für eine Grütze sein, die dieser Koch austeilt? Buchweizengrütze natürlich.

Buchweizengrütze

Zutaten für dünnere Grütze: ½ Glas Buchweizengrütze, 3 Glas Gemüsebouillon oder Salzwasser, ½ Glas Mehl, 1 EL Butter
Zutaten für festere Grütze: ½ Glas Buchweizengrütze, 2¼ Glas Gemüsebouillon oder Salzwasser, ½ Glas Mehl, 1 EL Butter
Zubereitung: Buchweizengrütze in Gemüsebouillon oder Salzwasser kochen. Nach dem Garen Mehl und Butter hinzugeben, alles gut verrühren, in eine Schüssel geben und mit zerlassener Butter oder zerlassenem Griebenschmalz übergießen.

Ich kochte Bohnen
für die junge Dichterseele.
La Bohème

In der Tat – Bohnen zum Beflügeln der dichterischen Phantasie!

Püree von weißen Bohnen

Zutaten: Weiße Bohnen, Butter, Salz (nach Belieben)
Zubereitung: Weiße Bohnen sehr weich kochen; heiß durch ein Sieb reiben, salzen, mit etwas Butter verfeinern, gründlich rühren und zerstampfen. Vor dem Servieren noch einmal erhitzen.

Weiße-Bohnen-Salat »Armer Poet«

Zutaten: 1½ Glas weiße Bohnen, 1 Bund Petersilie, 1 Zwiebel, 1 EL Olivenöl, Zitronensaft, frischer Dill, Pfeffer, Salz
Zubereitung: Bohnen zusammen mit Petersilie und Zwiebel kochen, Brühe abgießen. Bohnen in eine Schüssel geben und Olivenöl, Zitronensaft (Essig zu weißen Bohnen gilt als ungesund), Pfeffer, Salz und feingehackten Dill unterrühren.

Wir erwiesen dem Dreikönigskringel
unsre ganze Leute-Ehre.
Der Schüler

Dreikönigskringel

Zutaten: 500 g Mehl, 460 ml Milch, 1 Würfel Hefe, 115 g zerlassene Butter, 1 Ei, ½ Pfund Butterflocken, geriebene Zitronenschale, 150 g Zucker, ½ Pfund Rosinen, ¼ Pfund Korinthen, feingehacktes Zitronat, ¼ Pfund grobgemahlene süße Mandeln

Zubereitung: Einen festeren Teig anrühren aus Mehl, Milch, Hefe, Butter, Ei, Zitronenschale und Zucker, gründlich kneten, dann ausrollen, mit Butterflocken belegen und Rosinen, Korinthen (letztere vorher waschen und abtropfen lassen), Zitronat und Mandeln bestreuen, wieder zum Klumpen formen, erneut kneten und abermals ausrollen. Teigfladen zusammenrollen, Teigrolle zu einem großen Kringel oder verschiedenen anderen kleineren Figuren zusammenlegen, auf ein eingefettetes, mehlbestäubtes Blech legen, mit Zucker bestreuen und im Ofen backen.

Und nippend zwischendurch am Teeglas mit dem Kwas,
am Ofen wärmend ab und zu die Hände,
erzählt die Pilgerin die Mär von Stepan Rasin
und seiner schönen Perserin zu Ende.
Nachsehen gehen bei den Mädchen

Bauernkwas

Zutaten: 3 Pfund Roggenmalz, 1 Pfund Hafermalz, 20–24 g Trockenhefe, 2 EL Weizenmehl, Zucker, 3–4 Zapfen getrockneter Hopfen, ¼ Pfund Rosinen

Zubereitung: Roggenmalz und Hafermalz mit so viel siedendem Wasser übergießen, daß sie einen festeren Brei bilden. Diesen glattrühren und über Nacht warm stellen. Am nächsten Tag in einen großen Topf umfüllen und mit siedendem Wasser bis zur Kwaskonsistenz verdünnen. Mehrere Stunden stehen lassen, dann abseihen. Trockenhefe und Weizenmehl mit 2–3 Glas des abgeseihten Kwas verrühren, warm stellen und gehen lassen; danach übrigen Kwas, nach Belieben Zucker sowie Hopfen und Rosinen hinzugeben. Alles verrühren und so lange stehen lassen (ca. 12 Stunden), bis Hefe und Rosinen nach oben steigen; diese mit einer Schaumkelle herausnehmen und Kwas durch ein Mulltuch in Flaschen abfüllen. Flaschen luftdicht verschließen und bis zur ersten Verwendung des Kwas 1 Tag kühl stellen. Genannte Mengen ergeben 12 Flaschen.

Hausgemachter Kwas

Zutaten: 500 g Roggenbrot, 10 g Hefe, 200 g Zucker, 30 g gewaschene Rosinen

Zubereitung: Roggenbrot bei 200 °C Ofenhitze rösten, mit 4 l siedendem Wasser übergießen und 5–6 Stunden stehen lassen. Aufguß durch ein Mulltuch in einen Emailletopf abgießen, der vorher mit siedendem Wasser ausgeschwenkt wurde; in etwas abgekochtem kaltem Wasser aufgelöste Hefe sowie Zucker und Rosinen hinzugeben, und alles gut verrühren. Angesetzten Kwas zugedeckt bei Zimmertemperatur stehen lassen, nach 24 Stunden durch ein Mulltuch in Flaschen abfüllen und bis zur Verwendung 3 Tage kühl stellen.

Punsch – und Mitternacht.
Punsch – und Puschkin.
Punsch – und das Paffen der Meerschaumpfeife.
Punsch – und Gewisper von Ballschuhsohlen.
Psyche

Puschkin-Punsch

Zutaten: Mehrere Ananasfrüchte, 1 Flasche Sekt, ¼ Flasche Maraschino, ½ Flasche Rum, Saft von 6 Zitronen und 3 Apfelsinen, 2–3 Pfund Zucker

Zubereitung: Die Hälfte des Zitronensafts mit einer kleineren Menge Wasser verdünnen und zusammen mit dem Zucker kochen, bis sich ein durchsichtiger Sirup bildet. Ananas zerkleinern und zerstampfen, mit dem heißen Sirup und Rum übergießen, und alles zugedeckt abkühlen lassen. Apfelsinensaft und den übrigen Zitronensaft, Sekt und Maraschino dazugießen, das Ganze durch ein Tuch seihen und eisgekühlt im Glas servieren.

Es dunkelt ... Der Tee wird bereitet.
Am Samstag

Das Summen des Samowars ist verstummt.
Gebet im Eßzimmer

Im Laufe meines Lebens sind viele althergebrachte Gebrauchsgegenstände, die mir in der Kindheit geläufig waren, sang- und klanglos aus unserem Alltag verschwunden. Zum Beispiel der Samowar und die geliebte »Babuschka«, eine Puppe mit wattiertem, geblümtem, spitzengesäumtem Rock, die als Teewärmer auf der Kanne thronte. Oder der Lampenschirm aus orangeroter Seide, in dessen warmem Lichtkreis wir zum Tee versammelt saßen. Am besten schmeckte uns der indische Tee aus der »Elefantenbüchse«, einer dunklen Blechbüchse mit dem Bild eines triumphierend den Rüssel schwenkenden Elefanten. Doch den gab es nur selten – Vater brachte ihn gelegentlich von der Arbeit mit, wo ihn die Belegschaft zu besonderen staatlichen Feiertagen bestellen konnte. Meistens war es der »Grusinische Nr. 36«. Warum er die Nummer 36 trug, ist uns allerdings ein Rätsel geblieben.

Wir brühten den Tee in dreimal mit siedendem Wasser ausgespülten Porzellankännchen und verdünnten ihn mit heißem Wasser aus dem Samowar. Den Zucker dazu gab es in zwei Sorten – als »Sand«, das heißt Streuzucker, der in den Tee gerührt wurde, und als »Kandisecken« zum Dazulutschen.

Und was wurde zum Tee geknabbert? Meistens ganz einfache Kekse; Großmutter machte sie immer, wie sie versicherte, »ruck, zuck«, weshalb wir sie »Ruckzuck-Kekse« nannten.

»Ruck-zuck-Kekse«

Zutaten: 1½ Glas Mehl, ⅓ Pfund Butter, 2 Eier, ¾ Glas Zucker, Saft von ½ Zitrone

Zubereitung: Einen dünneren Teig anrühren aus Mehl, Butter, Eiern, Zucker und Zitronensaft, auf ein mit Backpapier ausgelegtes Blech auftragen, halbgar backen, in kleine Vierecke schneiden und zu Ende backen.

Den ganzen Tag zu Pferd umher,
die ganze Nacht – »schwarzen Kaffee«.
An Alja

Kaffee mit Zichorie oder gemahlenen Sonnenblumenkernen

Zutaten: Gemahlener Kaffee und Zichorie im Verhältnis 4 zu 1

Zutaten, Variante: Gemahlener Kaffee und gemahlene getrocknete Sonnenblumenkerne im Verhältnis 2 zu 1

Zubereitung: Kaffee und Zichorie mischen; 1 gehäuften TL davon in einen kleinen Topf geben, mit 1 Tasse Wasser überbrühen, aufkochen lassen und beiseite stellen. 1 EL kaltes Wasser hinzugeben, nach wenigen Sekunden wieder aufkochen lassen, beiseite stellen und 1 EL kaltes Wasser hinzugeben. Schließlich ein drittes Mal aufkochen lassen, beiseite stellen und ziehen lassen. Beim Aufkochen darauf achten, daß die Flüssigkeit nicht zu brodeln beginnt. Zur Intensivierung des Geschmacks 1 Prise Soda (etwa ⅛ TL/Tasse) in den fertigen Kaffee rühren.

Kaffee mit Roggen auf russische Art

Zutaten: 1 Flasche Milch, 3 Eier, 3 Pfund Roggenmehl, Kaffee

Zubereitung: Einen festen Teig anrühren aus Milch, Eiern und Roggenmehl, sehr dünn ausrollen, auf ein eingefettetes, mehlbestäubtes Blech breiten, backen und zusätzlich rösten, danach in kleine Stücke zerschlagen und noch einmal vorsichtig, damit sie nicht anbrennen, rösten. Röststückchen in der Kaffeemühle mahlen und mit echtem Kaffee im Verhältnis 1 zu 6 mischen. Mischung wie normalen Kaffee zubereiten.

Fließe, süßes Nährgetränk der Dichtkunst,
Tokajer heißbegehrter!
Für den unvergänglichen beseelenden
Paradieseslúxus Lust der Sinne.
Versammelt sind wir, Schmeichler, Tändler, Franten

Tatsächlich soll Marina Zwetajewa ein Faible für Tokajer gehabt haben. Der Name dieses exzellenten Süßweins geht auf die alte nordungarische Weinstadt Tokaj zurück, wo die Menschen früherer Zeiten glaubten, die tiefreichenden Wurzeln dieser Rebe saugten Gold aus der Erde auf. In diesem Glauben wurden sie von keinem Geringeren als dem berühmten Arzt und Naturforscher Paracelsus bestärkt, in dessen Aufzeichnungen es heißt: »Als ich in die Gegend von Tokaj im Norden Ungarns kam, wurde mir ein zerhackter Weinstock gezeigt, aus dessen Kernholz Goldfäden hingen, solchen ähnlich, die zum Sticken verwendet werden.«

Andere Tokajer-Freunde mit großem Namen waren Jonathan Swift, Jean-Jacques Rousseau, Denis Diderot, Honoré de Balzac, Alexandre Dumas der Ältere, Gustave Flaubert, Lew Tolstoj, Anatole France und Pablo Neruda. Anatole France bekannte, nach einem Glas Tokajer fühle er sich in seinem ganzen Wesen wundervoll besänftigt.

Nach Rußland gelangte der Tokajer mit dem polnischen Woiwoden Jerzy Mniszek, der zu der Hochzeit seiner Tochter Marina mit Dmitrij II. dreißig Fässer mitbrachte. Später verfügte Zar Peter I., den Zarenhof regelmäßig mit besten Tokajer-Weinen beliefern zu lassen. So lernte Rußland diesen Zaubertrunk kennen, und bis heute weiß es ihn hoch zu schätzen.

Das kann ich aus eigener Erfahrung bestätigen. In meiner Erinnerung verbindet sich der Tokajer unweigerlich mit zahlreichen fröhlichen Abenden der Poesie – oder was wir dafür hielten. In unserer Studentenzeit saßen wir oft bei einer Flasche Tokajer zusammen. Fast jeder von uns schrieb insgeheim Gedichte, und vom Tokajer beflügelt, gaben wir sie hier zum besten. Außerdem sangen wir hingebungsvoll zur Gitarre, was einer unserer beliebtesten Liedermacher uns allen riet: »So heiratet, ihr Dichtersleut', so heiratet … / um Himmels willen nicht!« Oder die Zwetajewa-Zeilen: »Fließe, süßes Nährgetränk der Dichtkunst, / Tokajer heißbegehrter!« Der Tokajer war schuld, daß die ganze Studiengruppe dreimal zum Examen »Geschichte der KPdSU« antreten mußte. Natürlich wurde jedes Mal mit Tokajer begossen. An einem dieser Abende saßen wir, wie ich mich erinnere, ohne Tokajer da – überall war er ausverkauft. So wichen wir auf Sekt aus, und allen zum Trost zitierte jemand Marina Zwetajewas leichtsinniges Champagnerlob: »Champagner heißt soviel wie Wortbruch – / was macht's, was macht's, schenk ein und trink!«

»Schenk ein und trink!« Warum auch nicht? Dennoch muß ich Sie warnen. Ein Koch, der gern experimentiert und bemüht ist um kulinarische Poesie und Harmonie, muß stets ein Sortiment alkoholischer Getränke vorrätig haben – Tokajer, Sekt, Wodka, Weinbrand, Weißwein, Rotwein und vieles mehr. Doch gehen Sie mir mit diesen Schätzen bitte achtsam um, sonst geraten Sie statt in die kulinarische in Teufels Küche! Die alkoholischen Getränke des kreativen Kochs sind nicht fürs »verstohlene Gläschen«, sondern für den Kochtopf bestimmt!

In die Stör-Ucha zum Beispiel gehört ein Glas trockener Sekt, den man hinzugibt, kurz bevor der Topf vom Herd genommen wird. Nicht von ungefähr heißt es in Rußland: Stör liebt den Luxus. Bei Ucha von einfacherem Fisch mag Wodka genügen. Die alten Bücher empfehlen 50 Gramm je 2 Liter.

Ach, aus halbverwischten Stichen
blickte mich, Tutschkow der Vierte,
eines wundervollen Tages
Euer zartes Antlitz an ...
Und ich küßte es und fand nicht
wieder weder Ruh noch Schlaf.

Den Generalen des Jahres zwölf

Dem Helden dieses Gedichts, General Alexander Tutschkow, ist angeblich die Entstehung des berühmten Borodinoer Brotes zu verdanken. General Tutschkow fiel 1812 im Alter von 34 Jahren in der Schlacht von Borodino. Seine schöne junge Frau kam zur selben Zeit mit einem Sohn nieder, danach träumte sie zu ihrem Entsetzen, daß ihr Mann im Kampf gestorben sei. Sie begab sich auf die Suche nach ihm und fand seinen Leichnam auf dem Schlachtfeld von Borodino unter Hunderten von Gefallenen. An der Stelle, wo ihr geliebter Mann den letzten Atemzug getan hatte, ließ sie eine Kirche, die Erlöserkirche von Borodino, errichten. Als fünfzehn Jahre später ihr Sohn an Scharlach starb, ließ sie ihn ebenfalls in der Gruft dieser Kirche beisetzen und gründete dort ein Frauenkloster, in dessen Bäckerei dann das Borodinoer Brot entwickelt wurde. Es wird bis heute in Moskau gebacken. Seine Zutaten: Roggen- und etwas Weizenmehl, Roggenmalz, Hefe, Salz, Zucker, Sirup, Koriander, Thymian. Es heißt, es werde unter Gebeten zubereitet und sein genaues Rezept sei streng geheim.

Es gibt kein Brot auf der Welt, das besser schmeckt als dieses. Das kann Ihnen jeder Russe bestätigen!

Vladimir Nabokov

Vladimir Nabokov wurde in St. Petersburg als Sohn einer wohlhabenden aristokratischen Familie geboren. Nach der Revolution emigrierte die Familie aus Rußland. Er war damals erst neunzehn Jahre alt, wurde aber nirgendwo wieder richtig heimisch. So bemerkte er einmal: »Ich bin ein amerikanischer Schriftsteller, der in Rußland geboren wurde. Meine Ausbildung erhielt ich in England, wo ich Französisch studierte, bevor ich mich für fünfzehn Jahre in Deutschland niederließ … Mein Kopf denkt englisch, mein Herz fühlt russisch, und mein Ohr hört französisch.« Nach der Emigration verbrachte Nabokov fast sein ganzes Leben in Hotels und Pensionen. Wenn Bekannte seinen Sohn Mitja fragten, wo er wohnen würde, antwortete der Junge: »In kleinen Häusern am Straßenrand«.

Durch den Sensationserfolg seines Romans *Lolita* wurde Vladimir Nabokov sehr reich. Er konnte sich das beste Hotelzimmer seines Lebens leisten, eine Suite im Nobelhotel *Palace* in Montreux, am Ufer des Genfer Sees. Über sein neues Leben schrieb er: »Im Winter wache ich gegen sieben auf, als Wecker dient mir ein großer schwarzglänzender Alpenvogel mit gelbem Schnabel. Er besucht meinen Balkon und trällert äußerst melodiös. Ich bleibe noch einige Zeit im Bett liegen, entsinne mich meiner Angelegenheiten und gehe sie im Kopf durch. Um acht Uhr Rasieren, Frühstück, Meditation und ein Bad – in dieser Reihenfolge. Dann arbeite ich bis zum zweiten Frühstück und mache nur eine Pause, um mit meiner Frau am Seeufer zu spazieren … Gegen eins das zweite Frühstück, und um halb zwei sitze ich wieder am Schreibtisch und arbeite ohne Pause bis halb sieben. Dann der Gang zum Zeitungskiosk, um englische Zeitungen zu holen, und um sieben gibt es Abendessen. Danach wird nicht mehr gearbeitet. Gegen neun gehe ich zu Bett und lese bis halb zwölf. Dann kämpfe ich bis ein Uhr nachts mit der Schlaflosigkeit.« Im Frühling und im Sommer wurde dieser starre Rhythmus durch die Schmetterlingsjagd in den Alpen aufgebrochen.

Nabokov arbeitete nicht gern am Schreibtisch, sondern zog das Sofa oder die Badewanne vor. Den Roman *Lolita* schrieb er auf der Rückbank eines Autos, das seiner Frau Vera gehörte. Übrigens bewahrte Vera das *Lolita*-Manuskript vor der Vernichtung, als der Schriftsteller es einmal in einem Wutanfall verbrennen wollte. In den ersten Jahren seines Familienlebens fertigte Vladimir Nabokov eine Liste mit Dingen an, die er niemals im Leben tun würde: ein Auto fahren, auf einer Schreibmaschine schreiben …

Mir scheint, der Wunsch des Schriftstellers, nur in Hotels und Pensionen zu wohnen, entsprang dem Bedürfnis, seine Erinnerungen an die Kindheit zu bewahren. »Mein Heimweh ist nur die eigentümlich hypertrophierte Sehnsucht nach der verlorenen Kindheit«, schrieb er einmal. Um seine Erinnerungen zu erhalten, kultivierte er ein Dasein ohne Alltag und ohne Eigentum. Er lebte in fremden Häusern und ohne persönlichen Besitz, weil alles, was einem gehört, sogleich von Erinnerungen umhüllt wird. In einer Atmosphäre der Fremdheit konnte er leichter bewahren, was er als das Eigene empfand: das prächtige Haus seiner Kindheit, die leuchtenden Sommer auf dem Landsitz der Familie in Wyra, den warmherzigen Familienalltag, nicht zuletzt die Küche mit dem holländischen Ofen, auf dessen Bildkacheln Schmetterlinge dargestellt waren …

Alle Bücher, die er schrieb, widmete Nabokov seiner Frau Vera. Sie waren unzertrennlich, dennoch existieren aus ihrer fast fünfzig Jahre währenden Ehe mehr als dreihundert Briefe. Aus diesen Briefen wissen wir, was der Schriftsteller gern aß. »Es gab Kartoffeln mit Fleisch und viel Schweizer Käse«, »Zu Mittag aß ich Kalbsschnitzel und ein Dessert aus Süßkirschen«, »Das Mittagessen war heute sonntäglich, Suppe mit Pelmeni, gut zubereitetes Fleisch, Törtchen mit Walderdbeeren und Schlagsahne. Dafür war das Abendessen wie gewöhnlich: Ei und Fleischbällchen.« In einem Brief vom 16. Juni 1926 schrieb er aus Berlin an seine Frau Vera im Schwarzwald: »Meine Liebe, ich träumte, ich ging am Palastufer entlang, das Wasser der Newa war bleifarben und dickflüssig schillernd … Um ein Uhr kehrte ich nach Hause zurück, aß zu Mittag (Frikadellen, Walderdbeeren mit Sahne) … Meine Liebe, ich vermisse Dich. Hörst Du?«

Hier ein Frikadellenrezept, wie sie in St. Petersburg in Nabokovs Jugend zubereitet wurden.

Generalsfrikadellen

Zutaten für sechs Personen: 2 Pfund Kalbfleisch, ½ Pfund Kalbschmalz, 1 Brötchen, 1–2 Eier, ½ Glas Paniermehl, 1 Glas Milch oder Sahne, ¼ Pfund Öl, ½ Glas Sauerrahm, Mehl, Butter, Pfeffer, Salz

Zubereitung: Kalbfleisch waschen, in dünne Streifen schneiden, fein hacken oder durch den Fleischwolf drehen. Das kleingeschnittene Kalbschmalz hinzufügen. Brötchen ohne Kruste in Milch oder Sahne einweichen und zu der Farce geben, damit sie saftiger wird. Einen halben TL Salz pro Pfund Fleisch und etwas Pfeffer hinzufügen, glattrühren. Die Masse in Portionen teilen und zu Bällchen formen. Die Bällchen mit Ei bestreichen und in Paniermehl wälzen, braten und auf einem Teller anrichten. Für die Sauce dem Bratensatz ein wenig in Butter geröstetes Mehl zufügen, alles aufkochen lassen, Sauerrahm hinzufügen, alles noch einmal aufkochen lassen und über die Frikadellen gießen.

Vladimir Nabokovs erste Liebe hieß Walentina Schulgina. Sie lernten sich im Sommer 1915 kennen, als die Familie Nabokov auf dem Landsitz Wyra in der Nähe St. Petersburgs in der Sommerfrische weilte. Seine Jugendliebe erschuf Nabokov in seinem ersten Roman *Maschenka* neu.

Allerdings sah sie Ganin nicht häufiger als einmal täglich am Mittagstisch, und nur ein einziges Mal hatte sie mit ihm und mit Ljudmila in der schmutzigen Kneipe zu Abend gegessen, wo er gewöhnlich ein Würstchen mit Sauerkraut oder ein kaltes Schnitzel verzehrte.

Maschenka

Hier nun alte russische Rezepte für Würstchen, Sauerkraut und Schweineschnitzel, wie sie Nabokov in den Berliner Kneipen vermutlich nicht serviert bekam.

Frische Würstchen

Zutaten: 10 Pfund mageres Schweinefleisch, 10 Pfund fettere Fleischreste (Schlachtabfälle), 1 Lorbeerblatt, ½ Zwiebel, 3 Solotnik Majoran, Pfeffer

Zubereitung: Wenn das Fleisch frisch ist, mit dem Messer schaben; wenn es leicht angefroren ist, sehr klein schneiden. Aus 3–4 Pfund der Reste und Sehnen eine

Bouillon aus Pfeffer, Lorbeerblatt und feingehackter Zwiebel kochen. Fertige Bouillon abseihen, abkühlen lassen, 5–6 Glas davon der Fleischfarce zufügen, 4½ Solotnik Pfeffer und Majoran hinzufügen, alles gut mit den Händen durchkneten und dann mit einer Spritztülle in dünne Schweinedärme einfüllen. Auf einer Länge von ¾ Arschin jeweils abbinden, beide Enden verknoten und für ein paar Stunden zum Trocknen an einen warmen Ort hängen. Dann an einem kühlen Ort aufbewahren. Nicht länger als drei Wochen aufbewahren. Vor dem Servieren in einem Topf schichten, mit Wasser, Bier oder Rote-Bete-Lake auffüllen, bis die Würste knapp bedeckt sind und so lange kochen, bis das Wasser verdampft ist. Anschließend von beiden Seiten anbraten. Man kann etwas Speck oder Paniermehl hinzufügen. Mit frischem Weißkraut oder Sauerkraut und Senf servieren.

Sauerkraut

Zutaten: 10 kg Weißkohl, 350 g Möhren, 1 kg Äpfel, 1 kg Moos- oder Preiselbeeren, 6–7 EL Salz

Zubereitung: Äußere Blätter der Kohlköpfe entfernen, vierteln, Strunk herausschneiden. Dann in sehr feine Streifen oder Schnitzel schneiden. Auf den Boden eines Fasses einige Blätter Weißkraut und eine Schicht feiner Weißkrautstreifen legen, die mit Möhrenstreifen vermischt sind. Mit Salz bestreuen. Eine weitere Schicht geschälter und geviertelter Äpfel ohne Gehäuse, dann eine Schicht Moos- oder Preiselbeeren darüberlegen. Alles andrücken. Dann die nächste Schicht Weißkraut und so weiter, bis das Faß voll ist. Oben ein paar Weißkrautblätter im Ganzen darüberlegen. Mit einem Holzdeckel, auf dem ein Gewicht steht, beschweren. Am nächsten Tag, wenn sich Saft bildet, den Schaum von der Oberfläche entfernen und ein paarmal tief in das Kraut hineinstechen. Am Anfang das Faß bei Zimmertemperatur aufbewahren, aber nach einer Woche sollte es besser in den Keller oder an einen anderen kühlen Ort gebracht werden.

Schweineschnitzel

Zutaten: 500 g Schweinefleisch, 2 Eigelb, 2 Knoblauchzehen, 3 Tomaten, Paniermehl, 100 g Petersilie, 1 EL Senf, Pfeffer, Salz

Zutaten für die Marinade: 6 EL Pflanzenöl, 1 EL Rosmarin, 1 TL Majoran, ½ TL Thymian, ½ TL Paprikapulver edelsüß

Zubereitung: Marinade aus Pflanzenöl, Majoran, Rosmarin, Thymian und Paprikapulver zubereiten. Mageres Schweinefleisch ohne Knochen in Portionsstücke schneiden und marinieren. Grobgehackte Petersilie, zerdrückte Knoblauchzehen, Paniermehl, Eigelb, Senf und Salz miteinander vermengen. Fleisch aus der Marinade nehmen, übrige Marinade in die Gewürzmasse gießen. Fleischstückchen etwas mit Pfeffer einreiben und in Öl anbraten, so daß sich eine leichte Kruste bildet. Dann das Fleisch mit der Gewürzmasse einreiben und wieder anbraten, diesmal auf starker Flamme. Die Stücke auf einen Teller legen, etwas abkühlen lassen, mit frischen Tomaten dekorieren und servieren.

»Heute haben wir Hammelfleisch«, verkündete plötzlich Lydia Nikolajewna mit hölzerner Stimme; sie hatte unzufrieden bemerkt, wie achtlos ihre Gäste den Braten verzehrten.

Maschenka

Gebratenes Hammelfleisch mit Kartoffeln

Zutaten: 400 g Hammelfleisch, 2–3 Knoblauchzehen, Pfeffer, Salz
Zutaten für die Beilage: 500 g Kartoffeln, 50 g Speck, 50 g Petersilie, 2 EL Butter
Zutaten für die Sauce: 1 Glas Rotwein, 1 EL Sauerrahm, 10–15 Salbeiblätter
Zubereitung: Hammelfleisch ohne Knochen in nicht zu große Stücke schneiden. Pfeffern, salzen und mit geriebenem Knoblauch einreiben. Kartoffeln in feine Streifen schneiden und 5 Minuten blanchieren. Wasser abgießen, Kartoffeln salzen und pfeffern. Kartoffelstreifen mit Speck umwickeln und mit Petersilienstengeln zusammenbinden. Diese Kartoffelbündel dann auf kleiner Flamme anbraten, so daß sich eine knusprige Kruste bildet. Kartoffeln aus der Pfanne nehmen und in dem restlichen Öl die Hammelfleischstücke von allen Seiten knusprig braten. Fleisch aus der Pfanne nehmen und Salbeiblätter hineingeben. Leicht anbraten, dann aus der Pfanne nehmen. Sauerrahm und Wein in die Pfanne gießen, umrühren und zum Kochen bringen. Wenn die Mischung abgekühlt ist, Salbeiblätter hinzufügen. Das Fleisch in die Mitte einer großen Platte legen, Kartoffelbündel am Rand entlanglegen, und alles mit der Sauce begießen. Kirschtomaten zur Dekoration verwenden.

Das Zimmer war in ein blasses, unirdisches Licht getaucht, die erfinderischen Tänzer hatten die Lampe mit einem lilafarbenen Seidenschal verhängt. Auf dem Tisch in der Mitte schillerten bläulich die Flaschen, glänzte Öl in geöffneten Sardinenbüchsen; außerdem gab es Pralinen in Silberpapier, ein Mosaik aus Wurstscheiben und glänzende Fleischpasteten.

Maschenka

Fleischpastete

Zutaten: 7 Glas Mehl, 2½ Glas Milch, 40g Hefe, 2 Eier, 25g Butter, 1½ Glas Schmalz oder Pflanzenöl zum Braten

Zutaten für die Füllung: 300g Schweinefleisch, 2 Zwiebeln, 1 Eigelb, gemahlener Pfeffer, Salz

Zubereitung der Füllung: Schweinefleisch ohne Knochen in etwas Wasser kochen, in kleine Stücke schneiden, durch den Fleischwolf drehen, mit Pfeffer, Salz und kleingehackten Zwiebeln würzen. Eigelb hinzugeben, und alles gut mischen.

Zubereitung: Aus warmer Milch, Hefe und etwas Mehl einen Vorteig herstellen und an einem warmen Ort gehen lassen. Wenn sich der Teig hebt, Butter, Eier, Zucker und restliches Mehl untermischen. Sorgfältig durchkneten und für 1–1½ Stunden an einen warmen Ort stellen. Anschließend noch zweimal auf einer bemehlten Arbeitsfläche durchkneten. Den Teig teilen und zu kleinen Kugeln formen, aus denen nach 10–15 Minuten runde Fladen ausgerollt werden. Mit einem Löffel jeweils etwas Füllung in die Mitte jedes Fladens geben, am Rand zudrücken und dem Stück die Form einer Pirogge geben. Die Teigstücke 15 Minuten an einem warmen Ort ruhen lassen. Dann in einer Pfanne in zerlassenem Schmalz braten. Einige Male wenden, bis die Piroggen goldbraun sind.

> *Und als er seine Augen umherwandern ließ, betrachtete er nun auch näher, was er vorhin nur im Vorbeigehen bemerkt hatte: den Tisch – einen für zwei Personen gedeckten Tisch, mit Likören, zwei hohen Weingläsern und einer enormen rosa Torte, die ein Kranz noch nicht entzündeter Kerzen schmückte.* Die Klingel

Quarktorte mit Sauerkirschen

Zutaten für den Teig: 1 Glas Mehl, 1 Ei, 80g Butter, 1 Glas Zucker, ½ TL Soda

Zutaten für die Füllung: 250g Sauerkirschen, 500g Quark, 3 Eier, 1 EL Zitronenzeste, 50g Stärke, 75g geriebene Nüsse, 1 EL Puderzucker, 1 TL Zimt, Nelken, 1 Päckchen Vanillezucker, 1 Messerspitze Soda

Zubereitung: Aus durchgesiebtem Mehl, Ei, Salz, Zucker und Butterstückchen einen Mürbeteig zubereiten, an einem kühlen Ort für eine Stunde ruhen lassen. Inzwischen die Füllung zubereiten. Kirschen entsteinen, Quark und Zitronenzeste, Gewürze, Nüsse, gesiebte Stärke, Soda und Zucker sorgfältig vermischen. Eier trennen, Eigelb dazugeben, Eiweiß sehr steif schlagen. Dann Kirschen und geschlagenes Eiweiß vorsichtig unter die Quarkfüllung heben. Teig auf einer bemehlten Arbeitsfläche nicht dicker als 1,5cm ausrollen, in eine Backform legen und unbedingt einen Rand aus Teig formen. Quarkmasse auf den Teig geben, und alles in einen vorgeheizten Backofen schieben. Bei mittlerer Hitze ca. 1 Stunde backen. Falls der Kuchen von oben braun wird, mit

Alufolie abdecken. Fertigen Kuchen abkühlen lassen. Aus Papier Schablonen in Form von Kirschen ausschneiden. Auf den Kuchen legen, mit Puderzucker überstreuen, anschließend vorsichtig die Schablonen entfernen.

Durch die offene Tür konnte er sehen, wie sie sich beim Tischdecken ohne Anmut hin und her bewegte. »Der Tabakladen ist gleich an der Ecke«, sagte sie mit ihrer Singstimme, suchte einen Teller aus und arrangierte darauf mit liebevoller Sorgfalt die kühlen, rosigen Scheiben Roastbeef, die sie sich schon seit einiger Zeit nicht mehr hatte leisten können. Ein flotter Herr

Roastbeef auf Moskauer Art

Zutaten: 500 g Rinderfilet, 2 EL Mehl, 80 g Schweineschmalz

Zutaten für die Marinade: 2 Zwiebeln, 1 Möhre, 80 g Sellerieknolle, 100 g Petersilie, ½ Glas Pflanzenöl, 2 EL Zucker, 1 Lorbeerblatt, schwarzer Pfeffer, Salz

Zubereitung: Zwiebeln und Möhre sehr fein schneiden, Sellerieknolle reiben, Petersilie fein hacken. Zum Gemüse Pflanzenöl, Zucker, Lorbeerblatt, Pfeffer und Salz hinzufügen, und alles so lange rühren, bis der Gemüsesaft austritt. Rinderfilet in die Marinade einlegen. Nach 24 Stunden Fleisch aus der Marinade nehmen, von Gemüse- und Gewürzresten säubern, in Mehl wenden und in heißem Schweineschmalz von allen Seiten anbraten. Dann für 15–20 Minuten in den Backofen schieben. Das Fleisch soll innen rosa bleiben, zur Probe anstechen, der Fleischsaft soll noch rot aussehen. Das fertige Roastbeef zum Servieren quer zur Faserrichtung in dünne Scheiben schneiden, auf einen angewärmten Teller legen und mit dem Fleischsaft beträufeln.

Sie setzten sich zu ihrem unerwarteten festlichen Mitternachtstee nieder. Das Geburtstagsgeschenk stand auf dem Tisch. Er schlürfte geräuschvoll; sein Gesicht war gerötet; hin und wieder hob er das Glas und machte eine Kreisbewegung, damit der Zucker sich besser auflöste. Deutlich zeichnete sich an der Seite seines kahlen Schädels, dort, wo sich ein großes Muttermal befand, eine vorspringende Ader ab, und obwohl er sich am Morgen rasiert hatte, bedeckte ein silbriger Stoppelbart sein Kinn. Während sie ihm ein zweites Glas Tee eingoß, setzte er die Brille auf und betrachtete noch einmal mit Vergnügen die leuchtenden kleinen gelben, grünen, roten Geleegläser. Seine ungeschickten feuchten Lippen buchstabierten die beredsamen Schildchen: Aprikosen, Trauben, Schlehen, Quitten. Er war bei Holzapfel angelangt, als das Telefon aufs neue läutete.

Zeichen und Symbole

Aprikosenkonfitüre

Zutaten: 1 kg Aprikosen, 1½ kg Zucker, 2 Glas Wasser, 3 g Zitronensäure

Zubereitung: In der Regel bevorzugt man für diese Konfitüre noch nicht ganz reife Früchte. Sie werden nicht gewaschen, sondern mit einem feuchten Tuch abgewischt. Jede Aprikose ein paarmal mit einem hölzernen Spieß anstechen. Dann für 1 Minute in kochendes Wasser geben und schnell mit kaltem Wasser abspülen. Die Aprikosen mit Zuckersirup begießen und kochen, wobei die kleinen Früchte im Ganzen verwendet werden, die größeren werden in Hälften geteilt und entsteint. Nach dem Aufkochen 5 Minuten auf kleiner Flamme unter Rühren weiterkochen. Dann einige Stunden abkühlen lassen und die Prozedur wiederholen. Wenn die Konfitüre fertig zubereitet ist, heiß in Gläser abfüllen. Die Gläser fest verschließen. An einem kühlen, trockenen Ort aufbewahren. Damit die Konfitüre nicht verzuckert, etwas Zitronensäure beim Kochen hinzufügen.

Pfirsichkonfitüre

Zutaten: Pfirsich, Zucker, Wasser

Zubereitung: Die nicht sehr reifen Pfirsiche ein paarmal mit einem dünnen Holzspieß anstechen, in warmes Wasser geben, aufkochen lassen. 10 Minuten später absieben, das Kochwasser an einem kalten Ort stehen lassen. Am nächsten Tag die Pfirsiche noch einmal in diesem Wasser kochen, abgießen und auf ein Sieb legen. Wenn sie etwas abgetropft sind, wiegen. Auf 1 Pfund Pfirsiche nimmt man 2 Pfund Zucker und 1 Glas Wasser, in dem die Pfirsiche gekocht wurden. Daraus einen Sirup kochen, die Pfirsiche hineingeben und auf kleiner Flamme köcheln lassen. Sollte sich der Sirup als zu dünnflüssig erweisen, noch Zucker hinzugeben.

Andrej Platonow

Andrej Platonow nimmt in der russischen Literatur einen besonderen Rang ein. Er war ein einsames Genie und von seiner Epoche zutiefst geprägt, wie übrigens auch Michail Bulgakow. Platonows Stil ist sehr sachlich und schnörkellos. Er war der Meinung, daß der Unterhaltungswert der Literatur niemals zu Lasten des anderen Ziels gehen dürfe, nämlich »den Hunger nach Wahrheit zu stillen«. Er war ein Mensch mit einem tragischen Schicksal, der in seinen Büchern versuchte, das Knäuel komplizierter gesellschaftlicher Zustände im Rußland des 20. Jahrhunderts zu entwirren. Sein Leben spiegelt die Sowjetzeit genauestens wider. Hellsichtig bemerkte der Philosoph Nikolaj Berdjajew einmal, daß die Sowjetunion einst in sich zusammenbreche werde wie ein Fels, der in einen Abgrund stürzt.

Andrej Platonow wurde am 1. September 1899 als Sohn eines Lokomotivschlossers am Stadtrand von Woronesch geboren. Die Familie war arm und kinderreich. Als ältester Sohn mußte Platonow früh den Lebensunterhalt der Familie mitverdienen; seine ersten Berufe waren Schlossergehilfe, Lokheizer, Gießer und Elektromonteur. Im Revolutionsjahr 1917 arbeitete er in einem Eisenbahnreparaturwerk in Woronesch und bereitete sich nebenbei auf das Studium vor. Als er 1919 mit dem Studium am Polytechnischen Institut seiner Heimatstadt beginnen konnte, spitzte sich die Bürgerkriegssituation im Süden zu, und er meldete sich freiwillig zur Roten Armee, zunächst als Lokheizer.

Als renommierter Schriftsteller erinnerte er sich an seine Kindheit: »Außer dem Feld, dem Dorf, der Mutter und dem Läuten der Glocken liebte ich (je länger ich lebe, um so mehr) Lokomotiven, ihr bis ins Mark dringendes Pfeifen und schwere Arbeit, bei der man ins Schwitzen gerät.«

Kein anderer Schriftsteller der Sowjetzeit ist so unverwechselbar russisch wie Platonow. Konstantin Paustowskij bewunderte die tiefe Heimatverbundenheit Platonows sehr. »Es gibt bei Platonow eine kleine Erzählung, *Juligewitter*. Ich kenne in unserer modernen Literatur nichts, was auf solche Weise klar, klassisch und von bestechender Schönheit wäre wie diese Erzählung. Nur ein Mensch, dem Rußland zum zweiten Ich geworden ist, der es wie sein Vaterhaus bis in die letzten Schlupfwinkel durchforscht hat, kann mit solcher Bitternis und Wärme über das Land schreiben.«

Was die russische Küche betrifft, haben die Revolutionäre und Sowjetfunktionäre vor allem unappetitliche Spuren in ihrer Geschichte hinterlassen. Hier eine charakteristische Episode, die Marietta Schaginjan in einem ihrer Dokumentarromane erzählt. Der Großvater Lenins, der Provinzdoktor Blank, wollte beweisen, daß jede Art von Eiweiß der menschlichen Ernährung zuträglich ist. Deshalb ordnete er an, einen Schmorbraten aus dem Hofhund zu bereiten. Und er aß ihn dann auch.

Ich erinnere mich, wie wir zum fünfzigsten und dann zum sechzigsten Jahrestag der Sowjetunion »auf die Jagd« gingen. In den Läden gab es nichts als leere Regale. Fast alle Lebensmittel waren Mangelware. Einmal schenkten mir Freunde das Kochbuch, das Natalja Nordman-Sewerowa, die Frau des großen russischen Malers Ilja Repin, 1911 herausgegeben hatte. Die Dame war eine bekennende Vegetarierin und nannte ihr Buch »Kochbuch für Hungernde«. Abgesehen von dem etwas problematischen Titel gab es dort viele interessante Beobachtungen, wie etwa: »Eine vegetarische Ernährung ist sowohl für die sehr Armen wie auch für die sehr Reichen notwendig. Für die Armen, weil sie billig ist, und für die Reichen, weil sie die Verwesungsgifte aus ihrem Körper herausleiten müssen.«

Zum nächsten anstehenden Jahrestag der Sowjetunion lud ich also meine Freunde zu einem fröhlichen Abendessen im Geist der Nordman-Sewerowa ein, wobei ich die vegetarischen Rezepte noch kreativ an unsere üblichen leeren Regale anpaßte. Für manche Lebensmittel mußte man lange Schlange stehen, andere konnte man mit Beziehungen bekommen, die dritten mußte man einfach irgendwie ersetzen. Der größte Vorzug meines Abendessens »à la Nordman« war jedoch der absolute Verzicht auf Fleisch, das in jenen Jahren so gut wie gar nicht zu bekommen war. So wurden wir alle, ob wir wollten oder nicht, Vegetarier.

Was also hatte ich gekocht? Ihre »Heusuppe« ersetzte ich durch Gemüsesuppe aus Möhren, Kartoffeln und Rüben. Dazu reichte ich kleine Piroggen mit Kraut und Reis. Anschließend gab es Gemüseragout aus den gleichen Zutaten wie die Suppe. Zum Schluß tranken wir Kissel. Wir waren bester Laune und erinnerten uns lachend daran, daß Madame Nordman, wollte man ihren Memoiren glauben, ihren Gatten und die Gäste vor dem Essen zwang, Musik zu hören und an »plastischen« Tänzen im Stil der Isadora Duncan teilzunehmen, um »die Stimmung zu steigern und den Appetit anzuregen«. Als Repin und die Nordman bei Lew Tolstoj in Jasnaja Poljana weilten, zeigte sich der Schriftsteller besorgt ob der drohenden »Tanzorgien zu Grammophonmusik«. Mit einer solchen »Tanzorgie« beendeten wir dann unser Festessen.

Was tranken wir damals? Dank Beziehungen erhielt ich in der Apotheke eine Flasche reinen Alkohols, den ich mit Wasser verdünnte, auf frischen und halbtrockenen Orangenschalen ansetzte und zwei Tage stehen ließ. Dieser Wodka stieß auf große Begeisterung. Einmal gestand mir meine jakutische Jugendfreundin, die mit ihrem Folkloreensemble die ganze Welt bereist hatte, bei ihrer Rückkehr aus Paris: »Tatjana, wir haben ziemlich viel probiert, aber der Wodka, erinnerst du dich, dein Hauswodka, das ist der beste Wodka der Welt!«

Ich habe auch Liköre selbst aufgesetzt. Hier sind die Rezepte.

Preiselbeerlikör

Zutaten: ¼ oder ½ Pfund getrockneter Wermut, 1 Eimer Wodka, Preiselbeeren, Zucker

Zubereitung: Im Frühling getrockneten Wermut mit Wodka übergießen und ziehen lassen. Im Herbst sehr reife Preiselbeeren sammeln und in ein Gefäß geben, so daß es zu ⅓ mit den Beeren gefüllt ist, mit dem auf Wermut aufgesetzten Wodka auffüllen und bei Zimmertemperatur zwei Monate ziehen lassen, anschließend abseihen und mit ¼ bis ¾ Pfund Zucker pro Flasche süßen.

Rosenlikör

Zutaten: 1 Rose, Wodka, Zucker

Zubereitung: Die Blütenblätter einer Rose abzupfen, in eine Likörflasche geben, mit Wodka auffüllen, ziehen lassen, bis die Flüssigkeit eine Färbung von dunklem Bernstein annimmt, dann abseihen, ohne die Blütenblätter auszudrücken, mit ¼ bis ¾ Pfund Zucker pro Flasche süßen.

Die alte Lehrerin bewirtete den Tischler mit Tee und Zwieback.
Der Fluß Potudan

Bei der Zubereitung von Zwieback haben wir Russen eine solche Perfektion erreicht, daß man sich über die Vielzahl der Rezepte nur wundern kann. Hier sind einige von ihnen.

Zwieback

Zutaten: 5 Pfund Mehl, 3 Glas Milch oder Sahne, 6 Eier, ⅔ Glas Zucker, Kardamom oder Zimt, 1 TL Salz, ¾ (oder 1⅛) Glas Öl, ½ Flasche Milch, 10 Solotnik Trockenhefe, 2 Eier zum Bestreichen des Teigs

Zubereitung: Einen Teig mit warmer, gekochter Milch oder Sahne, mit Hefe und der Hälfte des Mehls ansetzen, an einem warmen Ort gehen lassen. Anschließend durchkneten und Eier, Salz, Zucker, Öl und nach und nach das restliche Mehl hinzufügen (wenn der Teig auf Sahne angesetzt ist, ¾ Glas Öl; wenn er auf Milch angesetzt ist, 1⅛ Glas Öl verwenden). Alles gut durchkneten, bis sich der Teig leicht von den Händen ablöst, noch einmal gehen lassen und ohne zusätzliche Zugabe von Mehl kleine, runde Brötchen daraus formen. Sollte der Teig an den Händen kleben bleiben, die Hände leicht mit Öl einreiben. Die Brötchen auf ein gefettetes Backblech legen, noch etwas aufgehen lassen, mit in Wasser verdünntem Eigelb bestreichen und für 15 Minuten in den Ofen stellen. Herausholen, etwas abkühlen lassen, mit einem scharfen Messer in Scheiben schneiden und gleich noch einmal zum Trocknen in den Ofen schieben. Man kann die geschnittene Seite auch in Milch oder Wein tauchen, sofort mit Zimt (oder Kardamom) und Zucker bestreuen und auf dem Backblech in den Ofen schieben. Oder den fertigen Zwieback mit Zucker- oder Schokoglasur bestreichen und noch einmal für ein paar Minuten in den Ofen schieben.

Zwieback nach Kiewer Art

Zutaten: 3 Glas Mehl, 1 Glas Sahne, ⅛ Pfund Butter, 1 Ei, ⅓ Glas Zucker, 1½ EL Hefe, 1 EL Butter, 1 Eigelb zum Bestreichen

Zubereitung: Die Hälfte des Mehls, warme Sahne und Butter verrühren, alles mit der Hefe vermischen. Wenn der Teig anfängt zu gehen, Zucker hineingeben, Ei und restliches Mehl hinzufügen, den Teig nochmals ruhen lassen. Wenn er sich hebt, in eine 1½ Finger dicke Schicht ausrollen, mit Butter bepinseln, doppelt zusammenlegen, mit einer Form Brötchen ausstechen, auf ein Blech legen, nochmals gehen lassen, mit Eigelb bestreichen, backen und nach dem Backen in Scheiben schneiden. Dann im Ofen trocknen lassen.

Wenn du aus dem Tier nicht die besten Eigenschaften herausholen, sondern nur satt werden willst, kannst du auch Borschtsch oder Brotsuppe essen.

Das Leben in der Familie

Borschtsch mit Sauerkraut und Rindfleisch

Zutaten: 1 große Zwiebel, 1 Möhre, 1 kg Rindfleisch, 3 Lorbeerblätter, 1 TL schwarze Pfefferkörner, Salz, 500 g rote Bete, 100 g geräucherter durchwachsener Speck, 1 EL Tomatenmark, 1 EL Zucker, ca. 2 EL Weißwein-Essig, 1 Dose (314 ml) Sauerkraut, 200 g Kartoffeln, schwarzer Pfeffer, ½ Bund Schnittlauch, 150 g saure Sahne

Zubereitung: Zwiebel vierteln, Möhre in Stücke schneiden. Fleisch waschen, in einen großen Topf geben, mit kaltem Wasser bedecken. Einmal alles kurz aufkochen lassen, bis sich Schaum bildet. Wasser abgießen und Schaumreste aus dem Topf entfernen. 2½ l heißes Wasser, Gemüse, Lorbeer, Pfefferkörner und 1 gehäuften TL Salz zugeben, aufkochen. Ca. 2½ Stunden köcheln. Fleisch aus der Brühe nehmen, beiseite stellen. Fleischbrühe durch ein Sieb gießen. Rote Bete in Würfel schneiden. Speck kleinwürfeln und in einer heißen Pfanne knusperig auslassen. Rote Bete zugeben und bei schwacher Hitze ca. 10 Minuten dünsten. Tomatenmark, Zucker und Essig zugeben und kurz weiterdünsten. 100 ml Fleischbrühe zugießen, zugedeckt weitere 15 Minuten garen. Sauerkraut abtropfen lassen. Kartoffeln schälen und würfeln. Restliche Fleischbrühe aufkochen, Kartoffeln darin ca. 15 Minuten garen. Fleisch kleinwürfeln. Rote-Bete-Mischung, Sauerkraut und Fleisch zur Brühe geben und weitere 5 Minuten kochen. Mit Salz, Pfeffer und Essig abschmecken. Schnittlauch in Röllchen schneiden. Borschtsch mit saurer Sahne anrichten und mit Schnittlauch garnieren.

Fast alle Passanten, auch die Arm in Arm wandelnden Liebespärchen, hatten etwas fürs Haus bei sich, die Frauen Kartoffeln in Einkaufstaschen, manchmal auch Fisch, die Männer, unter dem Arm geklemmt, ihre Brotration, wenn nicht einen halben Rindskopf, oder sie trugen behutsam Innereien für eine Suppe in den Händen.

Der Fluß Potudan

Gebratener Kalbskopf mit roter Sauce

Zutaten: 1 ganzer Kalbskopf, 1 Möhre, ½ Petersilienwurzel, ½ Sellerie, 5–10 Körner Cayennepfeffer, ½ Stange Porree, 1 Zwiebel, 1 Tasse Paniermehl, 1–2 Lorbeerblätter, 2 EL Öl, 1–2 Eier, Essig

Zubereitung: Den Kalbskopf mit kochendem Wasser überbrühen, von Haaren säubern, in der Mitte durchschneiden, das Gehirn herausholen (es kann für andere Gerichte verwendet werden), die Hälften in kaltem Wasser mit Pfeffer, Lorbeerblättern, Suppengrün, Essig, aber ohne Salz aufsetzen. Wenn sie gekocht sind, herausholen, mit kaltem Wasser abwaschen, das Fleisch von den Knochen lösen und in Stücke oder Scheiben schneiden, pressen, und wenn es kalt geworden ist, salzen, die Stücke in Ei und Paniermehl wälzen und in Öl braten. Mit einer Sauce aus Rotwein oder mit einer süß-sauren Sauce servieren. Die übrige Bouillon mit den Knochen weiterkochen, etwas Fleisch hinzufügen und für eine Mayonnaise oder für Sülze weiterverwenden. Im Sommer kann man 8 Glas und im Winter 4 Glas Aspik daraus zubereiten.

Farce aus Kalbskopf

Zutaten: 1 großer Kalbskopf, 1 Möhre, 1 Petersilienwurzel, 1 Sellerie, 1 Porreestange, ½ Baguette, 2 Zwiebeln, ½ Glas Milch, 2–3 Lorbeerblätter, ½ Tasse Paniermehl, 2 EL Öl, 2 Eier, Muskatnuß, 10 Körner Cayennepfeffer, Salz

Zubereitung: Den Kopf säubern und ohne Salz kochen, so wie im vorhergehenden Rezept angegeben. Fleisch von den Knochen lösen und in gleichmäßige Stücke schneiden. Das rote Fleisch abschneiden, kleinhacken, gehackte Zwiebel dazugeben und in Öl anbraten. Eier, das in Salzwasser gekochte Gehirn, Baguette, in Milch eingeweicht und ausgedrückt, Muskatnuß, 5–6 Körner Cayennepfeffer hinzugeben, alles gut mischen und ½ EL dieser Farce auf jedes Kalbskopf-Fleischstück legen. Auf ein gefettetes Backblech legen, mit Paniermehl bestreuen, leicht mit Öl benetzen und in den Ofen schieben. Wenn es leicht goldbraun gefärbt ist, herausnehmen.

Kalbskopf mit Backpflaumensauce

Zutaten: 1 großer Kalbskopf, 3 Zuckerstücke, ½ Zitrone, 3 Glas Bouillon, ½ Pfund Backpflaumen, 1 EL Mehl, ½ Pfund Öl, 1 EL Butter

Zutaten für den Teig: ⅓ Pfund Mehl, ½ Pfund Öl

Zubereitung des Teigs: Aus den Zutaten einen Teig kneten, daraus eine runde Platte mit Rand formen und backen, auf einen großen Teller legen.

Zubereitung: Den Kopf säubern und ohne Salz kochen, so wie im Rezept »Gebratener Kalbskopf« angegeben. Das Fleisch von den Knochen lösen und in Stücke zerschneiden. Mehl in der Butter anrösten, mit Bouillon ablöschen, aufkochen lassen. 1 Stück Zucker anzünden und in die Sauce geben. 2 Stück

Zucker mit dem Saft einer ½ Zitrone und den Backpflaumen, die zuvor gewaschen und überbrüht wurden, kochen, bis die Backpflaumen weich sind, die Kalbskopfstücke auf eine Teigplatte legen und mit der Sauce anrichten.

Grünkohleintopf mit Graupen und Würstchen

Zutaten: 300 g Graupen, 500 g frischer Grünkohl, 300 g Knollensellerie, 2 Knoblauchzehen, 1 kleine Chilischote, 2 EL Öl, 2 l Gemüsebrühe, 1 TL gemahlener Kümmel, kleine Würstchen (Anzahl nach Belieben), Pfeffer, Salz

Zubereitung: Graupen waschen und abtropfen lassen. Grünkohl blättrig schneiden. Sellerie in kleine Würfel schneiden. Knoblauch ebenfalls in kleine Würfel schneiden. Chilischote längs halbieren, Kerne entfernen, Schote in Streifen schneiden. Öl in einem Topf erhitzen. Vorbereitetes Gemüse, Knoblauch und Graupen darin andünsten. Mit Brühe auffüllen, Chili, Kümmel und Würstchen hineingeben. Aufkochen und die Suppe zugedeckt 30 Minuten köcheln lassen. Suppe mit Pfeffer und Salz abschmecken. Würstchen herausnehmen, in Scheiben schneiden und wieder in die Suppe geben.

Ljuba aß Fisch und Brot, setzte sich Nikita gegenüber auf den Fußboden ins Licht vom Ofen und lernte aus dem Buch ihre Medizin.

Der Fluß Potudan

Gebratener Dorsch

Zutaten: 3 Pfund Dorsch, 3 EL Mehl, 1 Bund Petersilie, Paniermehl, ⅜–½ Pfund Öl, 2 Eier, 1 Zitrone

Zubereitung: Fisch abspülen, trocknen, salzen, in Mehl wälzen oder dann noch in Ei und Paniermehl, in heißes Öl legen und von beiden Seiten goldbraun braten. Auf einem Teller mit frittierter Petersilie und dünner Zitronenscheibe anrichten.

Gebratene Flunder

Zutaten: 3 Pfund fangfrische Flunder, Mehl oder Panade aus Ei und Paniermehl bzw. Panade aus Paniermehl, halb Sauerrahm und halb Öl

Zubereitung: Flunder putzen, den Kopf abtrennen und von Innereien säubern, die Haut von beiden Seiten abziehen, salzen, ca. eine Stunde ruhen lassen, dann entweder einfach in Mehl oder in einer Panade wälzen, braten, servieren. Die Flunder bleibt saftiger, wenn sie einfach in Öl gebraten wird, ohne sie vorher zu panieren. Mit Bratkartoffeln oder einfach mit Salzgurken, mit frischem Lattichsalat oder frischen Gurken, mit Salat aus marinierter roter Bete oder mit marinierten Sauerkirschen reichen.

Karpfen, gebraten oder gebacken

Zutaten: 3 Pfund Karpfen, 3–4 EL Öl, 2 Eier, Paniermehl, Salz

Zubereitung: Die Schuppen von der Haut putzen, Karpfen in Teile schneiden, die Mittelgräte an einigen Stellen einschneiden, salzen. Wenn das Salz aufgelöst ist, alles mit einem Küchentuch trockenreiben. Dann jedes Stück zuerst in Ei, dann in Paniermehl wälzen und in heißem Öl von beiden Seiten ausbacken. Soll der Karpfen im Ganzen zubereitet werden, ihn mit Öl einstreichen, in einer Pfanne in den heißen Ofen stellen und vor dem Servieren mit Butter beträufeln. Man reicht ihn entweder mit einer Walnußsauce, mit einer weißen Zitronensauce, mit einer roten süß-sauren Sauce oder mit Sauerrahm, besonders, wenn er vor dem Braten in Stücke geteilt wurde. Man kann ihn auch mit Salzkartoffeln und Gurken servieren.

Walnußsauce zum gebratenen Karpfen

Zutaten: 20 Walnüsse (ca. ½ Pfund), 1 EL Olivenöl, 2 Eigelb, 1 EL Paniermehl, 1 EL Zucker, ½ Glas Essig, 1 TL brauner Senf, Salz

Zubereitung: Als Grundlage braunen Senf nehmen, sehr frische und im Mörser sehr klein zerstoßene Walnüsse dazugeben, etwas Salz, hartgekochte und in Olivenöl zerdrückte Eigelb, Zucker, Paniermehl und Essig hinzufügen, alles gut mischen und den gekochten oder gebratenen Fisch damit begießen. Die Sauce unmittelbar vor dem Servieren zubereiten.

Eine Geschichte über Andrej Platonow: Während des Krieges erhielten die Schriftsteller zusätzliche Nahrungsmittel gegen Marken. Platonow, der Mitglied des Schriftstellerverbands war, aber als Hofkehrer bei der Hausverwaltung arbeitete, stand in der Schlange, um einen Topf Suppe und einen Teller Grütze mit Frikadellen mit nach Hause zu bringen. Ein Schriftsteller, der beim Ergattern von Wohlstand erfolgreicher gewesen war und seine demokratischen Ansichten zum Ausdruck bringen wollte, wandte sich an Platonow: »Wir Schriftsteller …«

»Nein, Väterchen«, antwortete Platonow, »vergleichen Sie sich nicht mit mir. Sie schreiben mit Tinte, ich mit Blut.«

Michail Scholochow

In Scholochows großem Roman *Der stille Don* über den Donkosaken Grigorij Melechow spielt der Fluß eine Hauptrolle. Das Leben der Kosaken war immer mit dem Don verbunden: Hier, in den menschenleeren Steppengebieten, trafen einst verschiedene Menschengruppen aufeinander. Die einen verfolgte der Zar, andere der Leibherr, die dritten das Gesetz. Aus ihnen entstanden die Kosaken: Menschen, die »in der einen Hand das Gewehr, in der anderen den Pflug hielten«. Sie schützten die Reichsgrenzen und besaßen dafür bestimmte Privilegien, sie lebten frei, waren jedoch verpflichtet, Militärdienst zu leisten und jederzeit »beritten und bewaffnet« zum Dienst zu erscheinen.

Als ich jung war, lebte ich in der Ostukraine, nicht weit vom Don entfernt. Wir hatten, wie die Donkosaken, eigene Bezeichnungen für die Fische. Der Barsch hieß bei uns »Tschekomas«, der Hecht »Sula« und der Breitling »Tschebak« … In der Kosakensiedlung, der Staniza Wjoschenskaja, wo der Schriftsteller bis zu seinem Tod lebte, besuchte ich einmal seinen Sohn, Michail Michailowitsch. Es war der 24. Mai, der Geburtstag seines Vaters, und er bewirtete mich mit Ucha. Jetzt leitet der Enkel des Schriftstellers, der junge und energische Alexander Michailowitsch, das *Scholochow-Literaturmuseum*. Viele Ausstellungsstücke illustrieren die große Leidenschaft Scholochows für das Jagen und Angeln; es sind zahlreiche Boote, Sumpfstiefel, Gewehre und Angelruten zu bestaunen. In der Zeit von Bambus und Plastik akzeptierte Scholochow allerdings nur Birkenruten zum Angeln.

Mich hatte schon immer interessiert, wo genau die Helden des *Stillen Don* gelebt hatten. Wo ist das Dorf Tatarski? »Dieses Dorf gibt es gar nicht«, erklärte mir Michail Michailowitsch, »es ist aus mehreren Dörfern ›zusammengeschrieben‹ …«

Einmal wollte ich mit Freunden an Scholochows Angelplätze fahren, um die Fische für eine Ucha nach Art des Hauses Scholochow zu fangen. Eigentlich hätte Scholochow direkt bei seinem Haus angeln können, er brauchte nur die Böschung hinabzugehen. Doch hatte er seine Lieblingsreviere am Don, wo immer Fische bissen, und wenn sich dort zu viele Angler tummelten, fuhr die ganze Familie an den Fluß Chopjor. Einen Kessel für die Ucha nahmen sie mit.

Auch wir fuhren an den Chopjor und gerieten in die größte Juli-Hitze. Es war heiß wie im Backofen! Kein einziger Fisch biß an. So kauften wir einige Sterlets bei ein paar Jungs, die mit dem Fahrrad an unserem Rastplatz vorbeifuhren. Es wurde eine wunderbare Ucha.

Ucha aus Aalquappe

Zutaten für 6–8 Personen: 3–6 Pfund Aalquappe, Dill, Salz

Zubereitung: Haut um den Kopf herum einschneiden, mit einer Nadel eine Schnur durch die Augen fädeln, den Fisch aufhängen, die Haut um den Kopf mit einem Messer etwas umlegen und dann mit beiden Händen vom gesamten Fischkörper abziehen. Damit das gelingt, eine Prise Salz auf die Finger geben. Den Bauchraum aufschneiden, ausnehmen, waschen, salzen und mit Küchenkrepp trockentupfen. Quappe in Portionen zerteilen und in 9 Glas kochendes Wasser geben. Auf kleinem Feuer mindestens eine halbe Stunde köcheln, in eine Suppenschüssel auf ein Bett aus feingehacktem Dill legen. In eine Ucha aus Aalquappe kommt kein Suppengrün und nur sehr wenig Gewürz. Manchmal wird auch der Kopf der Aalquappe für die Ucha verwendet, die meisten werfen ihn weg, weil sie ihn für schädlich halten. Anstelle von Suppengrün wird die rohe Fischmilch in die Suppe gegeben, nachdem die Haut entfernt wurde. Das verleiht der Suppe ein besonderes Aroma, doch nur, wenn die Aalquappe noch gelebt hat. Sehr schmackhaft ist die Quappenleber, die man nach vorsichtiger Entfernung der Gallenblase sorgfältig wäscht und in der Ucha mitkocht. Anschließend abkühlen lassen, in Stücke schneiden und in die Suppenschüssel geben. Die Ucha kann variiert werden, indem man die Konzentration des Suds ändert. Wenn die Aalquappe nicht ausreichend groß ist, auf 3 Pfund Quappe 3 Pfund Kaulbarsch verwenden, der vorher komplett zerkocht wurde.

Ucha aus Kaulbarsch und Barsch

Zutaten: 3 Pfund Kaulbarsch, 3 Pfund Barsch, 2 Zwiebeln, ¼ Pfund Suppengrün, 1 Bund Kräuter, 1 Lorbeerblatt, Dill, 3 Pfefferkörner, Salz

Zubereitung: Kaulbarsch und Barsch waschen, ausnehmen, dafür eine Prise Salz in die Hand geben, da die Kaulbarsche glitschig sind. Waschen, Filet aus den Barschen lösen. Köpfe und Karkassen sowie alle Kaulbarsche in 15 Glas kaltes Wasser geben, Suppengrün, Zwiebeln, Kräuter, Pfefferkörner, Lorbeerblatt und eine Handvoll Salz hinzufügen. Alles 2–3 Stunden kochen, bis die Kaulbarsche zerkocht sind und die Ucha auf 9 Glas reduziert ist. Dann absieben und aufkochen lassen. Zur Geschmacksverbesserung kann man den Sud von 12 festkochenden, in etwas Ucha gegarten Kartoffeln einer süßlichen Sorte hinzufügen. Vor dem Servieren abschmecken, nachsalzen, die Barschfilets in die Ucha hineingeben und noch einmal aufkochen lassen. Je ein Filet in eine mit gehacktem Dill ausgelegte Suppenschüssel legen, die Ucha darüberschöpfen und schnell servieren. Wenn die Kaulbarsche noch lebten, kein Suppengrün und keine Gewürze hinzufügen, um ihren natürlichen Geschmack nicht zu übertönen. Dazu kann man Zitronenspalten ohne Kerne und zerstoßenen Pfeffer reichen.

Ucha mit geröstetem Suppengrün

Zutaten: Ucha, 1 Pfund weißes Suppengrün (Sellerie, Petersilie, Porree), 1 Zwiebel, 3 Schalotten, 1 Bund Kräuter, 3 Pfefferkörner, 1 Lorbeerblatt, 1 Nelke, 1 Glas Weißwein (nach Belieben)

Zubereitung: Wie gewöhnliche Ucha zubereiten, mit dem Unterschied, daß das Suppengemüse kleingeschnitten und in 1 EL Öl goldbraun angebraten wird. Dazu Zwiebel, Schalotten, Kräuter, englischen Pfeffer, Lorbeerblatt und Nelke verwenden. Dann alles zu den Gräten in kaltes Wasser geben und kochen. Nach Belieben Weißwein hinzufügen.

Fischsoljanka vom Don

Zutaten: 6–8 Kaulbarsche, ½ Pfund Renke, ¾ Pfund Zander, ¾ Pfund Salzwasserstör, Weißlachs, Belugastör oder Sternhausen, ½ Pfund weißes Suppengrün (Sellerie, Petersilie, Porree), 2 Zwiebeln, 1–3 Lorbeerblätter, 3–6 Pfefferkörner, 1 Bund Kräuter, ½ Glas Mehl, 20 Krebsschwänze, 1 EL Öl, 1 EL Tomatenmark, 6–8 TL Sahne, 6–8 TL Cornichons, 6–8 TL Oliven, 6–8 TL Kapern, 8–12 kleine marinierte Steinpilze, ½ Zitrone, Petersilie

Zubereitung: Frischen Fisch putzen, Filets herauslösen. Eine Bouillon aus Suppengrün, Zwiebeln, Pfeffer, Lorbeerblatt, Kräutern sowie Haut, Gräten und Köpfen der Fische kochen. Abseihen, mit einer Mehlschwitze (aus Sahne und Mehl) andicken, leicht angebratene marinierte Steinpilze, Kapern, Oliven und Cornichons hinzufügen. 20 Minuten vor dem Servieren alles kochen, die Filets hineingeben und aufkochen lassen. Sind die Filets gar, in die Suppe separat gekochte gesalzene Fische, Krebsschwänze, Zitronensaft nach Belieben und für die Farbe noch 1 EL in Öl angebratenes Tomatenmark geben. Eine Prise feingehackte Petersilie hinzufügen, alles vorsichtig mischen, in Suppenteller schöpfen und servieren.

Forellen auf Gemüsebett

Zutaten: 4 Forellen, 1 Stange Lauch, 1 Möhre, ¼ Knollensellerie, 1 Bund Dill, 1 Bund Petersilie, 2 EL Sauerrahmbutter, 1 TL Sauerrahmbutter (fürs Backpapier), 150 ml Weißwein, ½ Stange Meerrettich, Pfeffer, Salz

Zubereitung: Möhre und Sellerie schälen. Lauch, Möhre und Sellerie in feine Streifen schneiden, pfeffern, salzen. Etwa ¾ der Gemüsestreifen auf 4 mit Sauerrahmbutter bestrichenen Backpapierstücken verteilen. Forellen innen und außen waschen, pfeffern, salzen, mit Dill und Petersilie füllen. Auf das Gemüsebett legen, das übrige Gemüse darüberverteilen. Darauf Sauerrahmbutter in kleinen Stücken und Wein träufeln. Backpapier über den Forellen jeweils zu einem festverschlossenen Päckchen zusammenlegen. Backofen auf 180 °C vorheizen. Fische auf einem Backblech im heißen Ofen 20 Minuten garen. Inzwischen den Meerrettich schälen, fein reiben und zu den Forellen servieren. Dazu passen Kartoffeln mit Petersilie.

Pjotr schwang seinen zerschlagenen Körper in den Sattel und glättete mit den gewohnten Bewegungen die vom Gurt zusammengezogenen Hemdfalten. Das Pferd tänzelte zum Tor. In der Sonne glänzte der Säbel matt und schwang im Takt der Pferdeschritte auf und ab. Darja folgte ihm, das Kind auf dem Arm. Die Mutter rieb sich mit dem Ärmel die Augen und wischte mit der Vorhangecke über ihre gerötete Nase, dann schrie sie: »Brüderchen, die Piroggen! Du hast die Piroggen vergessen! Die sind doch mit Kartoffeln!«

Der stille Don

In den Kosakenchutors bereiteten die Hausfrauen folgenden traditionellen Hefeteig für Piroggen zu.

Pirogge mit Kartoffelfüllung

Zutaten für den Teig: 1 kg Weizenmehl, 2½ Glas Milch oder Wasser, 2 Eier, 30 g Hefe, 60 g Butter, 1 EL Zucker, Salz

Zutaten für die Kartoffelfüllung: 1 kg Kartoffeln, 1 Glas Milch, 40 g Butter, Salz

Zubereitung: Hefe in warmem Wasser oder Milch auflösen, die Hälfte des Mehls hinzufügen, gut mischen, damit sich keine Klumpen bilden. Vorteig für 40–50 Minuten zum Gehen an einen warmen Ort stellen. Dann geschmolzene Butter, geschlagene Eier, Zucker und Salz hinzufügen, alles gut mischen, das restliche Mehl dazugeben und so lange kneten, bis sich der Teig leicht von der Schüsselwand löst. Anschließend kommt der Teig wieder für 1½ Stunden ins Warme. Für die Füllung Kartoffeln gar kochen, abgießen, mit einem hölzernen Stampfer zerkleinern und mit Milch, Butter und Salz verrühren. Teig und Füllung zu einer Pirogge formen und im vorgeheizten Backofen bei 200–220 °C ca. 30 Minuten backen.

Pirogge mit Fleisch und Eiern

Zutaten und Zubereitung des Teigs: s. oben.

Zutaten: 2–3 Pfund Fleisch (gebratenes Kalbs- oder Rindfleisch, Wild, gekochtes Suppenfleisch oder rohes Rindfleisch), 1 Zwiebel, 1 EL Butter, 3–4 Eier, Dill, Petersilie, eventuell ½ Glas Reis, ½ Glas Bouillon, Pfeffer, Salz

Zubereitung: Gehackte Zwiebel mit Butter anbraten. Fleisch möglichst klein schneiden, in die Pfanne geben, schnell und unter Rühren anbraten. Wenn das Fleisch braun wird, Salz und Pfeffer hinzugeben. Abkühlen lassen. Dann die Farce auf den ausgerollten Teig geben, gehackte hartgekochte Eier und Kräuter, in einer Reihe angeordnet, darauflegen, anschließend wieder eine Reihe Fleisch, und zuletzt alles mit dem Teig abdecken. Man kann auch gekochten Reis und Bouillon in die Farce geben, damit die Füllung saftig bleibt. Im vorgeheizten Backofen bei 200–220 °C ca. 30 Minuten backen.

»Mach das Mittagessen fertig, was stehst du rum und läßt die Flügel hängen!« Die Alte klapperte mit der Ofentür und zog die heiße Schtschi aus dem Ofen.

Der stille Don

Schtschi auf Kosakenart

Zutaten für Schtschi aus frischem Weißkraut: 500 g Fleisch, 500 g Weißkraut, 1 Möhre, 1 Petersilienwurzel, 1 Selleriewurzel, 200 g Zwiebel, 200 g Tomaten, 2 EL Öl, Pfeffer, Salz

Zutaten für Schtschi aus Sauerkraut: 500 g Fleisch, 500 g Sauerkraut, 1 Möhre, 1 Selleriewurzel, 1 Petersilienwurzel, 1 Zwiebel, 1 EL Mehl, (nach Belieben:) 2 EL Öl und 2 EL Tomatenmark oder 200 g frische Tomaten und 2 mittelgroße Kartoffeln

Zubereitung: Schtschi wird aus Sauerkraut oder frischem Weißkraut zubereitet. Zunächst eine Fleischbouillon kochen, das Fleisch nach einer halben Stunde herausnehmen, die Bouillon in einen anderen Topf, in dem bereits Suppengrün und Zwiebeln liegen, abseihen, das Fleisch hinzufügen. Wenn frisches Weißkraut verwendet wird, muß es kleingeschnitten werden und zu dem Suppengrün und dem Fleisch gegeben werden. Dann noch 30–40 Minuten kochen. Die Schtschi wird erst, kurz bevor sie gar ist, gesalzen. Wenn die Schtschi aus Sauerkraut gekocht wird, das Kraut vorher auspressen, dann Öl und Wasser hinzufügen und ca. 1 Stunde garen. Dann in die Bouillon geben, in der bereits das Suppengrün und das Fleisch kocht, und noch einige Minuten köcheln lassen. Kurz vor dem Servieren salzen. Schtschi aus Sauerkraut kann man auch auf eine ganz einfache Art kochen: Das Kraut und das abgewaschene Fleisch in einen Topf legen, mit Wasser bedecken und in den Ofen schieben. In Tomatenmark angebratene Wurzeln und Zwiebeln 20–30 Minuten vor Ende der Garzeit hinzugeben. Dann auch Salz hinzufügen. Gelegentlich werden Schtschi mit einer Mehlschwitze angedickt. Schtschi kann man auch mit Kartoffeln und frischen Tomaten zubereiten. Die kleingeschnittenen Kartoffeln 10 Minuten nach dem Kraut hinzugeben, die Tomaten hinzufügen, kurz bevor die Suppe fertig ist.

Mitten auf dem Weg hielt Grigorij an. Mit dem Peitschenstiel zeichnete er etwas in den Staub, rechnete. »Grischa, was werden wir essen? Es ist kein Brot da.« »In meiner Tasche ist noch ein alter Krapfen.«

Der stille Don

Krapfen vom Don

Zutaten: ½ Pfund Butter, 4 Eier, 1 Glas Zucker, 2 EL geriebene süße Mandeln, 2½ Glas Mehl, Eigelb, Korinthen, geraspelte Mandeln, Zitronat

Zubereitung: Butter schaumig rühren, Eier, Zucker, Mandeln, Mehl hinzugeben. Alles so gut wie möglich durchrühren und in kleinen Häufchen auf ein gefettetes Blech legen. Mit Eigelb einstreichen, mit Korinthen und geraspelten Mandeln und feingehacktem Zitronat bestreuen und in den Ofen schieben.

Ukrainische Hefebrötchen

Zutaten: ½ Pfund Butter, 7 Eigelb, 2 Eier, 20 Lot Mehl, ⅓ Glas Hefe, ¼ Glas Zucker, Muskatnuß, 1 Glas Dörrpflaumen, 1 EL Zimtzucker

Zubereitung: Butter schaumig rühren, Eigelb und 1 Ei unterrühren, Mehl, Hefe, Zucker und etwas Muskatnuß dazugeben. Teig gut durchkneten, in kleinen Häufchen auf ein gefettetes Blech legen. An einen warmen Ort stellen, damit der Teig geht. Inzwischen Dörrpflaumen kochen, kleinschneiden, mit Zimtzucker mischen. Auf jedem Brötchen eine kleine Vertiefung formen, mit der Pflaumenmasse oder einer anderen Konfitüre füllen, mit Ei bestreichen, mit Zucker bestreuen und in den Ofen schieben.

In Scholochows Erzählung *Der Hirte* wird ein Hirsebrei gekocht. Interessant ist eine Zutat: Sauerampfer. So wurde Hirsebrei nur am Don zubereitet.

> *Am Abend vor Sonntag trieb Grigorij die Herde auf die Weide. Dunjatka hatte neben der Waldhütte ein Feuer gemacht und kochte Brei aus Hirse und duftendem Sauerampfer.* Der Hirte

Hirsebrei mit Sauerampfer

Zutaten: 2 Glas Hirse, 100 g Sauerampfer, 60 g Butter, 1 TL Salz, Öl

Zubereitung: Öl und Salz ins Wasser geben. Wenn das Wasser kocht, die gewaschene Hirse einrieseln und köchelnd ausquellen lassen. Kurz bevor der Brei fertig ist, den Sauerampfer hinzugeben. Danach den Topf noch ein paar Minuten im Ofen lassen, dann herausholen und, mit einer Stoffserviette bedeckt, »nachschwitzen« lassen. Den fertigen Brei mit Butter servieren.

Überall am Don werden aus Hirse auch schmackhafte Piroggen gebacken.

Pirogge mit Hirse

Zutaten: 4 Tassen der besten Hirse, 2 Flaschen Milch, 2 EL Hefe, 1½ Tassen Butter, 6 Eigelb, 6 Eiweiß, 3 EL Grießmehl, Salz

Zubereitung: Mit Hirse und Milch einen Brei zubereiten, durch ein lockeres Sieb geben, in einen Tontopf füllen, Hefe und Butter hinzugeben. Stehen lassen, bis der Teig aufgeht. Dann Eigelb, geschlagenes Eiweiß, Salz und ein wenig Grießmehl hinzugeben, wieder gehen lassen. Wenn sich der Teig hebt, zu einem Kreis in der Größe der Pfanne formen. Mit einer beliebigen Füllung versehen, am besten aber mit einer Fleischfüllung.

Als wir das letzte Mal in Wjoschenskaja waren, liehen wir uns bei einem alten Bekannten einen Kahn. Er bemerkte: »Heute beißt nichts an, ich hab' nur was für die Katze gefangen.« Wir hatten nur eine Stunde Zeit. In dieser Stunde fingen wir nicht einmal etwas für die Katze. Aber es war schön, im Kahn zu sitzen und auf dem Wasser über Scholochow und den Don zu sprechen. Und ich bekam Lust, meine Lieblingsseite aus dem Buch aufzuschlagen: »In der Steppe ... schmetterten Wachteln unermüdlich ihre Lieder, pfiffen Zieselmäuse, brummten Hummeln, raschelte, vom Winde umschmeichelt, das Gras; im aufsteigenden Dunst sangen Lerchen ...«

Wer Scholochow liest, versteht, daß der Sinn des Lebens das Leben selbst ist. Scholochow zitierte gern eine Tagebuchnotiz von Lew Tolstoj: »Glück bedeutet, in der Natur zu sein, mit ihr zu sprechen«. Diese Naturverbundenheit entsteht am Don, am Rand seines ruhig und nachdenklich dahinströmenden Wassers ...

Alexander Solschenizyn

In den 1970er Jahren liehen mir Freunde ein Buch, von dem, wenn überhaupt, nur im Flüsterton gesprochen wurde: Alexander Solschenizyns *Archipel Gulag*. Allerdings ist »Buch« nicht der richtige Ausdruck – es war die Abschrift einer ausländischen Publikation in Form eines Schnellhefters mit Schreibmaschinenseiten. Unter dem Siegel der Verschwiegenheit – der *Archipel Gulag* war verboten; bei seiner Lektüre erwischt zu werden, hätte unangenehme Folgen gehabt – wurde er mir für ein, zwei Nächte überlassen.

Gerade hatte ich angefangen zu lesen, da klingelte es an der Tür. Ich erschrak. Wohin mit meiner Lektüre? Aus dem Fenster werfen? Hinters Sofa oder hinter die Buchreihen stecken? Ungeduldig schrillte die Klingel. Schließlich verstaute ich das Corpus delicti im Schrank unter der Bettwäsche. Im Flur fragte ich so gelassen wie möglich, während ich spürte, wie meine Stimme zitterte: »Wer ist da bitte?« »Was ist denn los, Tatjana?« ließ sich eine Nachbarin vernehmen. »Sie schlafen ja wie eine Tote! Ich komme bei mir nicht rein, habe den Schlüssel im Büro vergessen, und dort ist natürlich schon alles zu … Ob ich nicht bei Ihnen übernachten könnte? … Warum sind Sie denn nur so aufgeregt? … Verzeihen Sie um Himmels willen die Störung!«

Nun, den Grund meiner Aufregung verriet ich ihr nicht, dazu waren wir nicht vertraut genug – aber ich ließ sie natürlich herein, leerte sogar noch ein Gläschen Wein mit ihr und beruhigte mich nach und nach wieder.

Die nächste Nacht und den darauffolgenden Tag las ich *Archipel Gulag* in einem Rutsch, gepackt von seinem aufrüttelnden Inhalt und voller Bewunderung für seine neue literarische Form: dokumentarisch und zugleich erzählerisch wie ein Roman.

In Troize-Lykowo, einem Randbezirk von Moskau, steht inmitten hoher Kiefern ein Haus, an dem ich nicht vorbeigehen kann, ohne einen Moment andächtig zu verweilen. Hier fand der unfreiwillig so weit in der Welt herumgekommene Nobelpreisträger Solschenizyn in Rußland zum ersten Mal ein eigenes Zuhause. Die letzten dreizehn Jahre seines Lebens verbrachte er in Troize-Lykowo.

In einem Interview nach seinen kulinarischen Vorlieben gefragt, antwortete seine Frau Natalja: »Festtafeln hat es bei uns sehr oft gegeben. Zum einen zu jedem Kindergeburtstag, und immerhin waren es vier Jungs; und natürlich zu Weihnachten und Ostern und wenn Besuch kam. Zubereitet und hergerichtet wurde alles von Mutter und mir. Bis auf den heutigen Tag mache ich Kulitsch, Blätterteigpiroggen und einen bestimmten Zitronenkuchen, den Sanja so gerne aß, jedenfalls pries er ihn immer in den höchsten Tönen … Ja, den mache ich noch heute, und zwar genauso wie zu Sanjas Zeiten.«

Zitronenkuchen

Zutaten: 300 g Mehl, 250 g weiche (angewärmte) Margarine, 250 g Zucker, 4 Eier, 2 EL Milch, 1 TL Backpulver, 1 Zitrone, 2 EL Puderzucker

Zubereitung: Margarine mit Zucker und Ei mit Milch in verschiedenen Gefäßen schaumig rühren; Mehl mit Backpulver vermischen, alles nach und nach zusammenschütten und zu einem Teig anrühren. Eine Hälfte der Zitrone zerkleinern und unterrühren. Teig in eine mit Backpapier ausgelegte Kuchenform geben, glattstreichen und 30 Minuten bei 160 °C backen. Fertigen Kuchen mit Puderzucker bestreuen und mit der anderen zerkleinerten Hälfte der Zitrone garnieren.

Der Journalist Andrej Karaulow beschreibt in seinem Buch *Die russische Sonne* ein Mittagessen im Kreise der Solschenizyns:

»Natalja Dmitrijewna öffnete das Fenster. ›Mittagessen, Sascha! Es gibt Pelmeni!‹

›Wunderbar!‹

Was Alexander Issajewitsch dann zu sich nahm, kann kaum Mittagessen genannt werden – er war es gewöhnt, möglichst wenig zu essen: etwas grünen Salat, sechs Pelmeni in Bouillon und ein Stückchen Brot. Dafür als Nachtisch Tee und Eiscreme!

Er wandte sich den Pelmeni zu – eine ländliche Kost, rein und einfach, wie er es liebte –, aß sie schweigend und mit Genuß. Zwischendurch strich er die aufs Tischtuch gefallenen Brotkrümel in die Hand.

›Sehr gut, die Pelmeni!‹ Alexander Issajewitsch wischte sich mit der Serviette bedächtig über den Mund. ›Ein Gedicht! … Ob auch mal Karauschen zu bekommen wären? Karausche in saurer Sahne, mmh!‹«

Karausche in saurer Sahne

Zutaten: 3 Pfund Karausche, 1 feingehackte Zwiebel, 2 Eier, 3 EL Butter, ½ Glas Mehl, ½ Glas Paniermehl, 1½–2 Glas saure Sahne, feingehackte Petersilie, feingehackter Dill

Zubereitung: Fisch ausnehmen, waschen, trockentupfen und salzen; Zwiebel in Butter anbraten und abkühlen lassen; Eier hineinschlagen, und alles verrühren. Fisch in dieser Masse, dann in Mehl und Paniermehl wälzen und auf beiden Seiten in Butter anbraten. Saure Sahne hinzugeben, zwei-, dreimal aufkochen. Fertigen Fisch mit Petersilie und Dill bestreuen, mit Kartoffelsalat servieren.

In dem Roman *November sechzehn* wird ein Abendessen unter Offizieren im vorrevolutionären Rußland geschildert, wobei detailliert und kenntnisreich von verschiedenen Speisen jener Zeit die Rede ist. Die Szene spielt in dem bekannten St. Petersburger Restaurant *Cubas*.

> *Der ausgezogene Sechs-Personen-Tisch war bereits gedeckt, als sie hinkamen; auf ihm standen Schüsseln mit geräuchertem Stör, gekochtem Stör und fettglänzendem rosa Lachs sowie – o Wunder, eine Ewigkeit nicht mehr gesehen! – Schustowoer Ebereschenlikör; also existierte er noch, war noch nicht vollends von dieser Erde verschwunden; nein: auf einem Tablett in der Ecke, halb verdeckt von einer großen Serviette, stand der Eiskübel – ein schier märchenhafter Anblick … Als sie die Ucha gegessen hatten, nahm Swetschin die Flasche aus dem Kübel und rückte ein Schälchen Kaviar zu sich heran … Gutschkow griff nach den marinierten Pilzen … Da wurden Bouillon und eine Schüssel heiße Piroggen aufgetragen … Sie schlürften von der Bouillon und nippten hin und wieder an dem köstlichen eisgekühlten Wodka. »Ah, das tut guuut!«*
>
> November sechzehn

Gebratener oder gebackener Lachs oder Stör

Zutaten: 2–3 Pfund Stör oder Lachs, 1 feingehackte Zwiebel, 2 EL Olivenöl, Pfeffer, Salz

Zubereitung: Stör oder Lachs abbrühen und häuten, in größere Stücke schneiden, pfeffern und salzen, mit Zwiebel bestreuen, mit Olivenöl beträufeln und 2 Stunden ziehen lassen. Kurz vor dem Anrichten in der Pfanne braten oder im Ofen backen. Als Beilage Kartoffeln, grüne Erbsen, Sauerkraut, marinierte Kirschen oder frisches Weißkraut mit saurer Sahne, dazu gesondert Senfsauce.

Senfsauce zu Fisch

Zutaten: 1 EL Senf, ½ EL Mehl, ½ EL Speiseöl, 2 Glas Gemüsebouillon, ¼–½ Glas Weißwein, 2–3 Scheiben Zitrone, 1–2 Stück Zucker, 3–4 Eigelb, 3 EL Kapern

Zubereitung: Senf, Mehl, Speiseöl mit Gemüsebouillon verrühren, erhitzen und auf 1½ Glas Flüssigkeit einkochen. Weißwein, Zitrone und Zucker hinzugeben, alles zugedeckt aufkochen lassen und dann abseihen. ½ Glas dieser Sauce abfüllen und mit Eigelb verrühren, danach Kapern und übrige Sauce hinzugeben; alles noch einmal erhitzen, ohne aufkochen zu lassen.

Steinpilze auf Moskauer Art

Zutaten: Steinpilze, Bouillon aus Essig, Lorbeerblättern, Pfeffer, Salz

Zubereitung: Gesäuberte Pilze mit heißem Salzwasser übergießen, Zwei- bis dreimal aufkochen, in ein Sieb geben, abtropfen lassen und in ein Weckglas geben. Kräftige Bouillon aus Essig, Lorbeerblättern, Pfeffer und Salz kochen, abkühlen lassen, auf die Pilze im Glas gießen und das Glas verschließen. Bouillon aus dem Glas abgießen und mit frischer ersetzen, sobald sie sich eintrübt.

Kleine Pirogge mit Kürbis und Briekäse

Zutaten für den Teig: 4 Blätter Blätterteig oder Strudelteig à 25 g

Zutaten für die Füllung: 100 g Briekäse, 1 Eigelb, 1 EL Milch, 600 g Kürbis, 2 EL Olivenöl, 8 Thymianzweige, 3 Zwiebeln, 2 EL brauner Zucker, 2 EL Balsamessig, 10 getrocknete Tomaten, 2–3 EL Butter, Pfeffer, grobes Meersalz

Zubereitung: Ofen auf 200 °C vorheizen. Kürbis schälen und in etwa 1 cm dicke Scheiben schneiden. Scheiben auf ein Backblech legen und mit 1 EL Öl beträufeln. Die Hälfte der Thymianzweige auf die Kürbisscheiben legen. Etwas Meersalz darüberstreuen und im Ofen etwa 20 Minuten backen. Dann abkühlen lassen. Zwiebeln in Scheiben schneiden. Restliches Öl in einer Pfanne erhitzen und die Zwiebeln darin sehr weich dünsten. Zucker und Essig dazugeben, bei starker Hitze karamelisieren, dann abkühlen lassen. Tomaten mit kochendem Wasser übergießen, 5 Minuten ziehen lassen, dann abtropfen lassen und würfeln. Butter in einem kleinen Topf schmelzen lassen. Die Teigblätter ausbreiten, mit etwas flüssiger Butter bestreichen, in zwei Hälften teilen, die Hälften übereinanderlegen. Kürbisscheiben auf 2 Teigblättern verteilen und dabei einen etwa 1 cm breiten Rand frei lassen. Tomatenwürfel auf die mit Kürbis belegten Teigplatten streuen und je 2 EL geschmorte Zwiebeln darauf verteilen. Den in dünne Scheiben geschnittenen Käse darübergeben. Die Blättchen des restlichen Thymians abzupfen und über den Käse streuen. Mit Pfeffer und Salz würzen. Eigelb und Milch verquirlen und die freien Teigränder rundherum damit bestreichen. Die restlichen Teigplatten darüberlegen, dabei darauf achten, daß die Füllung nicht herausquillt. Teigoberfläche dünn mit Milch bestreichen, mit einem scharfen Messer dreimal einschneiden. Dabei vorsichtig vorgehen, weil der Teig sehr dünn ist. Die Piroggen auf ein mit Backpapier ausgelegtes Backblech legen und auf der unteren Schiene bei 200 °C 10–12 Minuten goldbraun backen.

Ebereschenlikör

Zutaten: Ebereschen, Wodka, Zucker

Zubereitung: Gut ausgereifte Ebereschen im Ofen erhitzen, jedoch nur so, daß sie weich, nicht trocken werden und auch nicht anbrennen; eine Flasche zu ⅔ damit füllen und mit Wodka aufgießen. Aufguß stehen lassen, bis er sich dunkelgelb färbt, danach abgießen und süßen: ½–1 Pfund Zucker je Flasche.

Eine richtige Tschaichana hatte ich noch nie gesehen, diese mittelasiatische Teestube, wo der Gast vor einer ganzen Kanne grünen oder schwarzen Tees sitzt. Die Tschaichana hier hatte einen europäischen Teil, mit Tischchen, und einen usbekischen, mit länglichem flachem Holzpodest. Die an den Tischchen Sitzenden tranken eilig und bezahlten, indem sie die Münzen in die geleerte Teeschale, die Piala, legten.

Das rechte Handgelenk

Usbekischer Plow

Zutaten: 500 g Hammelfleisch, 2–3 Glas Reis, 4 Glas Wasser, 5 gewürfelte Möhren, 4–5 grobgehackte Zwiebeln, 200 g Hammelfett oder Öl, 2–3 feingehackte Knoblauchzehen, Pfeffer, Salz

Zubereitung: Fleisch in kleine Stücke schneiden. Fett oder Öl in einem Topf erhitzen und Fleisch darin anbraten. Möhren, Zwiebeln und Knoblauch hinzugeben, alles mit Wasser übergießen, mit Salz und frischgemahlenem rotem oder schwarzem Pfeffer abschmecken und aufkochen. Reis waschen, zum Fleisch geben und glattstreichen. Sobald er zu brodeln beginnt, mit einem langen Messer mehrere tiefe Löcher hineinstechen und in jedes 2–3 EL Wasser geben. Plow zugedeckt ½ Stunde köcheln lassen. Mit Zwiebeln bestreut servieren.

Ganz zu Anfang stellten sich alle um den Tisch herum auf, und der Alte, der Mann der Schwägerin, sprach das Vaterunser. Dann wurde jedem etwas Honiggrütze gereicht … Bevor die Kissel an die Reihe kam, erhoben sich alle und sangen.

Matrjonas Hof

Kissel mit Fruchtsirup

Zutaten: 1 l Milch, 125 g Zucker, 3 EL Stärkemehl, 1 Messerspitze Vanillezucker, ½ Glas Fruchtsirup

Zubereitung: Milch erhitzen, Zucker und Vanillezucker hinzugeben und verrühren. Stärkemehl in etwas kalter Milch auflösen und diese langsam unter Rühren in die heiße Milch geben, alles so lange köcheln lassen, bis es angedickt ist. Vor dem Anrichten mit Fruchtsirup übergießen.

Was hätte ich zum Abendbrot bestellen können? Es gab ja immer nur ein und dasselbe – Kartoffeln oder Kartoffelsuppe. Ich schickte mich drein, hatte das Leben mich doch gelehrt, nicht im Essen den Sinn des täglichen Existierens zu sehen.

Matrjonas Hof

Die Erzählung *Matrjonas Hof* ist bis ins Detail autobiographisch und entspricht in all ihren äußeren Umständen der Realität, außer daß das Dorf, von dem erzählt wird, in Wirklichkeit Milzewo heißt und in der Oblast Wladimir, Kreis Kurlowo liegt.

Auch dorthin hat mich das Schicksal schon einmal geführt, wenn auch nur kurz, für jene ein, zwei Stunden, die ich auf einen Anschlußzug warten mußte. An diesen Aufenthalt erinnere ich mich eigentlich nur wegen des ungewöhnlichen Essens, das mir im Bahnhofslokal vorgesetzt wurde: Schtschi von jungen Brennesseln und Pellkartoffeln. Ich weiß noch, daß ich amüsiert dachte: interessant rustikal!

Kartoffelsuppe

Zutaten: Gemüsebouillon, 1 tiefer Teller geschnittene rohe Kartoffeln, ½ Weizenbrötchen ohne Kruste, ½ EL Mehl, 1 gehackte Zwiebel, Kräuter

Zubereitung: Zwiebel in Öl anbraten, mit dem Mehl verrühren und in die Bouillon geben. Kartoffeln und zerkleinertes Weizenbrötchen hinzufügen, alles aufkochen lassen, durch ein Sieb rühren und mit siedendem Wasser verlängern, so daß sich eine sämige Suppe von 6–8 Tellern ergibt. Diese mit feingehackten Kräutern (Petersilie, Schnittlauch) bestreuen und zusammen mit Toastbrot und Heringshäckerle oder Pilzragout servieren.

Sie lief zum Dorfladen, kaufte mehrere Dosen Fisch und außerdem noch Zucker und Butter, Dinge, die sie sich selbst nie gönnte. Die Hausfrauen wetteiferten förmlich darum, die Hirten so gut wie möglich zu beköstigen.

Matrjonas Hof

Fischauflauf

Zutaten: 250 g Dosenfisch in Öl oder im eigenen Saft, 2 EL Zitronensaft, 1 Glas Milch, 3 EL Paniermehl, 2 Eier, 1 feingehackte Zwiebel, 1 EL feingehackte frische Petersilie, Pfeffer, Salz

Zubereitung: Fisch in eine Backform geben, mit Zitronensaft beträufeln. Milch, Paniermehl, Eier, Zwiebel, Salz, Pfeffer und Petersilie vermischen, mit dem Fisch verrühren. Alles 4–6 Minuten bei kräftiger Hitze backen. Heiß servieren.

Tschingis Aitmatow

»Der Tag, an dem ich zur Ruhe komme, an dem ich nicht mehr auf der Suche bin und mich nicht mehr aufrege und quäle, wird der schlimmste Tag meines Lebens sein«, so äußerte sich der Mann, der das bis dahin kaum bekannte Land Kirgisistan in der ganzen Welt berühmt machte. Als Kind antwortete Tschingis Aitmatow auf die Frage, was er einmal werden wolle: »LKW-Fahrer!« Dreißig Jahre später war er ein international bekannter Schriftsteller, und weitere dreißig Jahre später waren seine Bücher in 150 Sprachen übersetzt worden und hatten eine Gesamtauflage von über 40 Millionen erreicht. Und alles begann in einem Aul, wie die Kirgisen ihre Dörfer nennen. Der Aul, in dem Tschingis Aitmatow aufwuchs, hieß Scheker. Da waren der Vater, Torekul, und die Mutter, Nagima, da war auch die Großmutter, die in den Bergen lebte und unzählige Märchen kannte. Als Tschingis neun Jahre alt war, wurde Torekul Aitmatow, wie viele andere unschuldige Menschen, verhaftet und zum »Volksfeind« erklärt. Nagima blieb mit vier Kindern allein zurück. In seiner frühen Erzählung *Das mütterliche Feld* schreibt Tschingis Aitmatow, daß die Mutter der Anfang von Heimat sei, der Beginn von Sprache und Gewissen, das gleichsam mit der Muttermilch eingesogen werde, und auch das warme Haus, wo die gebackenen Fladen ihren feinen Duft verströmen. Die Widmung, die der Autor der Erzählung vorausschickt, gilt seinen Eltern: »Vater, ich weiß nicht, wo du begraben bist. Für dich, Torekul Aitmatow. Mama, du hast uns alle großgezogen. Für dich, Nagima Aitmatowa.«

Dank Aitmatow verliebte ich mich in die kirgisischen Mythen und Legenden, später in die kirgisische Kultur und in die kirgisische Küche. Besonders der alte Mythos über die Mankurts aus dem Roman *Ein Tag länger als ein Jahr* ist mir unvergeßlich geblieben. Mankurts waren in Sklaverei geratene Krieger. Sie wurden gefügig gemacht, indem ihnen blutige frische Kamelhaut über den Kopf gestülpt wurde, die in der heißen Sonne trocknete und schrumpfte. Das Gehirn wurde dabei wie in einem eisernen Griff zusammengepreßt, so daß das Opfer unter unglaublichen Qualen wahnsinnig wurde. Seines Gedächtnisses beraubt, war es unfähig, sich an seine Herkunft zu erinnern, Empörung zu empfinden oder Ungehorsam zu leisten; es fügte sich seinem Besitzer wie ein Hund. Das ist auch ein eindringliches Bild für die Gefahren, die den Menschen durch die Abkehr von ihren Traditionen drohen. »Ich möchte nicht, daß die Menschen des Computerzeitalters ihr geistiges Erbe verleugnen. Ich möchte nicht, daß unsere poesievollen Mythen vergessen werden. Der Mensch darf seine Wurzeln nicht verlieren«, äußerte der Schriftsteller einmal.

Die kirgisische Küche hat eine lange Tradition. Wissenschaftler zählten mehr als vierzig Gewürze, die auf einheimischen und importierten Kräutern, Blättern,

Samen, Beeren, Wurzeln oder Knospen basieren. Die Kirgisen nahmen – wie andere Völker Mittelasiens (Kasachen, Turkmenen, Usbeken und Tadschiken) auch – nationale Besonderheiten der arabischen, persischen, türkischen, griechischen, römischen, indischen und afrikanischen Küche auf. Die kriegerischen Auseinandersetzungen in dieser Region hatten auch einen positiven Effekt, sie führten zu einer Assimilierung der Kochkultur, und Mittelasien wurde zum kulinarischen Schmelztiegel.

Die mittelalterlichen Fürsten Zentralasiens, die Khane, begannen ihre Mahlzeiten häufig mit Früchten, die beliebtesten waren Feigen. Als Vorspeise schätzten sie gesalzene kalte Gerichte aus Hammel, Lamm, Geflügel oder Fisch mit einer Beilage aus mariniertem oder salzigem Gemüse. Zum Ende des Mahls wurden Süßspeisen gereicht.

Wichtigstes Beiwerk eines kirgisischen Essens aber ist und bleibt das Fladenbrot (Tunutschka), für das es zahlreiche Rezepte gibt. Das Fladenbrot wird auch als Besteck verwendet, mit dem die Speisen in den Mund befördert werden.

Die Kirgisen lebten als Schafzüchter und Nomaden, das erklärt ihre Vorliebe für Hammelfleisch. Daraus werden Nationalspeisen wie Beschbarmak (gesiedetes Hammelfleisch), Plow (Pilaw) und Schorpa zubereitet. Schorpa ist eine Suppe, die Europäer allerdings nicht als Suppe bezeichnen würden, weil sie sehr dickflüssig ist.

Trink heiße Schorpa mit Fett, Pfeffer und Zwiebel.
Frühe Kraniche

Schorpa

Zutaten: 500 g Hammelfleisch am Knochen (oder Rindfleisch), 2 Kartoffeln, 1 Möhre, 1 Zwiebel, Pfeffer, Salz

Zutaten für die Nudeleinlage: 500 g Mehl, 1 Ei, 2 TL Salz, ½ Glas Wasser

Zubereitung der Nudeleinlage: Aus Mehl, Ei, Salz und Wasser einen festen Teig kneten und zu dünnen Fladen ausrollen. Fladen etwas antrocknen lassen, nach 15 Minuten in 4–5 cm breite Streifen schneiden, Streifen aufeinanderlegen und in feine, strohhalmdicke Streifen oder nach Belieben in Rauten, Dreiecke oder Quadrate schneiden.

Zubereitung: Fleisch mit 2 l Wasser aufsetzen, zum Kochen bringen und ca. 2 Stunden köcheln lassen. Gekochtes Fleisch aus der Bouillon nehmen und auf einem Teller zur Seite stellen. Bouillon abseihen und mit dem kleingeschnittenen Gemüse noch einmal aufsetzen. Wenn das Gemüse weich ist, Nudeln in die Suppe geben. Wenn die Nudeln nach oben schwimmen, ist die Suppe fertig, dann mit Pfeffer abschmecken und noch 2–3 Minuten köcheln lassen. Das Fleisch in kleine Stücke schneiden, auf tiefe Teller legen und die Suppe darüberschöpfen.

Schorpa auf kirgisische Art

Zutaten: 300 g Hammelfleisch, 50 g Nudeln, 2 Kartoffeln, 1 Möhre, 1 Zwiebel, 2 EL Tomatenmark, 2 EL Buttermilch, 1 EL Schmalz aus Hammelfett, 1 TL Adschika, Salz

Zubereitung: Fleisch in kleine Stücke, Kartoffeln in Stäbchen, Möhre in kleine Streifen und Zwiebel in Ringe schneiden. Zwiebel im Schmalz goldbraun dünsten. Fleisch mit 1½ l Wasser aufsetzen und 40 Minuten köcheln lassen. Dann die gedünsteten Zwiebelringe, Kartoffel- und Möhrenstücke sowie das Tomatenmark und Adschika hinzugeben. Salzen, aufkochen lassen, Nudeln hinzugeben und weitere 15 Minuten kochen. Die fertige Suppe mit Buttermilch anrichten.

Schorpa vom Issyk-Kul-See

Zutaten: 300 g Hammelknochen und 100 g Hammelfleisch, 1 Möhre, 1 Chilischote, 1 Zwiebel, 1 EL Butterschmalz, 1–2 Lorbeerblätter, 1 TL getrocknetes Basilikum, 1 Bund Dill, schwarzer Pfeffer, Salz

Zutaten für die Nudeln: 2 Glas Mehl, 1 Ei

Zubereitung der Nudeln: Aus Mehl, Ei und etwas Wasser einen festen Teig kneten, ausrollen, zusammenrollen und in feine Ringe schneiden. Die Nudeln auf dem bemehlten Schneidebrett zum Trocknen liegen lassen.
Zubereitung: Hammelknochen mit Wasser aufsetzen und 1 Stunde kochen lassen. Die Bouillon absieben, aufkochen lassen, salzen und pfeffern, Fleischstücke und die Chilischote hineingeben und gar kochen. Möhre putzen, reiben und zusammen mit den Nudeln in die Bouillon geben, nach 3 Minuten feingehackte Zwiebel, Lorbeerblatt, Basilikum und Butterschmalz hinzufügen und nach 10 Minuten von der Herdplatte nehmen. Die fertige Suppe mit Dill bestreuen und servieren.

Die Kirgisen trinken ihre Schorpa üblicherweise aus einer »Piala«, einer breiten Tasse ohne Henkel. Mit Hilfe des Fladenbrots essen sie dann das Fleisch heraus. Ohne Löffel!

Ein Stück Fladen und eine heiße Suppe – mehr verlangte ja keiner draußen. Frühe Kraniche

Tunutschka

Zutaten: 1 Glas Mehl, 1 Ei, 2 EL Pflanzenöl, Salz (nach Belieben)
Zubereitung: Einen festen Teig aus den Zutaten zubereiten, zu einer Rolle formen, in Stücke schneiden und in dünne Fladen ausrollen. Die Fladen im Kasan, einer gußeisernen Pfanne, in Pflanzenöl anrösten, mit Wasser besprühen und, in einem Küchentuch eingewickelt, 20 Minuten ruhen lassen.

… unterwegs stärkten sie sich in einer Teestube mit Plow.
Frühe Kraniche

Ein sehr verbreitetes kirgisisches Gericht ist auch der Plow, da er einfach zuzubereiten, nahrhaft und köstlich ist. Er kann auf vielfache Art variiert werden.

Plow mit Huhn

Zutaten: 250 g Basmatireis, 6–8 EL Sonnenblumenöl, 300 ml Wasser, 1 Prise Safran, 1 Brathuhn, 1 TL Korianderkörner, 1 TL Mohnsamen, 1 große gehackte Zwiebel, 10 g gehackter Ingwer, 4 gepreßte Knoblauchzehen, 2 Nelken, Salz
Zubereitung: Reis in etwas Öl anbraten, bis die Körner glasig sind. Wasser und Safran hinzugeben und bei niedriger Temperatur ausquellen lassen. Huhn waschen, trockentupfen, in kleine Stücke zerteilen. Koriander, Mohn und Salz in einem Mörser zerstoßen und die Hühnerteile damit einreiben. Die Zwiebel im restlichen Öl anbraten, Geflügel, Ingwer, Knoblauchzehen dazugeben, etwas Wasser dazugießen, und alles zugedeckt schmoren lassen. Zum Anrichten Reis und Geflügel vermischen.

Also, werte Gäste, das Hammelfleisch ist im Anmarsch.
Der Aufstieg auf den Fudschijama

Beschbarmak

Zutaten: 500 g Hammelfleisch, 2 Knoblauchzehen, 1 EL Weinessig, 1 Bund Frühlingszwiebeln, 1 Messerspitze Safran, Pfeffer, Salz

Zubereitung: Fleisch in Wasser aufsetzen, kochen, aus dem Wasser nehmen, dann Salz, Pfeffer und Safran hinzufügen. In Portionsstücke teilen, die Stücke mit gepreßtem Knoblauch einreiben, mit Essig besprühen, zum Servieren in einer Schüssel anrichten und mit feingeschnittenen Frühlingszwiebeln bestreuen.

Hammelhachse mit Rosmarin auf kirgisische Art

Zutaten für 4 Personen: 4 Hammelhachsen à 400 g, 2–3 l Lamm- oder Hühnerbouillon, 4 Zwiebeln, 2 Möhren, 1 Knoblauchknolle, Rosmarin, Thymian, Sonnenblumenöl, Pfeffer, Salz

Zubereitung: Hachsen gut waschen und trockentupfen, vom oberen Teil kreisförmig die Sehnen 3 cm breit abschneiden, so daß der Knochen offen liegt. Salzen, pfeffern und in Sonnenblumenöl anbraten. Gemüse kleinschneiden und in Öl anrösten, dann Fleisch, Gemüse und Kräuter in einen ofenfesten Topf schichten und mit Bouillon übergießen, bis das Fleisch vollständig bedeckt ist. Bei 160–180 °C ca. 1½–2 Stunden im Backofen schmoren lassen. Auf Teller legen, die übrige Bouillon abseihen, etwas reduzieren und das Fleisch damit begießen. Mit Kräutern dekoriert servieren.

Hammelzunge mit Couscous

Zutaten für 4 Personen: 1 kg Hammelzunge, 500 g Couscous, 3 Zwiebeln, 1 Möhre, 200 g grüne Bohnenschoten, 5 Stangen Sellerie, 1 Chilischote, 200 g getrocknete Tomaten, 1 Knoblauchknolle, 100 g Butter, Sonnenblumen- oder Olivenöl, Pfefferminzblätter, Gartenkresse zum Verzieren, Pfeffer, Salz

Zubereitung: Frische Zungen für 1 Tag in den Kühlschrank legen. Gut abwaschen und in kochendes Wasser geben. Wenn das Wasser wieder kocht, geputzte Möhre, 2 Zwiebeln, Sellerie und Knoblauch hinzufügen. Salzen und 1½–2 Stunden köcheln lassen. Zungen herausnehmen und abkühlen lassen, dann längs in zwei Hälften aufschneiden. Salzen, pfeffern und in Öl anbraten. Couscous in 700 ml kochendes Wasser geben, Butter hinzufügen, quellen lassen. Bohnen kurz kochen, so daß sie bißfest bleiben. 1 Zwiebel, getrocknete Tomaten und Chilischote feinhacken, in Öl andünsten, weichen Couscous und Bohnen hinzugeben, noch einmal alles gut erhitzen und mit Salz und Pfeffer abschmecken. Couscous auf Teller geben, gebratene Zunge dekorativ darüberlegen, und alles mit frischen Pfefferminzblättern und Kresse verziert servieren.

Grüner Tee auf Bucharaer Art

Zutaten: 2 TL grüne Teeblätter, ½ Apfelsine, ½ Glas Zitronensaft, ½ Glas Apfelsinensaft, etwas gemahlener Zimt, 1 TL Zucker

Zubereitung: Die Kanne für den Sud mit heißem Wasser ausspülen, dann den mit Zimt und Zucker vermischten Tee hineingeben, mit kochendem Wasser zur Hälfte aufgießen und 10 Minuten ziehen lassen. Dann ganz mit heißem Wasser auffüllen. Den fertigen Sud durch ein Sieb abgießen, mit Apfelsinensaft und Zitronensaft vermischen, in die Piala gießen und in jede ein Apfelsinenstück geben. Grüner Tee wird gern auch mit Minze, Walderdbeeren- oder Sanddornblättern zubereitet. Neben Tee sind klassische Joghurtgetränke und verschiedene Fruchtgetränke zum Essen sehr beliebt.

1995 wurde der berühmteste Kirgise der Welt, Tschingis Aitmatow, zum Botschafter seines Landes in Brüssel ernannt. Seine kulinarischen Vorlieben blieben jedoch unverändert, es waren die Gerichte der heimatlichen kirgisischen Küche.

Meine langjährige Friseurin war eine große Aitmatow-Verehrerin. Einmal wollte sie wissen, ob ich Aitmatow schon einmal gesehen hätte. Ich erzählte ihr von einer Begegnung mit ihm am Issyk-Kul-See, wo er an einer Konferenz teilgenommen hatte, über die wir eine Fernsehreportage drehten. Sie war neugierig und wollte alle Details hören, was ich denn gesagt hätte und was weiter geschehen sei. Ich erzählte ihr, daß ich mich vorstellte, worauf er dann gleich fragte: »Frau Kuschtewskaja, von wem lassen Sie sich eigentlich frisieren?«

Aber ganz im Ernst, die Tage in Kirgisien sind mir besonders wegen der außergewöhnlichen Bewirtung in Erinnerung geblieben. Wir saßen auf Teppichen, tranken herben Rotwein und bekamen einen großen Kessel vorgesetzt, der mit allen möglichen Stücken vom Hammel gefüllt war, gekocht, gebraten und gedünstet. Alles duftete göttlich nach Kräutern und Gewürzen. Welch phantastische Auswahl! Und wir merkten gar nicht, daß wir alles bis auf das letzte Stückchen verspeisten.

Die Geheimnisse des kirgisischen Hammelbratens

Was Hammelfleisch betrifft, gibt es viele Vorurteile, vor allem heißt es, es habe einen unangenehmen Geruch. Hammelfleisch, auf kirgisisch zubereitet, wird alle diese Vorurteile widerlegen und selbst die wählerischsten Feinschmecker überzeugen. Bei den kirgisischen Schafrassen wird unterschieden, ob man sie zur Wollgewinnung oder zur Fleischgewinnung nutzt. Die Rassen für die Wollgewinnung sind zum Verzehr nicht geeignet. Wenn man an Hammelfleisch den Hammelgeruch wahrnimmt, ist etwas nicht in Ordnung, entweder ist das Fleisch nicht frisch, oder die Schafrasse ist nicht die richtige. Die schmackhaften Schafrassen erkennt man an einer großen Fettansammlung am Steißbein, ihr Fleisch brennt nicht an und schmeckt besonders aromatisch. Jeder Kirgise weiß, daß die weiblichen Schafe besser schmecken als die männlichen. In ganz Mittelasien werden bei der Zubereitung von Hammelfleisch reichlich frische Kräuter verwendet. Koriander, Petersilie, Estragon, Dill und Basilikum sind die wichtigsten. Wenn das Hammelbein im Kessel vor sich hin schmurgelt und das Kräutersträußchen dazukommt, kann einem vom Aroma ganz schwindlig werden. Aber Vorsicht – nicht übertreiben! Zu viele Kräuter verdecken den Eigengeschmack des Fleisches.

Europäische Köche beklagen mitunter, daß das Hammelfleisch zu trocken und zäh gerät. Es gibt ein einfaches Geheimnis: Für Suppe verwendet man am besten ein Schulterstück, für gebackenen Hammel die Wade, für Schaschlik die Keule oder das Rippenstück. Würde man das Rippenstück im Ofen backen, geriete es auf jeden Fall zu trocken. Am besten ist, es medium anzubraten. Hammelzunge wiederum darf man auf keinen Fall frisch zubereiten, sonst wird sie hart und gummiartig. Man muß die Zunge unbedingt 24 Stunden im Kühlschrank ruhen lassen. Für den ausgewogenen Geschmack ist es außerdem wichtig, beim Zubereiten etwas Schmalz hinzuzufügen. Hier liegt der einzige Nachteil bei Hammelschmalz: Es ist nicht leicht und schnell verdaulich. Deshalb trinkt man zu Hammelfleisch heißen grünen Tee. Die Kirgisen essen Hammelfleisch bei größter Hitze, aber dank des Tees fühlen sie sich nie träge nach dem Essen. Wenn das Wetter jedoch kalt und feucht ist, wärmt Hammelfleisch, gibt Kraft und Energie und regt den Kreislauf an. An einem kalten regnerischen Novembertag gibt es nichts Besseres, als seine Gäste mit Hammelkeule oder aromatischen Hammelrippen zu bewirten.

Valentin Rasputin

Im persönlichen Gespräch war er wortkarg und zog es vor zuzuhören. Oft ertappte ich mich dabei, daß ich, die so viel jüngere, dreimal so viel redete. Und er hörte mir einfach zu, neugierig und einfühlsam. Alle echten Sibirier sind gute Zuhörer.

Wir sprachen über den Baikalsee, wo er geboren wurde und aufwuchs. In seinen Gedanken hat er Sibirien nie verlassen. Rasputin schreibt Belletristik, wunderbare Romane und Erzählungen. Und hier kann man »Belletristik« durchaus wörtlich verstehen, nämlich als »schöne Literatur«. Die Helden seiner Bücher sind seine Landsleute, die Männer und Frauen Sibiriens.

Über die sibirische Küche könnte man viele Bücher schreiben. Sogar in der jüngsten Vergangenheit, als in unseren Kantinen große Armut herrschte, bewahrten die Sibirier ihre eigenen kulinarischen Traditionen. Hier wurden mit Rentierfleisch gefüllte Pelmeni, Ferkelrouladen oder Hase in Aspik serviert, und es gab Stör in saurer Sahne, Räucherlachsschnitzel, die ganz spezielle sibirische Ucha und sibirische Piroggen. Nur in Sibirien kann man sich den Bauch mit Zedernüssen oder Konfitüre aus Taigapreiselbeeren vollschlagen. Valentin Rasputin selbst bevorzugt sibirische Pelmeni und Baikalstör.

Stör auf Baikalart

Zutaten: 3 Pfund Stör, 3–4 EL Butter, 1 TL Öl, 1 Möhre, 1 Petersilie, 2 Zwiebeln, 2 Eier, 2 EL Paniermehl, ½ Glas Tafelwein, 1½ Glas Bouillon, 1 TL brauner Senf, ½ oder 1 TL Essig, ¼ Pfund Speck (nach Belieben)

Zubereitung: Pfanne oder Backblech mit Öl einstreichen, die dünn geschnittene Möhre, 1 Zwiebel und Petersilie hineinlegen. Den Stör, beginnend an der weichsten Stelle, abbrühen, säubern, waschen und salzen und zum Gemüse in die Pfanne legen. 1 feingehackte Zwiebel in 1 EL Butter glasig dünsten, abkühlen lassen, Eier aufschlagen, den Fisch damit übergießen, mit Paniermehl bestreuen, mit der geschmolzenen Butter bestreichen und in den heißen Ofen schieben. Wenn der Fisch gar ist, auf einem Teller anrichten, das gedünstete Gemüse mit Tafelwein, Bouillon und Essig mischen, Senf hinzufügen, aufkochen lassen, abseihen und den Stör damit begießen. Der Stör kann mit Speck gespickt werden.

Zum Frühstück briet Nadja frisch im Garten ausgegrabene Kartoffeln und stellte dazu eine Schüssel gesalzene Birkenreizker auf den Tisch, bei deren Anblick Ljusja seufzte: »Birkenreizker! Richtig echte Birkenreizker! Ich hab' schon vergessen, daß es so was gibt auf der Welt, hab' ich hundert Jahre nicht gegessen. Ich glaub' es nicht mal.« »Birkenreizker, oho«, schnalzte Ilja mit der Zunge. »Das ist nicht irgendwas Läppisches. Aber wenn es zu den Reizkern noch was gäbe, dann wär das erst recht oho.« »Aber wieso hast du die gestern nicht auf den Tisch gestellt?« warf Michail Nadja vor. »Die hätten doch vorzüglich zu unserem Gelage gepaßt.«

Die letzte Frist

Seit Ewigkeiten gehen die Dorfbewohner in Rußland in die Pilze und in die Beeren. Und was machen sie dann nicht alles mit ihren Fundstücken: salzen, trocknen, braten, kochen und Piroggen backen. In der Gegend des Flusses Angara, dem Handlungsort dieser Erzählung, gibt es vor allem Birkenreizker in den Wäldern. Sie werden von den Frauen und Kindern gesammelt.

Salzreizker

Zutaten: 1 kg Birkenreizker, 1 Lorbeerblatt, 2 Johannisbeerblätter, gemahlener schwarzer Pfeffer, Salz

Zubereitung: Pilze putzen und mit kaltem Wasser waschen. Dann gesalzenes Wasser zum Kochen bringen. Wenn das Wasser kocht, Pilze hineingeben, Schaum abschöpfen. Um mehr Geschmack zu bekommen, Pfeffer, Lorbeerblatt und Johannisbeerblätter hinzugeben. Reizker 10–15 Minuten kochen. Wenn sich die Pilze am Boden des Topfes abgesetzt haben und der Sud klar ist, sind die Reizker fertig. Auf einen breiten Teller legen, damit sie schneller abkühlen, dann in Fäßchen füllen und fest verschließen. Die Salzlake (etwa 200 g Salz auf 1 l Wasser) muß ein Fünftel des Gewichts der Pilze ausmachen. Die eingelegten Pilze sind nach 40–45 Tagen zum Verzehr bereit. Dazu können gekochte Kartoffeln gereicht werden, unbedingt aber ein Fläschchen Wodka nach Art des Hauses.

Salzgurken auf sibirische Art

Zutaten: Gurken, Eichen-, Johannisbeer- und Kirschblätter, Dill, Meerrettichblätter, zerkleinerte Meerrettichwurzeln, Knoblauch

Zutaten für die Salzlake: auf 6 l Wasser, 6 Glas Salz, 1 Glas Salpeter

Zubereitung: Damit die Salzgurken fest bleiben, empfiehlt es sich, sie sofort nach der Ernte einzusalzen, spätestens am darauffolgenden Tag. Damit sie nicht zu

trocken werden, legt man sie nach der Ernte am besten sofort in Eiswasser. Der Boden eines kleinen Fasses wird mit Eichen-, Johannisbeer- und Kirschblättern ausgelegt, dann werden Dill, Meerrettichblätter und -wurzeln eingefüllt. Man kann auch Knoblauch verwenden, die Zehen dabei vierteln. Dann die Gurken senkrecht und dicht aneinander in das Faß stellen. Jede Schicht Gurken mit einer Handvoll der oben aufgezählten Kräuter bedecken. Ist das Fäßchen auf diese Weise gefüllt, wird es mit einem Holzdeckel, in den zwei Löcher gebohrt sein müssen, verschlossen. Aus einem Loch entweicht die Luft, das andere wird mit einem Trichter versehen, durch den man Salzlake füllt. Die Löcher dann mit Zapfen verschließen und mit Harz abdichten.

Die Frauen liefen mit Einweckgläsern und Flaschen herum, drängten sich um den Ofen, als wollten sie mit sechs Händen eine komplizierte exotische Speise zubereiten und keinen gewöhnlichen Grießbrei in einem winzigen Töpfchen. Ninka wuselte dazwischen umher und störte alle, Nadja scheuchte sie immer wieder weg, aber vergeblich.

Ninka verstand, daß etwas Wichtiges, Außergewöhnliches im Gange war, und wollte es auf keinen Fall verpassen. Warwara begann zu schwitzen, sie lief die ganze Zeit vom Ofen zur Alten hin und her, hielt sich beim Laufen wie eine Schwangere den Bauch und machte der Mutter Mut:»Halt noch ein bißchen durch, Mütterchen, noch ein bißchen. Gleich ist der Brei fertig.«

Die letzte Frist

Grießbrei

Grießbrei wird meist mit Milch zubereitet, selten mit Bouillon, und es gibt drei Grade von Festigkeit.

Zutaten für flüssigen Grießbrei:
3 Flaschen Milch, ½ Glas Grieß, 1 TL Salz, 1 TL Butter

Zutaten für halbfesten Grießbrei:
3 Flaschen Milch, 1 Glas Grieß, 1 TL Salz, 1 TL Butter

Zutaten für festen Grießbrei:
3 Flaschen Milch, 1½ Glas Grieß, 1 TL Salz, 1 TL Butter

Zubereitung: Milch kochen, Grieß einrieseln lassen, 5 Minuten unter Rühren köcheln lassen. Salz hinzufügen, auf Wunsch Butter. Dazu gebräunte Butter, Zucker, Sahne oder Milch reichen. Oder auch mit eingedicktem Fruchtsaft (Sirup) aus Himbeeren, Johannisbeeren, Kirschen oder Moosbeeren servieren. Die beiden ersten Arten Grießbrei werden zum Frühstück bereitet, die letzte zum Mittagessen. Für Kinder 1½ Glas Milch und 2 gestrichene EL Grieß nehmen.

Karamelgrieß auf Uralart

Zutaten: 2 Flaschen Sahne oder Vollmilch, ½ Glas Grieß, ½ Pfund in Zucker kandierte Walnüsse, 1 Tasse Zucker

Zubereitung: Sahne oder Vollmilch aufkochen, Grieß und Walnüsse hineingeben. Brei gut rühren, damit sich keine Klümpchen bilden und nichts anbrennt. Wenn er fertig ist, die Masse in eine Kasserolle umfüllen und in den Backofen stellen. Wenn sich oben eine Haut bildet, Zucker darauf streuen, so daß die Fläche gleichmäßig bedeckt ist. Dann den Zucker mit einem Flambierer so erhitzen, daß sich eine Kruste bildet.

An der Bahnstation Baikal, wo die Angara den Baikalsee verläßt, wurde in hölzernen Marktständen der Omul auf jede erdenkliche Art feilgeboten: geräuchert, gebraten und luftgetrocknet, mit leichtem

Stich oder ganz frisch. Es herrschte ein lebhaftes Kommen und Gehen mit Pfeifen und Tuten, Durchsagen und Gekreisch auf dem Bahnsteig.

Lebe und liebe

Der Omul ist mit Forelle und Lachs entfernt verwandt und lebt ausschließlich im Baikalsee, in der Angara und ihren Nebenflüssen.

Gebratener Baikal-Omul

Zutaten: 2 kg Omul, 100 g Sonnenblumenöl, 3 Glas Mehl, 30 g saure Sahne, Zwiebellauch, Petersilie, Salz

Zubereitung: Den Omul (mit Gräten) in Stücke teilen und in einer Mehl-Salz-Panade wälzen, dann in einer Pfanne mit etwas Öl braten, bis er goldbraun ist. Den Fisch auf einen großen Teller legen, mit saurer Sahne begießen und mit gehackter Petersilie und Zwiebellauch bestreuen. Unbedingt mit den Fingern essen. Dazu junge Pellkartoffeln und Schwarzbrot reichen.

An Feiertagen wird in Sibirien häufig mit Käse überbackener Stör für den Festtagstisch zubereitet.

Stör mit Käse überbacken

Zutaten: 3–4 Pfund frischer Stör, 4 hartgekochte Eigelb, 1½ Glas saure Sahne, ½ Glas weißer Essig, Muskatnuß, 1 EL Butter, ½ Glas Paniermehl, ¼ Pfund geriebener Käse, 2 EL Olivenöl, Saft einer ½ Zitrone, Salz

Zubereitung: Stör waschen, auf ein Backblech legen, salzen und 2 Stunden ruhen lassen. Eigelb reiben und mit saurer Sahne vermischen, weißen Essig, etwas Muskatnuß und Butter dazugeben und gut mischen. Den Stör damit bestreichen, Paniermehl und geriebenen Käse darüberstreuen, anschließend noch Olivenöl und Zitronensaft darübergeben. In den Backofen stellen, bis der Fisch durchgegart ist.

Mitjai, der fröhlich und ungeduldig Anweisungen gab, schickte Sanja nach Wasser, und während Onkel Wolodja das Brot aufschnitt und alle mit Übereifer die mitgebrachten Speisen auspackten und in eine Reihe auf den langen und schmalen Tisch legten, und während es hin und her ging, war der Tee fertig. Nach dem schweren Weg tranken sie ihn mit Genuß, tauten auf und wurden von der Sattheit, von der stickigen und unbeweglich stehenden Luft und dem einschläfernden Murmeln des Flüßchens ganz träge.

Lebe und liebe

Sibirischer Waldtee

Zutaten: 1 l Wasser, 20 g Hagebutten, 10 g trockene Johannisbeerblätter, 10 g trockene Brombeerblätter

Zubereitung: Dieser Tee wird auf ganz besondere Weise zubereitet. Alle Zutaten in einem großen Kessel oder in einer Kasserolle mit kochendem Wasser aufbrühen. Die Blätter 5 Minuten kochen oder 20 Minuten ziehen lassen. Die trockenen Blätter in Blechdosen aufbewahren, damit sie ihr Aroma behalten. Eine Variante dieses sibirischen Tees wird unter freiem Himmel am Lagerfeuer zubereitet. Dazu eine Mischung aus sieben Blättern verwenden: Wildrose, schwarze Johannisbeere, Vogelbeere, Blaubeere, Torfbeere, Brombeere und wildem Thymian. Der fertige Tee wird in Becher gefüllt und heiß getrunken.

Am Freitag nach dem Mittagessen kam Mitjai. Er wußte nicht, daß Sanja allein lebte, hatte ihn aber am Tag zuvor im Laden gesehen, deshalb nahm er an, Sanjas Vater anzutreffen. Mitjai wollte ihn um Hilfe bitten, und nun saß er, verstimmt und verunsichert, auf dem Hocker am Eingang und sah aufmerksam dabei zu, wie Sanja Schnetzel von Birkenreizkern mit einer Nadel auffädelte. Er sah ihm lange zu, vor Anstrengung das Gesicht in Falten gelegt, wobei er fürchtete, daß die Pilzstücke an der langen durchhängenden Schnur auf den Boden fallen würden, und fragte schließlich: »Du trocknest sie?« »Ich trockne sie.« »Toll. Prachtkerl.«

Lebe und liebe

Pilze sind in Sibirien schon immer sehr geliebt worden. Es gibt sie frisch oder gesalzen, getrocknet oder mariniert. Hier zwei sibirische Suppenrezepte, die man an der Angara besonders gern zubereitet.

Sibirische Suppe aus Trockenpilzen

Zutaten: 3–4 getrocknete Pilze, 1–2 Zwiebeln, ½ EL Butter, Glas Mehl, 1–3 Glas Reis, ½ Glas saure Sahne, Möhrenstreifen, Petersilienwurzel, ½ Sellerie, ½ Rübe, ¼ Kohlrübe, 1 Blumenkohl, 1 Wirsing (in acht Teile geteilt), Dill, Petersiliengrün, Pfeffer, Salz

Zubereitung: Eine Bouillon aus Gemüse und Pilzen kochen. Mit Butter und Mehl eine Mehlschwitze bereiten, mit Bouillon aufgießen. Vor dem Austeilen etwas gekochten Reis und separat gekochte Möhrenstreifen in die Suppe geben. Aufkochen lassen. Mit saurer Sahne, Dill und Petersiliengrün servieren.

Salzreizkersuppe

Zutaten: 1 Pfund gesalzene Reizker, 1 EL Butter, 2 große feingehackte Zwiebeln, das Grün von Petersilie, Sellerie und Porree, ½ Glas Mehl, 1 EL Stachelbeersaft, Zucker, 2 geschälte feingeschnittene Gürkchen, Bouillon, Dill

Zubereitung: Reizker am Vorabend in kaltem Wasser einweichen. Tags darauf kleinschneiden, in einer Pfanne mit Butter schmoren, Zwiebeln und das Grün von Petersilie, Sellerie und Porree hinzufügen. Mehl untergeben. Zum Schluß Stachelbeersaft, ein wenig Zucker und Gürkchen hinzugeben. Bouillon dazugeben, alles aufkochen, mit Dill bestreuen und servieren.

Wassilij ißt zu Mittag und zu Abend bei sich im Speicher. Er hat dort etwas Geschirr, und inzwischen hat er selbst kochen gelernt. Seine Künste sind bescheiden, meist gibt es Brei und Makkaroni mit Konserven, aber manchmal, wenn er Jagdglück hatte, auch frisches Fleisch.

Wassilij und Wassilissa

Mariniertes und gebratenes Hirschfleisch

Zutaten: 1 kg Hirschkeule, 1 l Fleischbouillon, 60 g Möhren, 60 g Zwiebel, 60 g Petersilie, 30 g Mehl, 90 ml Öl, Pfeffer, Salz

Zutaten für die Marinade: 250 ml Wasser, 150 ml Essig (5 %), 6 g Nelken, 6 g Zimt, 6 g Lorbeerblatt, 10 g Zucker, 10 g Salz, 20 g grob gehackte Petersilie, 10 g zerkleinerter Dill

Zubereitung: Fleisch mit der Marinade übergießen und über Nacht abgedeckt im Kühlschrank kalt stellen. In mundgerechte Stücke schneiden und zusammen mit der gewürfelten Zwiebel, den in Streifen geschnittenen Möhren und der gehackten Petersilie in der Bouillon 2 Stunden kochen. Die garen Fleischstücke trockentupfen, mit Mehl bestäuben und in Öl von allen Seiten anbraten. Pfeffern und salzen und mit Saure-Sahne-Sauce mit Meerrettich servieren.

Brei nach Gurjew-Art

Zutaten: 1½ Pfund Buchweizengrütze, ½ Pfund Knochenmark vom Rind, 6 Glas Pilzbouillon, 1 EL Butter, Salz

Zubereitung: Eine dicke Buchweizengrütze in einem Topf mit kochender Pilzbouillon zubereiten, Salz und Butter hinzufügen. Wenn sie beinahe gar ist, aus dem Topf nehmen, den Topf abspülen, um Reste an den Innenwänden zu beseitigen. Je eine Schicht Grütze und eine Schicht Knochenmark behutsam in den Topf füllen, bis die gesamte Grütze verbraucht ist. Die obere Schicht muß aus Knochenmark bestehen. Den Deckel auflegen, den Topf in den Ofen stellen, damit die Grütze durchzieht und körnig wird. Darauf achten, daß sie nicht anbrennt.

Dicke Buchweizengrütze nach sibirischer Art

Zutaten: 1 Pfund Buchweizengrütze, 1 TL Salz, ¼–¾ Pfund Butter, 2 hartgekochte, feingehackte Eier, ¼ Pfund Knochenmark, ¼ Pfund nicht ganz durchgebratenes Kalbfleisch, 1 Haselhuhn-Filet

Zubereitung: Buchweizengrütze absieben, einen Topf halb füllen, Salz und Butter hinzugeben, mit kochendem Wasser so weit auffüllen, daß die Körner bedeckt sind. Eier, Knochenmark, zerkleinertes Kalbfleisch und Haselhuhn-Filet hinzufügen, mischen. In einen nicht ganz heißen Ofen stellen, damit es zieht, bis es vollständig gar ist.

Buchweizengrütze mit Hirschleber

Zutaten: 1 Pfund Buchweizengrütze, ½ Hirschleber, ¼ Pfund Butter, 2–3 hartgekochte, feingehackte Eier, Salz

Zubereitung: Eine dicke Buchweizengrütze halbgar zubereiten, dann mit sehr fein gehackter frischer Hirschleber vermischen, salzen. Butter und Eier hinzufügen. Alles in einen ofenfesten Topf geben und für 1 Stunde in den Ofen schieben. Zum Servieren auf Tellern anrichten.

Eines Tages setzten sich zwei Jäger zu uns ans Lagerfeuer, die auf der Suche nach einem besonders gut gewachsenen Hirsch waren, der als Museumsexponat präpariert werden sollte. Aus dem Wald kam ein Mann auf uns zu, wir hielten ihn für einen uralten Greis. Es war aber ein lebendiger, fröhlicher Alter mit einem einzigen Zahn im Mund. Im nahegelegenen Ort galt er als Casanova. Lächelnd, ohne spürbare Prahlerei, erzählte er von seinen Abenteuern und entlockte uns Gelächter und staunende Begeisterung. »Und einmal war so ein Fall …« Bei diesem sibirischen Decamerone und dem Rauschen des nächtlichen Waldes wäre ich beinahe eingeschlafen. Da kam die Rede auf die Geheimnisse der sibirischen und fernöstlichen Potenzmittel, die die Wälder beherbergen. Der Alte, so stellte sich heraus, sammelte schon seit Jahren Ginsengwurzeln und bereitete daraus eine Tinktur für den Eigenbedarf und zum Verkauf zu. Die Wurzel sieht wie ein kleiner Mensch aus und ist mit zahlreichen Legenden und magischen Bräuchen umwoben. Unter den Naturmitteln, die die männliche Potenz erhöhen, steht sie an erster Stelle. »Ich trinke den Ginsengauszug täglich, aber unbedingt vor einer Liebesnacht«, sagte der Alte. »Großväterchen, wie alt sind Sie denn?« konnte ich mir die Frage nicht verkneifen.

»Fünfundneunzig!«

»Und welche Speisen bevorzugen Sie?«

»Ich esse mein Leben lang Fisch, Wild, sibirische Zedernüsse und Preiselbeeren mit Honig.«

Joseph Brodsky

Marina Basmanowa war Brodskys große Liebe; alle Gedichte mit der Widmung »M. B.« sind für sie. Das erste Gedicht für die Geliebte entstand am 2. Februar 1962, *Ich umarmte diese Schultern*, und dann ging es rasant voran, mit dem Leben, den großen Gefühlen und der Lyrik. Der Roman über ihre Beziehung, ihre Liebe und ihre Trennung wird noch geschrieben werden, davon bin ich überzeugt. Immerhin wurden 27 Jahre, die auf die Trennung folgten, von dieser verrückten Liebe geprägt. Sie hatte viel Raum: für seltene Minuten strahlenden Glücks, wenn Marina ihn an seinem Verbannungsort besuchte. Und für Abschiede und Verletzungen, die nicht heilen wollten.

Über das Dorf Norenskaja bei Archangelsk, wo Brodsky während seiner Verbannung lebte, äußerte er sich später: »Dort verbrachte ich eine der besten Phasen meines Lebens. Es gab auch welche, die nicht schlechter waren, aber bessere gab es womöglich nicht.« Seine Freundin Marina besuchte ihn oft, und er schrieb geniale Gedichte: *Neue Stanzen an Augusta*, *Einem alten Architekten in Rom*, *Zwei Stunden im Sammelbecken*.

Vor seiner Abreise aus Rußland traf sich der Dichter 1972 zum letzten Mal mit seiner Geliebten. Dann verließ er das Land für immer. Man hätte meinen können, das Gewesene sei vorbei und ein neues Leben beginne. Brodsky lebte jetzt in Amerika, wurde von anderen Freunden und Frauen geliebt, heiratete, war glücklich. Er erhielt den Nobelpreis und wurde weltberühmt. Doch warum widmete er Marina Basmanowa bis ins Jahr 1989 Gedichte? Diese tragische Liebe hat ihn also bis zu seinem Tod nicht losgelassen. Eines meiner Lieblingsgedichte von Brodsky ist *Du hast jenes Dörfchen vergessen, das hinter den Wäldern …*, und auch das ist Marina Basmanowa gewidmet:

Und winters spaltet man Scheite zum Heizen, man lebt nur von Rüben;
der Nordstern blinzelt, wenn ihm die Fröste das Auge trüben.
Und am Fenster winkt keine Braut – nichts als Staub ist geblieben:
die mausgraue Leere am Ort unsrer einstigen Liebe.

Ich weiß, daß die Bewohner des russischen Nordens, der Gebiete Archangelsk und Wologda, tatsächlich mit Rüben über den Winter kommen. Sie sind süß, nahrhaft und lassen sich gut lagern. Aber ich wunderte mich immer, daß es so viele schmackhafte Gerichte gibt, die aus Kohl- oder Speiserüben zubereitet werden. Unglaublich, was es da nicht alles gibt! Suppen, Salate, Hauptspeisen und sogar Desserts!

Einmal verbrachte ich einen ganzen Wintermonat in einem Dorf im Gebiet Wologda, ich schrieb das Drehbuch für die große Fernsehdokumentation *Operation Jug* (Jug ist ein Fluß im fernsten und menschenleersten Winkel des Gebiets Wologda), das von dem berühmten Dokumentarfilm-Regisseur Igor Beljajew verfilmt wurde. Nun ja, einen Monat lang ernährte ich mich fast ausschließlich von Rüben, wie Joseph Brodsky damals in seiner Verbannung. Und das war köstlich!

Eine eher kleine Rübensorte wurde für Salate und Füllungen verwendet, eine größere Sorte für Suppen oder Saucen. 2–3 Rübenschnitzel wurden zuerst in Öl gebraten und dann in Bouillon gekocht. Aus einer großen Menge Rübenschnitzel konnte man Rindfleischsuppe zubereiten. Rübensauce war nichts Außergewöhnliches, und auch der Pudding bestand aus Rüben.

Rüben für pürierte Suppen

Zutaten: 2–3 Rübenschnitzel, ½ EL in Butter geröstetes Mehl, Bouillon

Zubereitung: Rüben waschen, ungeschält aufkochen lassen und noch einmal waschen. Die grüne Oberseite abschneiden, den Rest in Stücke schneiden und, knapp mit Wasser bedeckt, kochen lassen, bis alles weich ist. Heiß durch ein Sieb drücken, Mehl dazugeben, gut mischen und mit Bouillon bis zur gewünschten Konsistenz verdünnen.

Rübensauce

Zutaten: 3 Pfund Rüben, ¾ TL Salz, 1½ EL Öl

Zubereitung: Die geschälten Rüben in Würfel schneiden, in einen Topf schütten, mit kaltem Wasser knapp bedecken, Salz und Öl hinzugeben. Mindestens 1 Stunde kochen. Mit geröstetem Brot servieren. Wenn es Fleisch gibt, nur die Hälfte der Menge für 6 Personen verwenden.

Rüben mit Fleischfüllung

Zutaten: 6–9 Rüben oder Kohlrüben, 1 Pfund Rindfleisch oder Kalbfleisch, ¼ Pfund Nierenfett, 1 Ei, ½ Zwiebel, ½ EL Öl, ½ eingeweichtes und ausgedrücktes Baguette, Muskatnuß, 3 Nelken, 1 EL Mehl, Pfeffer, Salz

Zubereitung: Rüben waschen und kochen, bis sie fast gar sind, dann die Oberseite abschneiden. Mit einem scharfen Messer oder Löffel das Innere vorsichtig entfernen. Rind- oder Kalbfleisch sehr klein schneiden oder hacken. Nierenfett, Ei, Baguette, Pfeffer, Salz, Muskatnuß, Nelken sowie gehackte und in etwas Öl goldgelb gedünstete Zwiebel gut vermischen. In den Hohlraum der Rüben füllen, mit der abgeschnittenen Oberseite bedecken und mit Küchengarn verschnüren. In einen Topf geben, den Topf mit Wasser auffüllen

und, mit einem Deckel bedeckt, so lange köcheln lassen, bis die Rüben weich sind. Vor dem Servieren die Rüben aus dem Topf in eine Schüssel legen, Mehl in die Sauce geben, aufkochen lassen und über die Rüben gießen.

Rüben mit süßer Füllung

Zutaten: 6–9 Rüben, 1 EL Butter, ⅔ Glas Milch oder Sahne, 1 Eigelb, ½ Baguette, 2–3 Stück Zucker, ⅓ Glas Korinthen, Paniermehl, Muskatnuß, Salz

Zubereitung: Rüben in Wasser kochen, die Oberseite abschneiden, mit einem scharfen Messer oder Löffel das Innere vorsichtig entfernen. Das Innere mit Butter fein zerdrücken, mit Milch oder Sahne mischen. Brösel vom geriebenen Baguette hinzugeben, außerdem Salz, Zucker, etwas Muskatnuß, Korinthen und Eigelb. Alles gut mischen. Die Rüben mit der Masse füllen, die abgeschnittene Oberseite aufsetzen, mit Paniermehl bestreuen und in den Backofen schieben. Mit Milchsauce servieren.

Rübenpüree

Zutaten: 3 Pfund Rüben, ½ EL Butter, klare Bouillon, Béchamelsauce, (Menge nach Belieben:) Salz, Zucker, Muskatnuß

Zubereitung: Rüben schälen, in dünne Scheiben schneiden und in kochendes Salzwasser geben. Einmal aufkochen lassen und anschließend durch ein Sieb abgießen. In einen Topf umfüllen, Butter und klare Bouillon dazugeben, so daß die Rüben zur Hälfte bedeckt sind. Den Topf mit einem Deckel bedecken; köcheln lassen, bis die Rüben weich sind. Heiß durch ein Sieb rühren. Eine zuvor zubereitete Béchamelsauce dazugeben, aufkochen lassen, nach Geschmack Salz und Zucker hinzugeben. Man kann auch etwas Muskatnuß hinzufügen. Alles gut vermischen. Kann als Beilage zu Hackfleischbällchen, gekochtem oder gebratenem Rindfleisch oder Lammfleisch serviert werden.

Rübenpudding

Zutaten: 5 Rüben, 1 Flasche Milch oder Sahne, 1½ EL Butter, ½ Baguette, etwas Muskatnuß, ¼ Glas Zucker, 5 Eier, 2 Zwieback, ½ EL Butter für die Form

Zubereitung: Rüben schälen, in Milch oder Sahne kochen, bis sie weich sind, dann zerdrücken, bis eine glatte Masse entstanden ist. Zwieback und Baguette, die zuvor kleingerieben und in Milch oder Sahne eingeweicht wurden, sowie etwas Muskatnuß und Zucker dazugeben. 5 Eigelb schaumig schlagen, 1½ EL Butter und 5 steifgeschlagene Eiweiß zu der Rübenmasse geben, alles gut vermischen, in eine Form füllen und ca. 20 Minuten im Ofen backen.

Ich hatte eine Bekannte, die die Lyrik Brodskys über alles liebte. Und nicht nur seine Lyrik, sondern seine ganze Person; sie hatte alles gelesen, was über ihn geschrieben worden war. Sie wußte, daß er Schiffe liebte und daß er einmal davon geträumt hatte, Matrose auf einem U-Boot zu werden. Daß er, wenn er seine Liebe für alte Flugzeuge zum Ausdruck brachte, mit den Armen wedelte und selbst wie ein altes Flugzeug aussah. Sie erzählte mir, daß bei einem Gedenkabend für Brodsky in einer New Yorker Kathedrale seine Lieblingswerke, Stücke von Purcell, Haydn und Mozart, erklangen und danach in der feierlichen Strenge der Kathedrale plötzlich seine Stimme vom Tonband tönte: »Mir warfen sie alles vor – minus das Wetter, / und oft hab ich mir selber gedroht, grausam gern. / Doch bald leg' ich die Schulterstücke ab und werde / ganz einfach zum einzelnen Stern.«

Einmal sagte sie mir: »Weißt du eigentlich, daß Brodsky sehr gern Fisch und Muscheln gegessen hat? Hast du jemals Muscheln gegessen? Nein? Komm, dann tun wir das jetzt, zu Ehren von Brodsky!« Es war im Winter 1991. Wir gingen in ein Düsseldorfer Restaurant und aßen Miesmuscheln auf rheinische Art.

Schließlich kam der Kellner, um die Teller mit den Muschelschalen abzuräumen. Er beugte sich herab und erstarrte: Unsere Teller waren leer! Er legte den Kopf schräg, um zu sehen, ob wir die Muschelschalen nicht unter den Tisch geworfen hätten. Aber unter dem Tisch war alles sauber. Ratlos ließ er den Tisch, die leeren Teller und uns zurück. Und wir hatten die ganze Zeit angeregt über Brodsky gesprochen. Mir schien, in den Augen des Kellners glomm Entsetzen. Wo gibt es denn das, nette Damen, und essen die Muscheln mit Schale! Der Anlaß seiner Verwirrung lag allerdings in unseren Handtaschen. Die hübschen perlmuttglänzenden Muschelschalen hatten uns so gefallen, daß wir sie mitnehmen wollten. Der Kellner hätte das nie verstanden.

Fischkugeln

Zutaten: 325 g Garnelen, 350 g Seeteufelfilet (oder Rotbarsch, Kabeljau), 1 Knoblauchzehe, 1 EL brauner Zucker, ½ TL Salz, 3 EL Zitronensaft, 2 EL Öl

Zubereitung: Garnelen in kleine Stücke schneiden, Knoblauch fein hacken. Garnelen, Fisch, Knoblauch, Zucker, Salz und Zitronensaft zu einer feinen Fischpaste pürieren. Mit feuchten Händen aus der Fischmasse 24 Kugeln formen. Öl in einer großen Pfanne erhitzen und Fischbällchen darin 5 Minuten von allen Seiten goldbraun braten.

Orte, an denen Genies gelebt haben oder an denen sie begraben sind, wecken bei mir andächtige Gefühle. Eine Kultstätte für Literaturfreunde ist in St. Petersburg ein Haus aus dem 19. Jahrhundert mit dem Namen *Haus Murusi*, das im damals modischen maurischen Stil erbaut worden ist. Es ist riesig, und doch würde die Fassadenfläche nicht ausreichen, um Gedenktafeln für alle berühmten Literaten anzubringen, die hier gelebt haben: Nikolaj Leskow, Sinaida Hippius, Andrej Belyj, Alexander Blok … Und als das Haus schließlich in Kommunalwohnungen aufgeteilt wurde, lebte Joseph Brodsky mehr als zwanzig Jahre in einem der Zimmer in der dritten Etage. Es ist in die Weltliteratur eingegangen.

Auf der Friedhofsinsel San Michele in der Lagune von Venedig suchte ich einmal lange Brodskys Grab. Als ich es fand, staunte ich nicht schlecht. Auf dem Grab stand ein Briefkasten, und er war gefüllt mit Post für den Dichter …

Wladimir Sorokin

Wladimir Sorokin ist berühmt für seine literarischen Provokationen. Den Autor muß man einfach mögen, und das Erstaunliche ist, daß das mehr und mehr Leser tun. Sie schätzen seinen robusten Charme und seine gegen das Schamgefühl gerichtete Poesie, die keine Tabus kennt. So lautet der Titel einer fiktiven Dissertation in seinem Roman *Der himmelblaue Speck*: »Kants kategorischer Imperativ und die Fäkalproblematik bei Wladimir Sorokin«.

Der Roman *Der himmelblaue Speck* spielt im 21. Jahrhundert in einem streng geheimen Versuchslabor in Sibirien. Dort arbeiten Biologen, die gleichzeitig Sprachwissenschaftler sind und sich auf einer beinahe unverständlichen Mischung aus Russisch und Chinesisch unterhalten – dem Buch ist ein Wortverzeichnis hinzugefügt –, in unterirdischen Bunkern an einem grausamen Experiment. Diese Militärphilologen züchten Klone der berühmtesten russischen Schriftsteller. Die dank der sophistischen Genetik wiedergeborenen Autoren schreiben dann neue Werke und sondern während des Schreibens eine rätselhafte Substanz ab, den himmelblauen Speck, den die Mitglieder eines Geheimordens sehr begehren.

Ossip Mandelstam sagte einmal: »Unser Leben ist eine Erzählung ohne Fabel und ohne Held, aus dem heißen Gestammel der Abschweifungen.« Erzählungen dieser Art schreibt auch Sorokin mit großem Talent.

Als er von einer Kreml-nahen Jugendbewegung wegen angeblicher Pornographie in seinem Roman *Der himmelblaue Speck* verklagt wurde, erlangte der Autor auch große internationale Berühmtheit. Damit hätte er selbst nie gerechnet.

Wladimir Sorokins kulinarische Leidenschaften offenbarten sich mir, als Freunde erzählten, sie sähen ihn häufig in der Delikatessenabteilung des Berliner KaDeWe. Der Autor aus Moskau ist also ein Feinschmecker.

Die Abstraktheit seiner Texte verleiht selbst scheinbar banalen Phrasen eine besondere Bedeutung. Hier eine Zeile kulinarischen Inhalts aus seinem Theaterstück *Der Unterstand*, bei der es sich um ein bekanntes russisches Sprichwort handelt:

> *Tee und Brei sind des Russen Speisen.*
>
> Der Unterstand

Brei, auf russisch »Kascha«, ist schon immer ein Hauptnahrungsmittel in Rußland gewesen. Es gibt über zweihundert russische Breirezepte. Hier sind einige der populärsten:

Kascha mit Nüssen und Konfitüre

Zutaten: 6 Glas Sahne oder Vollmilch, ⅓ Glas Grieß, 1 Pfund Walnüsse oder Haselnüsse, 20 Mandeln, ½ Glas Zucker, ½ Glas Paniermehl, ½ Glas Konfitüre, (nach Belieben:) ½ Glas Früchte oder Beerenkonfitüre

Zubereitung: Nüsse und Mandeln mit kochendem Wasser überbrühen, Haut abziehen, zerkleinern und mit Wasser aufgießen. Sahne oder Milch erhitzen. Wenn sich eine leichte Haut bildet, diese abziehen und auf einen Teller legen. Vorgang mehrmals wiederholen. Ist ausreichend Haut entstanden, Grieß in die übrige Sahne schütten. Eine recht flüssige Kascha zubereiten. Die gehackten Nüsse und Zucker dazugeben und umrühren. In eine Auflaufform jeweils eine Schicht Häutchen und eine Schicht Kascha legen. Zum Schluß mit Zucker und geröstetem Paniermehl bestreuen. Kurz in den Ofen stellen. Vor dem Servieren mit Konfitüre anrichten. Man kann auch Früchte und Beerenkonfitüre als Schicht verwenden.

Reisbrei im Kürbis gebacken

Zutaten: 1 Kürbis, 1 Glas Reis, 1 EL frischer Sauerrahm, ¼ Pfund Butter, 1 TL Zimt, ¼ Glas Zucker, 1 Glas Rosinen, 5–6 geschlagene Eiweiß

Zubereitung: Vom Kürbis den oberen Teil abschneiden, die Samen entsorgen. Mit einem Löffel das Innere herausholen, so daß eine fingerdicke Wand stehen bleibt. Reis nicht ganz gar kochen, dann mit der Hälfte der Kürbismasse vermischen. Sauerrahm, Butter, Zimt, Zucker, Rosinen und geschlagenes Eiweiß daruntermischen. Die Masse in den Kürbis füllen. Mit dem abgeschnittenen Deckel verschließen, im Ofen backen und auf einem großen Teller servieren.

Reisbrei mit Krebsbutter und Krebsschwänzen

Zutaten: 30–40 Flußkrebse, 1½ Glas Reis, ½ Pfund Butter, 8 Glas Wasser oder leichte Bouillon, 1 Bund Suppenkräuter, Muskatnuß, 1 EL geriebener Käse, 1 EL Mehl, etwas Dill, Salz

Zubereitung: Flußkrebse kochen, die Schwänze und Beine herauspulen. Rücken zerstampfen, leicht abtrocknen, in Butter anbraten und abseihen. Diese Krebsbutter in einen Topf gießen, für die Sauce ein wenig davon in einem anderen kleinen Topf beiseite stellen. In einen dritten Topf Preßrückstände der Krebsrücken und alle Reste der abgepulten Schwänze und Beine geben. Mit Wasser oder leichter Bouillon auffüllen, mit Suppenkräutern kochen und abseihen. Reis absieben, waschen, trocknen und in den Topf mit der erhitzten Krebsbutter geben. Unter Rühren goldbraun anbraten und langsam 4 Glas Krebsbouillon hinzugeben. Salzen, mit einem Deckel verschließen. Den Reis gar kochen, die ganzen Krebsschwänze und kleingehackte Krebsbeine sowie

etwas Muskatnuß hinzugeben. Entweder in einer Schüssel servieren, oder in eine mit Butter gefettete Auflaufform füllen, glattstreichen, mit Käse bestreuen und leicht überbacken. Für die Sauce Krebsbutter und etwas Mehl anrösten und mit der Krebsbouillon ablöschen, salzen, mit Muskatnuß und Dill würzen.

Kürbiskascha

Zutaten, Variante 1: 1 Kürbis, 1½ Glas Sahne oder Milch, 2–3 Stück Würfelzucker, 1 EL Butter, 1 EL Mehl

Zubereitung, Variante 1: Kürbisschale abschneiden, die Mitte heraustrennen, Kürbis in kleine Stücke schneiden, in einen Topf geben und ein wenig Wasser hinzufügen. Kochen, bis die Masse weich ist. Zum Abtropfen in ein Sieb geben, anschließend in einem Topf mit Sahne oder Milch verrühren. Würfelzucker, Butter und Mehl dazugeben. Aufkochen lassen und servieren.

Zutaten, Variante 2: 2 Pfund geschälter Kürbis, 1 Flasche Milch, ½ Glas Reis, Butter, Zucker

Zubereitung, Variante 2: Kürbis in Stücke schneiden, mit ½ Flasche Milch weich kochen und durch ein Sieb rühren. Reis in kaltem Wasser einweichen, das Wasser abgießen und frisches Wasser dazugießen. Einmal aufkochen lassen, in ein Sieb geben und mit kaltem Wasser abspülen. In einem Topf mit ½ Flasche Milch kochen. Dann alles in einer Auflaufform mit dem Kürbis mischen. Butter und Zucker hinzugeben, in den Ofen stellen und goldbraun backen.

Gerstenbrei mit Quark

Zutaten: 1 Teetasse Gerstengrütze, 4 Tassen Quark, 2 Tassen saure Sahne, 5 Eier, Salz

Zubereitung: Gerstengrütze immer zuerst mehrmals waschen. Dann alles in einer Auflaufform gut mischen, in den Ofen stellen und goldbraun backen.

Maisbrei mit Milch

Zutaten: 9 Glas Vollmilch (alternativ: 8 Glas Bouillon, 1 Glas Wasser), 1½ Glas Maisgrieß

Zubereitung: Vollmilch mit Maisgrieß mischen, aufkochen und durchseihen. Oder Bouillon und Wasser mit 1 Glas Maisgrieß vermischen und unter Rühren aufkochen lassen. Durch ein Sieb passieren und abkühlen lassen. Wird auch kalt serviert.

Aus den verschiedenen Grützen werden in Rußland ausgezeichnete Piroggen zubereitet. Hier die berühmteste Pirogge mit Grützefüllung:

Pirogge mit feiner Buchweizengrütze und Pilzen

Zutaten: 6 zerkleinerte getrocknete Pilze, 1 Zwiebel, 1 Möhre, ½ Petersilienwurzel, ⅓ Sellerie, 2 Glas Buchweizen, 1 Pfund Butter, 2–3 Eier, 10–12 Körner Cayennepfeffer, Salz

Zubereitung: Getrocknete Pilze waschen, in kochendes Wasser geben und mit etwas Salz so lange kochen, bis sie weich sind. Suppengrün und Gewürze hinzugeben. Die Bouillon abseihen, Pilze herausnehmen und fein schneiden. Einen Teil der Bouillon mit Butter aufkochen. Den Buchweizen hineinrieseln lassen. Die Grütze kochen, dabei mehrmals umrühren. Klümpchen zerkleinern, die Pilze hinzufügen; an Tagen, an denen nicht gefastet wird, 2 zerkleinerte hartgekochte Eier dazugeben, salzen. Für eine halbe Stunde in den Ofen stellen. Dann mit dieser Grütze große Piroggen oder Piroschki füllen. Für Piroschki genügt die Hälfte der genannten Zutaten.

Nun zum Tee. Der Tee kam 1638 aus China nach Rußland. Hundert Jahre, bevor man ihn in England kannte! Tee, Wodka und Kwas sind die Kennzeichen eines russischen Festmahls. Wenn man Tee trinken will wie in Rußland, braucht man unbedingt einen Samowar. Tee aus Beuteln kann man vergessen. Als es noch echten aufgebrühten Tee gab, war unser Land solide. Als dann die Teebeutel aufkamen, brach es zusammen. Das behauptet zumindest mein Vater, und er ist ein großer Teekenner. Er trinkt ihn mit Zucker, aber ohne Zitrone, denn die übertönt das feine Aroma.

Von allen Teesorten, die ich je probiert habe – schwarze, grüne, weiße oder rote Tees –, ist mir der Tee in Kalmükien und Burjatien am stärksten in Erinnerung geblieben. Versuchen Sie einmal, einen starken Schwarztee in kochender Milch zuzubereiten. Auf keinen Fall Wasser verwenden! Geben Sie ein wenig Salz und Butter hinein, und der Tee ist fertig!

Zurück zu Sorokin. In seinem Erzählband *Der Zuckerkreml* wird berichtet, wie der Kreml, der seine Farbe von Rot zu Weiß gewechselt hat, alle Menschen mit Essen versorgt. Sie stehen vor dem Kreml Schlange und dürfen sich, wenn sie an die Reihe kommen, etwas nach ihrem Geschmack aussuchen. »Zwieback mit Rosinen und ohne, Zucker einfach oder als Würfelzucker, Hirsegrieß oder Buchweizengrütze, Weißbrot oder Schwarzbrot«. Gleichzeitig wird man dort aber ausgepeitscht. Der russische Alptraum einer Politik von »Zuckerbrot und Peitsche« ist, laut Sorokins Prophezeiung, 2028 zu Ende, wenn die Erdölvorräte erschöpft sind. Allerdings weiß auch er nicht, was danach kommt.

Aber bis dahin gibt es Zwieback, Zucker, Grütze, Brot … Und Gebäck mit dem bezeichnenden Namen »Zuckerkreml«, dessen Teig mit Wodka zubereitet wird.

Gebäck »Zuckerkreml«

Zutaten: 250 g Zucker, 1 Ei, 100 g Butter, 50 g Wodka, 1 Glas Mehl, ½ TL Soda, Zimt

Zubereitung: Ei aufschlagen, mit weicher Butter verrühren. Unter Rühren Zucker und Wodka, dann mit Soda vermischtes Mehl hinzufügen. Noch einmal gut verrühren und kurz ruhen lassen. Anschließend ausrollen und Plätzchen ausstechen. Mit Zimt bestreuen und im Backofen backen. Wenn das Gebäck leicht braun wird, herausnehmen, abkühlen lassen und erst dann servieren.

In seinem Buch *Tellurien* wirft Sorokin einen Blick auf die Zukunft Rußlands. Reales und Phantastisches sind in diesem Werk zu dem verwoben, was der Autor als das »neue Mittelalter Rußlands« bezeichnet.

> *Das Land Rjasan begrüßte uns mit sauberen Straßen und leckeren Piroggen … Ich trank grünen Tee mit Honig und aß eine halbe Watruschka und dazu ein paar Piroggen.* Tellurien

Watruschka mit Quark

Zutaten für den Teig: 400 g Mehl, 30 g frische Hefe, 100 ml Wasser, 3 Eier, 150 g Butter, 100 ml Schmand, 1 TL Zucker, 1 Prise Salz

Zutaten für die Füllung: 2 Eier, 4 EL Zucker, 500 g Quark, 3 EL Schmand, 1 Päckchen Vanillezucker, 1 Prise Salz

Zubereitung: Hefe in warmem Wasser auflösen. Dann mit der Hälfte des Mehls, Zucker und Salz zu einem Vorteig verarbeiten. Zugedeckt an einem warmen Ort 1 Stunde gehen lassen. Eier und Butter schaumig rühren. Schmand und restliches Mehl hinzufügen, mit dem Vorteig vermischen und eine weitere Stunde gehen lassen. In der Zwischenzeit die Füllung zubereiten. Eier und Zucker schaumig rühren, mit Quark und Schmand vermischen und mit Vanillezucker und Salz abschmecken. Teig auf einer bemehlten Fläche ausrollen. Runde Plätzchen von 8 cm Durchmesser ausstechen, den Rand hochziehen, mit der Quarkmasse füllen. Auf einem gefetteten Backblech im Ofen bei 200 °C 20 Minuten goldbraun backen.

Es heißt, daß ein Sorokin-Fan seinem Lieblingsautor ein außergewöhnliches Geschenk gemacht haben soll: ein Döschen des sogenannten Brillantkaviars, der 25.000 Dollar pro Kilo kostet. Dieser Kaviar schimmert golden und stammt von Albino-Belugastören, die extrem selten sind.

Einmal durfte ich ein Löffelchen dieses Kaviars kosten, und ich bin überzeugt, daß es nichts Besseres auf der Welt gibt. Es ist eine Delikatesse mit feinem Nußaroma. In Rußland ist sie schwer zu bekommen, aber im Iran (wo sie »Almas« genannt wird, was auf persisch »brillant« heißt) wird sie zum Verkauf in kleine Döschen aus 995er Gold gefüllt. So eine kostbare kleine Dose bekam der Schriftsteller also zu seinem Geburtstag.

Der größte Kaviar-Liebhaber unter den russischen Klassikern war übrigens Iwan Turgenjew. In Paris lud er seit 1863 regelmäßig fünf seiner Freunde zum Mittagessen in die besten Restaurants ein. Die Menüs wechselten, aber Kaviar gehörte immer dazu. »Was für ein sinnlicher Genuß!« schrieb Turgenjew.

Aber nicht nur der Brillantkaviar, sondern auch der gewöhnliche schwarze oder rote Kaviar schmeckt sehr gut! Eine der beliebtesten Saucen in den russischen Feinschmeckerrestaurants ist die Kaviarsauce.

Kaviarsauce

Zutaten: 3–4 EL Kaviar, 1½ Lot Kalbsfond, ½ EL Butter, ¼ Zitrone

Zubereitung: Frisch gesalzenen Kaviar mit Kalbsfond mischen, Zitronensaft dazugeben. Butter im Stück hinzufügen, umrühren, servieren.

Pelmeni mit Kaviar auf Kreml-Art

Zutaten für den Teig: 400 g Mehl, 2 Eigelb, 180 ml Wasser, Salz
Zutaten für die Füllung: ½ Glas schwarzer oder roter Kaviar
Zubereitung: Mehl mit Eigelb, 1 Prise Salz und nur so viel Wasser verrühren, daß ein glatter, fester Nudelteig entsteht. Diesen 30 Minuten ruhen lassen. Anschließend sehr dünn ausrollen und runde kleine Plätzchen (ca. 4 cm Durchmesser) ausstechen. Die Plätzchen auf einer Seite mit der Füllung (6–8 g) belegen, zu Halbmonden zusammenklappen, die Ränder gut andrücken und die Teigtaschen zu kleinen Öhrchen formen, so daß sich die Enden berühren. Dann in ein Sieb legen und für 2–3 Minuten in Salzwasser kochen. Mit zerlassener Butter servieren.

Immer, wenn ich roten Kaviar auf einem Festtagstisch sehe, denke ich an eine Expedition von Ichthyologen nach Kamtschatka. Sie erzählten mir, daß sie viele Jahre lang das Geheimnis der pazifischen Lachse erforscht hatten. Stellen Sie sich ein ruhiges Flüßchen auf der Halbinsel Kamtschatka vor, wo im glasklaren Wasser aus den Eikügelchen winzige, kaum mit dem Auge wahrnehmbare Fischlarven schlüpfen, die in größere Flüsse wandern und von dort in das Salzwasser des Ozeans. Nach vier Jahren im Meer verspüren die Fische den unwiderstehlichen Drang, das Salzwasser zu verlassen und an dem Ort zu laichen, an dem sie geboren wurden. Sie ziehen in großen Schwärmen den Fluß hinauf. Betrachtet man das Geschehen von oben aus einem Flugzeug, so scheint das klare Flußwasser vom Lachszug rot zu sein. Das Bild hat mich so beeindruckt, daß ich es nie vergessen werde! Die Lachse kehren in ihren Fluß zurück, um dort zu laichen und dann entkräftet wenige Tage später zu sterben. Alle!

Die Wissenschaftler suchten lange nach einer Art Kompaß, die den Fischen ermöglicht, den Fluß zu finden, in dem sie geboren wurden. Es erwies sich, daß die Fische ein »Geschmacksgedächtnis« haben. Sie erinnern sich an den Geschmack des heimatlichen Gewässers. Es gibt ihn also, den »Geschmack der Heimat«, und wir haben ihn vielleicht auch.

Viktor Pelewin

Es gebe keine Interviews und auch keine Lesungen mit Viktor Pelewin, so heißt es. Er ist eine der rätselhaftesten Erscheinungen der russischen Gegenwartsliteratur. Mit seiner Leserschaft kommuniziert der exzentrische Kultautor fast nur über das Internet.

Immerhin ist bekannt, daß Pelewin 1962 in Moskau geboren wurde. Er studierte zunächst Elektrotechnik und wechselte später an das Moskauer Literaturinstitut. Ende der 1980er Jahre las ich zum ersten Mal Texte von Pelewin; für die Zeitschrift *Nauka i religia* (*Wissenschaft und Religion*) verfaßte er regelmäßig Beiträge über die Mystik und Esoterik Asiens. Seit 1990 sind mehrere Romane von ihm erschienen und in mehr als zehn Sprachen übersetzt worden.

Sehr aufschlußreich ist der Dokumentarfilm *Der Schriftsteller »P«. Versuch einer Identifizierung* (2013). Darin berichten seine früheren Freunde, daß Pelewin in jungen Jahren gern in den Moskauer Restaurants und Cafés wie dem Café *Tram* in der Nähe des *Puschkin-Kinos* Bier getrunken und alltägliche Fleischgerichte gegessen habe. Als er sich dann dem Buddhismus zuwandte, brach er den Kontakt zu seinen alten Freunden ab. Heute trinkt er keinen Alkohol mehr und reist oft nach Indien und Japan.

Wie erklärt sich die Faszination der Russen für komplizierte japanische Rituale und für die minimalistische, puristische japanische Küche? Warum sind uralte asiatische Traditionen auf einmal in der modernen russischen Literatur so populär geworden?

Auch in Pelewins Werken sind viele Seiten der asiatischen Philosophie und Kultur gewidmet. Das Essen ist bei ihm ein Ritual zur Förderung der geistigen Harmonie. Fasziniert liest man bei Pelewin über solch erstaunliche Dinge wie rätselumwobene Pilze, die den chinesischen Herrschern ewige Jugend bescheren, wundersamen Brei, der den tibetischen Mönchen eine Lebensdauer von hundert Jahren verspricht, geheimnisvollen Tang und den gefährlichen Fisch Fugu … In Rußland werden solche Geschichten besonders bereitwillig aufgenommen, weil man dort Märchen immer Glauben schenken möchte.

Pelewin ist der Ansicht, daß das Interesse an der asiatischen Küche keine Mode sei, weil man immer und immer wieder etwas von anderen Kulturen lernen könne.

»Macht nichts, ich komm' klar«, antwortete Stjopa, während er sich mit der Gabel ein Reisröllchen mit einem Streifen rohem Thunfisch schnappte (er aß Sushi immer mit der Gabel).

Stjopa war noch nie in diesem Restaurant gewesen. Der kleine Saal mit offener Küche in der Mitte sah aus wie ein russisches »P«. Die Küche war vom übrigen Raum durch eine niedrige Aquariumwand getrennt. Dahinter standen zwei Köche – ein aschfahler Koreaner mit einer Narbe auf der Stirn, der den Fisch zerteilte und geschickt die Reisröllchen formte, und sein Helfer, ein Blonder mit dunkler Brille, der Algen mit einem schweren Hackmesser zerkleinerte.

Isa bestellte drei große Portionen Sushi und Sake. Der Sake wurde sofort gebracht, und alle drei stießen miteinander an.

Unmittelbar vor Stjopas Gesicht befand sich das Aquarium … Im gelblichen Wasser schwamm ein großer Goldfisch mit geschlitztem Schwanz direkt vor Stjopas Augen, und während er leicht die Flossen bewegte, sah er Stjopa aus seinen runden Knopfaugen rätselhaft an. Durch das Aquarium war das Schneidebrett zu sehen, auf dem die Hände des Kochs Lachs in gleichmäßige Stücke teilten. »Was für ein Leben«, dachte Stjopa. »Auf der einen Seite das Brett, wo man solche wie dich zerschneidet, auf der anderen der Tisch, wo man solche wie dich verspeist. Wohin du schaust, entweder das eine oder das andere. Auch wenn Fische ein Gedächtnis von drei Minuten haben, das rettet dich nicht, weil man auf der einen Seite immer schneidet und auf der anderen Seite immer ißt. Alles wie bei den Menschen. Du schwimmst in der Mitte, wirfst deine Eier ab und hoffst, daß deine Kinder besser leben werden … Und ich bitte dich noch um etwas.«

»He, ihr da in der Küche, geht's auch schneller?« rief einer der Sportler. »Wir warten schon vierzig Minuten auf den Salat.«

Zahlen

Japanischer Tofuspieß

Zutaten: 400 g Tofu, 1 Limette, 30 g Ingwer, 2 Chilischoten, 1 Bund Koriander, Currypulver, 2 EL geröstetes Sesamöl, 1 rote Paprikaschote, 1 Bund Lauchzwiebeln, 4 Stengel Zitronengras, Pfeffer, Salz, 8 Spieße

Zubereitung: Tofu in 2 cm große Würfel schneiden. Limette waschen, 1 TL Schale abreiben. Ingwer schälen, fein hacken. Chilischoten längs aufschneiden, entkernen, fein hacken. Korianderblätter abzupfen, grob hacken. Limettenschale, Ingwer, Chili, Koriander, Pfeffer, Salz, Currypulver und Öl mischen. Tofuwürfel darin marinieren. Paprika und Lauchzwiebeln waschen, Paprika entkernen. Beides in 2 cm große Stücke schneiden. Äußere Blätter des Zitronengrases entfernen, Stengel längs halbieren. Abwechselnd Tofu, Limettenspalten, Paprika und Lauchzwiebeln aufspießen. Tofuspieße pfeffern, salzen. Spieße 8 Minuten grillen.

Salat »Asia«

Zutaten: 750 g grüner Spargel, 3 Lauchzwiebeln, 1 Mango, 30 g Ingwer, 1 Chilischote, 3 EL Sojasauce, 2 EL Austernsauce, 1 EL Honig, 2 EL Reisessig, 3 El Sesamöl, 1 Bund Koriander, 1 Bund Basilikum, 100 g Reisnudeln, 3 EL Sesam, 3 EL Cashewkerne, 2 EL Erdnußöl

Zubereitung: Unteres Spargeldrittel schälen. Enden abschneiden. Spargel und Lauchzwiebeln in Stücke schneiden. Mango, Ingwer und Chili würfeln, Soja- und Austernsauce, Honig, Essig und Sesamöl verrühren, Kräuter hacken. Reisnudeln nach Packungsanweisung zubereiten. Sesam und Cashewkerne ohne Fett im Wok rösten, herausnehmen. Spargel und Lauchzwiebeln 3 Minuten mit Ingwer und Chili in Erdnußöl braten, vom Herd nehmen. Nudeln, Gemüse, Sauce, Sesam und Cashewkerne untermischen, Mango und Kräuter unterheben und servieren.

Feldsalat mit Äpfeln und Zedernüssen

Zutaten: 200 g Feldsalat, 1 große Möhre, 6 EL Apfelessig, 4 TL Zuckerrübensirup, 1 TL Senf, 10 EL Olivenöl, 2–3 frische Champignons, 2 kleine Äpfel, 8 EL Sonnenblumenkerne, 8 g Zedernüsse, 6 EL Wasser, Pfeffer, Salz

Zubereitung: Feldsalat putzen, waschen und trockenschleudern, Sonnenblumenkerne ohne Fett anrösten. Möhre durch einen Spiralschneider zu feinen Möhrenspaghetti drehen. Essig, Sirup, Salz, Pfeffer, Senf, Wasser und Öl gut verrühren. Champignons putzen und in dünne Scheiben schneiden. Äpfel waschen, vierteln und gründlich entkernen. Längs in sehr dünne Spalten schneiden und sofort mit der Vinaigrette mischen. Feldsalat mit Äpfeln und Vinaigrette anrichten, mit Zedernüssen und Sonnenblumenkernen bestreuen und sofort servieren.

Der Kellner kam und stellte das Frühstück auf den Tisch. Andrej schaute in den Aluminiumnapf. Darin war Hirsegrütze und ein schmelzendes Stück Butter, einer kleinen Sonne ähnlich. Andrej hatte keinen Appetit, dachte aber, daß er bestenfalls am Abend hierher zurückkommen könnte, und schluckte die warme Grütze heroisch hinunter.

Der gelbe Pfeil

Hirsegrütze mit Speck

Zutaten: 500 g Kartoffeln, ½ Glas Hirse, 200 g Speck, 4 Glas Wasser, 2 Zwiebeln, Kräuter

Zubereitung: Hirse auslesen und gut waschen, in kochendes Salzwasser geben und köcheln lassen, bis sie gar ist. Gewürfelte Kartoffeln hinzugeben und noch eine halbe Stunde weiterkochen. Inzwischen den Speck fein schneiden und zusammen mit den Zwiebeln anbraten. Alles in die Hirse geben und weitere 5 Minuten kochen. Fürs Servieren mit Kräutern bestreuen.

»Ich bin ein Naschmaul«, sagte der links von der Barbie sitzende Mann mit der Adlernase und dem Montigomo-Tattoo, »ein Gierschlund, könnte man sagen. Ich stehe auf Schokolade, auf Kringel mit Puderzucker und Kuchen.«

Gruppe Fokus

Zucchinikuchen auf russische Art

Zutaten: 3 Tassen Mehl, 2 Päckchen Backpulver, 5 Eier, 3 Tassen Zucker, ½ Tasse Öl, 200 g gemahlene Haselnüsse, 3 Tassen geraspelte Zucchini, 1 EL Zimt

Zubereitung: Backpulver mit Mehl mischen. Dann alle weiteren Zutaten hinzugeben und in eine Kugelhupfform geben. 75 Minuten bei 160 °C backen. Mit Puderzucker bestreuen.

Fugu gilt in Japan als Delikatesse und ist speziell zubereitet durchaus genießbar. Obwohl es jährlich Hunderte Fälle tödlicher Vergiftungen gibt, wird Fugu trotzdem gegessen. Nicht, weil er extrem schmackhaft wäre und die Erinnerungen an gefährliche Abenteuer auffrischt, wie manche Autoren in unserer vaterländischen Presse schreiben, die Fugu in japanischen Restaurants probiert haben. Die Sache ist die, daß das Tetrodotoxin in niedriger Konzentration wie eine Droge wirkt, die Euphorie und ein angenehmes Körpergefühl auslöst, und die Aufgabe des Kochs (eine Lizenz, die zur Zubereitung des Fugus berechtigt, ist schwer zu bekommen) besteht darin, das Tetrodotoxin nicht vollständig zu entfernen, sondern dessen Konzentration auf das nötige Niveau abzusenken.

Wenn sich der Koch jedoch irrt, geschieht mit dem Vergifteten Folgendes: Zunächst fühlt er Stiche in Armen und Beinen, dann fühlt sich der ganze Körper taub und gelähmt an, die Augen glänzen gläsern. Dann tritt der Tod ein (so starb 1975 Mitsurogo Bando VIII., ein Kabuki-Künstler, der von der japanischen Regierung zum lebenden Nationalheiligtum erklärt wurde) oder ein Scheintod, der sogar die erfahrensten Ärzte täuschen kann. Obwohl alle Lebensfunktionen fast vollständig zum Erliegen gekommen sind, erlebt der Vergiftete das Geschehen bewußt …«

Fugu

Kabeljau in Wasabi-Sauce mit Bratkartoffeln und Spinat

Zutaten (für 4 Personen): 2 Stengel Zitronengras, 6 Frühlingszwiebeln, 400g gekochte Kartoffeln, 600g Kabeljaufilet, 200g junger Blattspinat, 2 EL Butter, 1 EL Mehl, 300ml Milch, 400ml Sahne, 8–10 TL Wasabipulver, etwas Zitronensaft, 100g feingewürfelter, durchwachsener Speck, 3 EL Butterschmalz, 1 Bund Koriandergrün, Pfeffer, Salz

Zubereitung: Zitronengras halbieren und flach klopfen. Geputzte Frühlingszwiebeln waschen und in halbe Ringe schneiden. Kartoffeln pellen und in 5 mm dicke Scheiben schneiden. Kabeljau in 4 Stücke schneiden. Spinat waschen und trockenschleudern. Butter in einem Topf schmelzen. Die Hälfte der Frühlingszwiebeln darin 2 Minuten andünsten. Mehl darüberstäuben und kurz mitdünsten. Milch und Sahne unter Rühren zugießen. Zitronengras zugeben. Alles aufkochen und unter Rühren 10 Minuten köcheln lassen. Mit Wasabipulver, Salz, Pfeffer und etwas Zitronensaft würzen. Zitronengras entfernen und Sauce mit dem Stabmixer fein pürieren. Für die Bratkartoffeln Speck in einer großen Pfanne ohne Fett knusprig braten. Herausnehmen und 1 EL Butterschmalz in der Pfanne erhitzen. Kartoffelscheiben darin goldbraun braten und etwas salzen. Restliche Frühlingszwiebeln dazugeben und 3 Minuten mitbraten. Speck wieder dazugeben, umrühren. Koriander waschen, trockenschütteln und fein hacken. Bratkartoffeln aus der Pfanne nehmen, mit dem Koriander vermengen und warm halten. In der Pfanne 1 EL Butterschmalz erhitzen. Spinat dazugeben und zerfallen lassen. Mit Salz und Pfeffer würzen. Aus der Pfanne nehmen und warm halten. Wieder 1 EL Butterschmalz in die Pfanne geben und die Kabeljaustreifen darin rundherum 3–4 Minuten anbraten. Salzen und pfeffern. Spinat und Bratkartoffeln auf Tellern verteilen, die Kabeljaustreifen auf den Spinat legen, mit der Sauce begießen und sofort servieren.

Einer meiner Lieblingstexte von Pelewin, die sehr lustige Erzählung *Akiko*, handelt von virtueller Liebe. Unter Pelewins Fans kursiert ein Rezept für einen aphrodisierenden Kuchen mit diesem Namen.

Kuchen »Akiko«

Zutaten: 250 g Walnüsse, 125 g Butter, 125 g Zucker, ½ TL Vanillezucker, 4 Eier, 125 g Paniermehl, 125 g Mehl, 65 ml Milch, 1 TL Backpulver, 2 TL geriebene Zitronenschale, 1 TL Zimt, 1 TL Nelkenpulver

Zutaten für die Glasur: 150 g Zucker, 60 g heller Honig, 1 EL Zitronensaft, 2 EL Wodka

Zubereitung: Walnüsse fein mahlen. Weiche Butter, Zucker und Vanillezucker in eine Schüssel geben und 10 Minuten schaumig rühren. Eier dazugeben und mit der Masse verrühren. Mit Mehl, Paniermehl, Milch, Backpulver, Zitronenschale, Zimt- und Nelkenpulver zu einem Teig verrühren. Walnüsse unterheben. Form ausfetten, Teig einfüllen, glattstreichen und im Ofen bei 180 °C 40 Minuten backen. Kurz vor dem Ende Zucker und Honig mit 250 ml Wasser in einem Topf verrühren und 5 Minuten kochen. Vom Herd nehmen, Zitronensaft und Wodka unterrühren. Form aus dem Ofen nehmen, den Kuchen mit der Glasur übergießen, abkühlen lassen und auf eine Kuchenplatte heben.

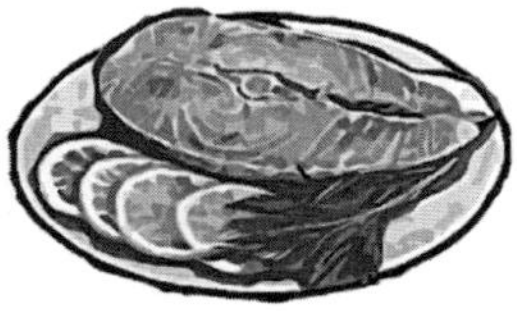

Schwarzes Salz

Ein Geheimnis der russischen Küche

In der Woche vor Ostern, am sogenannten *Reinen Donnerstag*, pflegte meine Großmutter das »Donnerstagssalz« bzw. »Schwarze Salz« zuzubereiten. Es wurde in Rußland nur einmal im Jahr an ebendiesem Tag hergestellt, was Großmutter damit erklärte, daß an diesem Tag das letzte Abendmahl stattgefunden hatte. Dem russisch-orthodoxen Glauben nach diente der Verzehr dieses Salzes der »inneren«, d. h. physiologischen wie auch geistigen Reinigung und war mit einem bestimmten Ritual der »äußeren« Reinigung verbunden. So unterzog Großmutter die Wohnung einer gründlichen Reinigung, nahm dann ein Schwitzbad und gebot allen in der Familie, es ihr nachzutun. Erst danach ging sie an die Salzzubereitung.

Es gibt viele Rezepte für das Schwarze Salz. Ich erinnere mich, wie wir einst in der Schule Turgenjews Roman *Väter und Söhne* durchnahmen und über eine Stelle sprachen, an der die Mutter des Helden beschrieben wird: »Arina Wlasjewna war eine echte russische Adelsfrau vergangener Tage … Fromm und gefühlsselig wie sie war, glaubte sie an allerlei Vorzeichen, an Wahrsagerei, Beschwörungen, Träume … an Wunderarzneien, an das Donnerstagssalz und an den baldigen Weltuntergang …«

Unsere Lehrerin fragte, ob jemand wisse, was Donnerstagssalz sei. Nur drei von uns zwanzig Schülern hatten schon einmal davon gehört. Ein Junge erzählte, wie seine Großtante es zubereitete: Sie vermischte zerstoßene Salzbrocken mit dem Bodensatz von gut abgestandenem Kwas, stellte das Gemisch in den Ofen und wartete, bis es zusammengebacken war. Von dem »Salzziegel« schlug sie dann Stücke ab und zerstampfte diese im Mörser.

Meine Großmutter stellte Schwarzes Salz anders her. Sie kaufte einfaches, grobkörniges Salz, höhlte ein schwarzes Roggenbrot aus, vermischte die zerbröselte Krume mit dem Salz, füllte damit den Laib wieder auf, wickelte ihn in ein sauberes Leinentuch, und ab damit in den Ofen! Dort, über den brennenden Holzscheiten, schrumpfte der Laib innerhalb von vier Stunden zusammen, wobei das Salz erhitzt wurde und sich verfärbte. Und es nahm nicht nur eine andere Farbe, sondern auch einen anderen Geruch an. Später erfuhr ich, daß dieses Salz besonders gesund ist, da es viel mehr lebenswichtige Mineralien und Spurenelemente als normales enthält.

Ein anderes Mädchen sagte, ihre Mutter mache Schwarzes Salz nach einem speziellen alten Rezept. Dieses war offenbar ziemlich kompliziert, denn sie geriet beim Erklären mehrmals durcheinander. Ihr Fazit lautete schließlich ungefähr so: Mit Ei, Weißkohl und verschiedenen Kräutern vermischt, wird grobes Salz im Ofen erhitzt.

Die Lehrerin erklärte uns, daß früher die einfachen Leute diesem Salz magische Kräfte beigemessen hätten. Mit ihm wären Wunden und Krankheiten besprochen, Wickel aufgelegt und Heilwaschungen vorgenommen worden. »Daß

Turgenjews Arina Wlasjewna abergläubisch darauf schwor, gehört also zu ihrer Charakterisierung.«

Unser Schwarzes Salz kam nur zu Ostern auf den Tisch, zusammen mit bemalten Eiern. Wir dippten das Ei hinein und aßen es voller Wonne. Das Salz roch ein wenig nach verkohltem Holz, und seine Kristalle zerfielen auf der Zunge wie die Asche verglühter Kohle. Nein, sie zerschmolzen nicht und lösten sich nicht auf, sondern zerfielen. Und welch Genuß war eine Kartoffel mit diesem Salz! Wahrlich hätte ich mir damals nicht träumen lassen, daß dieser »Bauernschmaus« – mit Schwarzem Salz bestreute Pellkartoffel – einmal in den Rang einer Delikatesse aufsteigen würde!

In einem seiner Bücher berichtet der bedeutende Historiker und Kenner der russischen Küche William Pochljobkin, wie 1843 die russische Botschaft in Paris einem berühmten französischen Koch auftrug, einen traditionellen russischen Ostertisch auszurichten. Zwei Tage gab sich der Franzose redliche Mühe, dann kapitulierte er – gescheitert an der Zubereitung des Donnerstagssalzes. Da sandte die Botschaft eine Depesche nach Baden-Baden, wo viele Russen weilten, und dort fand sich im Nu jemand, der ein detailliertes Rezept übermitteln konnte.

Heute ist das Schwarze Salz in Rußland wieder sehr beliebt. Von einer Fabrik in Kostroma nach einem alten russischen Rezept in Produktion genommen, erscheint es regelmäßig im Angebot der Moskauer Supermärkte.[1]

Freunde von mir haben es sich zur Gewohnheit gemacht, ausländischen Bekannten, die sich für die russische Küche interessieren, Tütchen mit Schwarzem Salz zu schenken. Heute wird es sogar in der Molekularküche bester Restaurants verwendet. »Dieses Salz kann aus einem üblichen Gericht ein wahres Wunderwerk machen«, erklärte mir einmal ein Koch eines solchen Lokals. In der Tat, das Rinderfilet in scharfer Sauce mit Schwarzem Salz dort war ein Gedicht! Doch einem Koch die Geheimnisse seines Erfolgs abzuluchsen, ist ungemein schwierig. So sei hier wenigstens das Rezept eines der besten Salate mit Schwarzem Salz aus dem Repertoire meiner Großmutter angeführt:

Salat mit Schwarzem Salz

Zutaten: 1 Tasse Pilze aus der Dose, 4 Tomaten, ½ rote Zwiebel, kaltgepreßtes Sonnenblumenöl, frischgemahlener schwarzer Pfeffer, ½ TL Schwarzes Salz

Zubereitung: Die Tomaten in Achtel, die Zwiebel in Halbringe schneiden, die Pilze in kaltem Wasser waschen; alles drei gut vermischen, mit Sonnenblumenöl beträufeln und mit Pfeffer und Schwarzem Salz abschmecken.

Mein Vater, 95 Jahre alt, Arzt im Ruhestand, genehmigt sich zu diesem Salat gern einen guten, extrareinen Wodka. Dabei sagt er oft im Scherz, so bekomme alles »seine höchste Balance« und diese Kombination habe »schon mehr Menschenleben und russische Seelen gerettet als alle Medikamente der Welt«.

1 Schwarzes Salz ist zu beziehen durch blacksalt44@rambler.ru

Sieben goldene Regeln der russischen Küche

Das Wesen eines jeden Volkes offenbart sich im Essen. Im Essen ist wie in einem Chromosom der genetische Code einer Nation gespeichert. Die Leidenschaft, Spontaneität und Herzlichkeit der russischen Seele findet in der russischen Küche ihre Entsprechung.

Ein gutes Essen ist wie ein Mensch. Es besitzt Individualität, Temperament, Charakter und Sinn für Humor. Wir Russen äußern uns manchmal so über ein Essen: Dieses Gericht ist etwas nachdenklich, jenes ziemlich unterhaltsam, aber das dort – regelrecht zänkisch. In der russischen Küche gibt es, wie in jeder anderen Küche wahrscheinlich auch, ein paar goldene Regeln. Hier sind sieben davon, denn die Zahl Sieben ist eine magische Zahl und bedeutet Fülle. Aber auch wenn ein Rezept eine Fülle von Zutaten verlangt, vergessen Sie nicht, es ist nur eine Anleitung für eigene kreative Interpretationen.

Die russische Küche zeichnet sich durch einen beinahe romantischen Eklektizismus aus, durch Eigenwilligkeit und Begeisterung. Sie ist typisch für ein Volk, das sich erst spät seiner kulinarischen Werte bewußt wurde. Die russischen Gerichte sind sehr originell, schmackhaft und sehen mitunter richtig festlich aus. Der farbenprächtige Borschtsch, die frühlingshafte Vinaigrette und der purpurne »Hering im Pelzmantel« sind dafür die besten Beweise.

In der russischen Küche schätzt man, wenn sich eigene und fremde, alte und neue Traditionen vermischen. Ein talentierter Koch kann durchaus einen deutschen Krautsalat vor einem russischen Schmortopf und zum Dessert französischen Käse reichen. Für solche Kombinationen benötigt man einen Sinn für Harmonie, eine angeborene Intuition, ein Gefühl für das richtige Maß und die Kenntnis möglichst vieler »Fremdsprachen«, das heißt, verschiedener nationaler kulinarischer Traditionen. In dieser Verbindung gedeiht alles, was originell ist! Die Kochkunst schenkt uns unbegrenzten Raum für die Phantasie. Sie fordert uns, wie jede andere Kunst auch, zu Selbstverwirklichung und zu Kreativität auf. Und kultiviert dabei einen regelrechten Abenteuergeist. Wenn dann noch Inspiration und ein paar goldene Regeln dazukommen, kann nichts schiefgehen.

Erste Regel

Tontöpfe verwenden! Eine im Tontopf zubereitete Speise gewinnt jene Leichtigkeit und edle Anmutung, die zu den besten Eigenschaften der russischen Küche zählen.

Es heißt, alles Neue ist das gut vergessene Alte. Tontöpfe sehen auch in einer modernen Kücheneinrichtung gut aus und machen beim Servieren einen eleganten Eindruck.

Einst wurden alle Gerichte, mit Ausnahme des Gebäcks, in Tontöpfen zubereitet. Der Ofen war das Herz des russischen Hauses, und das Essen wurde in tönernen Töpfen hineingeschoben. Heute benutzen wir kleinere Tontöpfe, in die jeweils der Hauptgang für eine Person paßt.

Die erstaunlichen natürlichen Eigenschaften des Tons, die Wanddicke der Töpfchen, die gleichmäßige Wärme des russischen Ofens vereinen sich zu einer besonderen Garmethode – dem Dünsten. Die Methode erlaubt einen schonenden und sorgfältigen Umgang mit den Zutaten. Der Geschmack entfaltet sich wunderbar, und die wertvollen Vitamine bleiben erhalten.

Selbst einfache Gerichte wie Schtschi, Kascha oder Rüben gelingen im Tontopf unglaublich schmackhaft. Ohne Zugabe von Butter! Verwendet man jedoch edle Zutaten wie Fleisch, Pilze oder Fisch, kann man im Tontopf echte Delikatessen zaubern.

Zweite Regel

Das Smetana-Geheimnis kennen! Smetana, also Sauerrahm, saure Sahne oder Schmand, wird in der Küche der Slawen üppig und mit Sachverstand verwendet.

Früher sagte man einfach »Weißer« dazu, und ein Löffelchen Smetana gab den täglichen Suppen wie Schtschi, Borschtsch oder Soljanka ein schönes Aussehen und den letzten Schliff.

Auch heute wird für Saucen, Desserts und Piroggen häufig Smetana verwendet. Sie schmeckt sehr erfrischend, hebt den Eigengeschmack der Zutaten hervor und schafft eine seidige Konsistenz. Kalte Saucen auf Smetanabasis mit Meerrettich oder Senf sind Klassiker für viele feine Fischgerichte, für Zunge in Aspik oder Gemüsesalate.

Als »Smetannik« bezeichnet man einen Kuchen, der aus einem Smetanateig zubereitet wird. Klingt nicht allein das Wort schon zart und cremig? Und wie lecker werden Karauschen, wenn man sie in Smetana dünstet. Oder Bœuf Stroganoff. Oder gebratene Pilze!

Für die Verwendung von Smetana gibt es ein paar Faustregeln:

Wenn man der Smetana ein wenig süße Sahne oder Milch beimischt, flockt sie in der Suppe oder in anderen heißen Gerichten nicht aus.

Für Smetanacreme muß die saure Sahne geschlagen werden. Das ist einfacher, wenn man rohes Eigelb beimischt. Nur frische Zutaten verwenden!

Bei heißen Saucen die Smetana erst im letzten Moment hinzufügen. Auf kleiner Flamme erhitzen, nicht zum Kochen bringen!

Wenn die Smetana bei Desserts oder bei der Dekoration von Speisen ihre Form bewahren soll, muß sie gut gekühlt werden. Dafür Smetana mit dem höchsten Fettgehalt verwenden!

Für Salatsaucen lieber Smetana mit 15 Prozent Fettgehalt verwenden, für Suppen Smetana mit 20 Prozent Fettgehalt.

Dritte Regel

Ein bißchen Rezepttreue muß sein. Die Phantasie sollte nicht zu sehr ausufern, etwas Sorgfalt muß man schon aufwenden, damit die Rezepte gelingen. Zum Beispiel sollte man immer echte russische Salzgurken verwenden, wenn es das Rezept vorsieht, und nie auf Gewürz- oder Essiggurken ausweichen. Salzgurken sind unersetzlicher Bestandteil vieler Salate, wie beim *Oliviersalat*, und Suppen, wie bei der Salzlakesuppe. Nur mit den echten Salzgurken kann der zarte und gleichzeitig exotische Geschmack dieser Gerichte erreicht werden. Also, wenn möglich, verwenden Sie die Zutaten, die im Rezept angegeben sind. Sollten Sie aber Zweifel haben, welche Beilage »echt russisch« ist, so dieser Rat vorab: Buchweizengrütze paßt zu jeder Art von Fleisch und ist die russischste Beilage überhaupt.

Vierte Regel

Pilze sammeln! In die Pilze gehen ist in Rußland ein beliebtes Freizeitvergnügen. Die Pilze werden dann entweder getrocknet oder in Salz eingelegt. Die Trockenpilze werden nicht etwa für ein spezielles Gericht verwendet, sondern so oft wie möglich. Ganz nach Laune und Phantasie. Getrocknete Steinpilze veredeln den Geschmack jedes Essens. Besonders Suppen gewinnen durch die Verwendung von Pilzen. Eine russische Redensart besagt, daß Pilzen eine eigene Waldseele innewohne. Die Steinpilze haben eine starke und reine, die Pfifferlinge eine fröhliche und kokette, die Morcheln eine weise und ruhige Seele …

In Deutschland versteht man unter Pilzen häufig Champignons. Sie werden auf Beeten geerntet und haben natürlich keine Waldseele. In der russischen Küche verwendet man sie selten. Also, die Trockenpilze kann man für jede Suppe, die Salzpilze nur für Pilzsoljanka nehmen. In der nationalen Küche sind Geschichte und Geographie mitunter auf vielfache Weise verwoben. Die kulinarische Handschrift eines Volkes findet man am ehesten auf dem Teller.

Fünfte Regel

Die russischen Suppen sind längst kosmopolitisch geworden und haben die Gaumen der Feinschmecker auf der ganzen Welt überzeugt. Suppen sind der größte Reichtum der russischen Küche. Schließlich ist die Gabel in Rußland erst vierhundert Jahre nach dem Löffel aufgetaucht.

Suppe ist das russische Gericht schlechthin. Beim Suppelöffeln sind die Russen Weltmeister, jährlich werden bei uns 30 Milliarden Suppenportionen zubereitet und gegessen! Welche unserer vielen Suppen ist aber die allerbeliebteste? Die pedantischen russischen Soziologen haben herausgefunden, daß Borschtsch den ersten Platz einnimmt, Schtschi den zweiten und Hühnersuppe mit Nudeln den dritten. Im Sommer folgt dem Trio auf den Spitzenplätzen die Pilzsuppe und die Kwassuppe, im Winter die Erbsensuppe, die Suppe aus Gurkenlake und die Soljanka.

Sechste Regel

Regional ist authentisch. Viele Lebensmittel, die die Russen schätzen, gibt es im Ausland nicht. Nehmen wir die Buchweizengrütze. Die gibt es in Deutschland nur in Naturkostläden.

Kefir: Es gibt zwar etwas Ähnliches, den türkischen Ayran, aber das, was wir als Kefir kennen, gibt es nur in Rußland.

Quark: Der Quark hat bei uns eine ganz andere Konsistenz. In Deutschland ist er weicher und ein bißchen schlaff.

Smetana: Sauerrahm, saure Sahne oder Schmand schmeckt in Rußland ganz anders, wirklich.

Salzgurken: Die beliebten Beilagen werden in Rußland nicht mit Essig und Gewürzen mariniert, sondern gesalzen und unter Luftabschluß zur Milchsäuregärung gebracht. Ein ganz besonderes Geschmackserlebnis, das allen russischen Speisen ihre Eigenheit verleiht.

Rote Bete: Einer der Grundbestandteile der russischen Küche ist in Europa nur selten in den großen Supermärkten zu finden.

Sibirische Zedernüsse: Der Schatz an Vitaminen und Mineralstoffen ist leider im Ausland kaum bekannt und nicht zu kaufen.

Siebte Regel

Viel trinken! Die Deutschen haben drei Nationalgetränke: Bier, Wein und Kaffee. Die Russen Kwas, Wodka und Tee. Ohne die ist unsere Tafel nicht denkbar. Wie auch ohne Samowar, ohne Tschechow, ohne innige Gespräche. Und am besten ist es, wenn der Tisch auf einer Datscha gedeckt ist, wo die Nachtigallen singen … Dabei kommt mir eine Episode aus der Erzählung *Die Gäste trafen sich auf der Datscha* unseres wunderbaren Autors Wladimir Solouchin in den Sinn. Es geht dabei um den relativ neuen, seltsamen Brauch, den Wodka »nachzutrinken«:

»Ja, also tatsächlich. Von einem Ende zum anderen, von einer Küste zur anderen haben alle, egal ob Frauen oder, und das ist das seltsamste, sogar Männer, diesen Brauch, Wodka nachzutrinken, übernommen. Was für ein Anblick! In der einen Hand das Wodkaglas, in der anderen ein Glas Wasser, und das auch noch mit Fruchtgeschmack. Also mit süßem Wasser! Der Wodka soll unbedingt mit diesem süßen und fruchtigen Getränk runtergespült werden. Aber wie soll man dieses Süße und Fruchtige hinterher mit etwas Salzigem, Herzhaftem runterschlucken, mit Hering zum Beispiel? Von unseren Vorvätern ist uns überliefert, daß man Wodka mit einem Salzpilz, einer gesalzenen Lauchzwiebel oder mit Sülze und Meerrettich nachschluckt. Oder daß man wenigstens ein Stück Schwarzbrot nimmt, mit Butter bestreicht, eine Ölsardine drauflegt (oder zwei) und auf die Ölsardine ein halbes hartgekochtes Ei …

Ich nehme an, daß das Nachtrinken in den Hinterhöfen entstand, wo sich die Alkoholiker auf die Schnelle zu dritt eine Flasche Wodka reingießen. Unter solchen

Bedingungen ist es natürlich bequemer (und auch billiger), den Wodka mit Limonade nachzutrinken. Aber am Tisch, wo es Häppchen im Überfluß gibt? Ehrlich gesagt, es sieht auch etwas geschmacklos aus, wenn eine Frau in der einen Hand das Wodkaglas hält und in der anderen ein Glas Limonade. Pfui! Widerlich!«

Und ein letzter guter Rat. Bringen Sie den Begriff »Glück« nicht mit etwas Feststehendem in Verbindung. Verliebtheit, Karriere, Kinder, ein gelungener Kuchen … Nein. Der Geliebte kann Sie verlassen, die Karriere nicht vorankommen, das Kind die Hoffnungen womöglich enttäuschen, der Kuchen anbrennen. Lassen Sie das Glück lieber wie einen Schmetterling von einem zum anderen flattern: Heute ist es die Arbeit, morgen die Liebe und die Familie, übermorgen – ein feines Dessert wie die russische Pastila, die Lew Tolstoj so geliebt hat. Und dann, darauf gebe ich Ihnen mein Wort, werden Sie immer glücklich sein.

Ich sehe meine literarisch-kulinarische Pflicht darin, Ihr Interesse an der russischen Küche zu wecken. Und dann erklimmen Sie selbständig die Gipfel der kulinarischen Weisheit Rußlands, indem Sie die Gerichte ausprobieren, die den russischen Genies mundeten. Setzen Sie sich mit ihnen zu Tisch! Und vielleicht nehmen Sie auch das eine oder andere Buch wieder zur Hand.

Guten Appetit und viel Freude am Genuß!

Zum Andenken an William Pochljobkin

William Wassiljewitsch Pochljobkin (1923–2000) war ein berühmter russischer Historiker, Denker und Kochbuchautor. Ich würde ihn ohne Übertreibung als kulinarischen Philosophen bezeichnen. Selbst heute, aus großer zeitlicher und räumlicher Entfernung, bin ich überzeugt: Er war der genialste Mensch, den ich jemals kannte. Bereits zu Lebzeiten eine Legende, wurde er es erst recht nach seinem rätselhaften Tod.

Er war ein begnadeter Geschichtenerzähler, nicht nur in seinen kulinarischen Büchern *Die Geschichte des Wodkas*, *Alles über die Gewürze*, *Russische Kascha* oder *Die nationalen Küchen unserer Völker*. In den 1960er und 1970er Jahren schrieb er eine kulinarische Kolumne für die Wochenzeitung *Nedelja*, die massenhafte Verbreitung fand, gerade weil sie einen Gegenpol zu den ideologisch besetzten übrigen Presseerzeugnissen der damaligen Sowjetunion darstellte. Viele Frauen im ganzen Land sammelten die Rezepte der Kolumne und ließen sich zu einem phantasievollen und abwechslungsreichen Kochen inspirieren. Kascha Gurjewskaja oder Fischsuppe nach Klosterart, solche im Kommunismus aus der Mode geratenen legendären Köstlichkeiten konnte man unter Pochljobkins Anleitung zubereiten. Und wie lebendig und klug diese Rezepte geschrieben waren! Zu seinen Verehrerinnen zählte auch ich.

Wie groß war meine Freude, als ich mein Idol während meiner Studentenjahre in Moskau persönlich kennenlernte. Ich durfte als Praktikantin bei der Leserbriefabteilung der *Nedelja* arbeiten und sah ihn häufig in der Redaktion. Er sah einem Provinzlehrer nicht unähnlich: schmächtig, mit Hornbrille, einer hohen Denkerstirn und zerzaustem Vollbart. Das lustigste war, daß er wirklich Pochljobkin hieß. Ich hatte immer gedacht, das sei ein frei erfundener Phantasiename. Darin steckt ein uraltes russisches Wort für »Suppe«, auf deutsch könnte man den Namen mit »Suppenmeister« wiedergeben. Zusammen mit dem ungewöhnlichen Vornamen William klang das ziemlich effektvoll, um nicht zu sagen grotesk. Die Tatsache, daß es sein richtiger Name war, erheiterte und verblüffte mich, und das Sprichwort »Nomen est omen« fiel mir dabei ein. Der Mensch mit der Suppe im Namen war also der berühmteste Kochbuchautor Rußlands. Je mehr ich über ihn erfuhr, desto mehr geriet ich ins Staunen: Er hatte das Moskauer Eliteinstitut für Internationale Beziehungen, *MGIMO*, abgeschlossen und war Spezialist für nordische Sprachen und internationales Recht. Als Autor einer Biographie über Urho Kekkonen hatte er den wichtigsten finnischen Wissenschaftspreis gewonnen, der mit einer märchenhaften Geldprämie verbunden war. Er war korrespondierendes Mitglied der New Yorker *Akademie der Wissenschaften* und ein gefragter Spezialist für Heraldik. Kurzum, ein Universalgenie, wie es die russische

Provinz erstaunlicherweise manchmal hervorbringt. Mitte der 1960er Jahre wurde der Querdenker an seinem Institut unbequem, und er verlegte sich auf das Schreiben kulinarischer Bücher, wobei er sein historisches, anthropologisches und kulinarisches Wissen gleichermaßen darlegen konnte. Dabei schrieb er unterhaltsam und immer mit einem Augenzwinkern. Seine Bücher waren alle Bestseller und erreichten zahlreiche Auflagen. Er konnte seine Gesprächspartner mit seiner Begeisterung anstecken, seine Augen leuchteten, die Stimme bekam einen magischen Klang, und seine Zuhörer wurden mit Freude an der Sache und Vertrauen in die eigenen Fähigkeiten erfüllt.

Als ich an der Moskauer Filmhochschule studierte, bat ich ihn um Rat, weil ich für eine Szene meines Drehbuchs wissen mußte, was die Moskauer Boheme vor der Revolution üblicherweise in Restaurants zu Abend gegessen hatte. Pochljobkin erklärte es mir mit sichtlichem Vergnügen und in aller Ausführlichkeit. Ich war begeistert von den Pelmeni mit Kaviar, die er mir damals beschrieb. Hier ist das Rezept, das ich nach seinen Worten aufgeschrieben habe: Man bereite den üblichen Pelmeni-Teig zu, verwende aber nur Eigelb, kein Eiweiß, sonst wird der Teig rissig. Den Teig so dünn wie möglich ausrollen und Kreise ausstechen. Die Pelmeni sollen eher klein sein. Dann 1 TL Kaviar auf jeden Teigkreis legen und die Pelmeni zudrücken. Man kann roten oder schwarzen Kaviar verwenden. Je 10–15 Pelmeni in einem Durchschlag für etwa 40 Sekunden in kochendes Salzwasser tauchen. Die heißen Pelmeni auf Teller legen, mit geschmolzener Butter begießen und sofort servieren. Mir läuft dabei noch heute das Wasser im Mund zusammen.

So begann allmählich unsere Freundschaft, wenn man die Gespräche eines Meisters der Kochkunst mit einer jungen Praktikantin so nennen will.

William Pochljobkin hatte trotz seines Talents in der Redaktion der *Nedelja* den Ruf eines Wirrkopfs. Er litt unter Verfolgungswahn. Mitten im spannendsten Gespräch konnte er sich unterbrechen und mit geheimnisvoller Stimme flüstern: »Sehen Sie, Tanja, dort, der junge Mann ... der verfolgt mich seit Wochen ...« Alle kannten seine Eigenarten, und manche lachten über ihn. Nie ließ er andere Menschen in seine Wohnung, weder Kollegen noch Freunde, noch die Boten aus der Redaktion, die einen fertigen Artikel bei ihm abholen sollten. Das gab den Gerüchten über ihn neuen Stoff; von großen Reichtümern, einer sagenhaft wertvollen Sammlung alter Bücher und anderen Schätzen wurde gemunkelt. Einmal wurde ich selbst Zeugin eines seltsamen Vorfalls: »Tanja, haben Sie ein Telefon? Geben Sie mir die Nummer ...« Als ich ihm den Zettel reichte, zog er einen Schuh aus und versteckte die Nummer unter der Einlegesohle. Warum? Ich weiß es nicht. Aber das trübte meine Begeisterung für seine markante Persönlichkeit nicht im geringsten. Er sprühte vor Energie, hatte immer neue kulinarische Ideen, entdeckte immer neue Geheimnisse des guten Essens. Seine fröhliche Neugier weckte meine intellektuelle Aufmerksamkeit für das Kochen. Mit Wehmut und Dankbarkeit denke ich an meine studentische Arbeit in der Zeitungsredaktion der *Nedelja* zurück.

Um so trauriger machte mich sein rätselhafter Tod. Er starb, wie er es in seinem Wahn vorhergesehen hatte: eines gewaltsamen Todes in seiner eigenen Wohnung, deren Tür er nie für andere geöffnet hatte. Keiner weiß, wann genau und wie es geschah, durch wen und vor allem warum. Der Mord wurde nie aufgeklärt. Seine wertvolle Büchersammlung war jedoch verschwunden.

Dieses Buch möchte ich William Pochljobkin widmen. Wenn ich über die russische Küche schreibe, über die literarischen Genies und ihre kulinarischen Leidenschaften, weilen meine Gedanken immer wieder bei ihm. Ich habe ihn in verschiedenen Stimmungen erlebt, fröhlich und angeregt, mitunter auch bedrückt und düster, aber niemals einfalls- oder teilnahmslos. Bei jedem Treffen fragte er mich: »Tanja, was war das schmackhafteste Gericht in dieser Woche?« Wenn ich dann antwortete: »Meine Mutter hat mir ukrainischen Speck geschickt, einen zarten weißen Speck mit einem Hauch Nußaroma« oder »Meine beste Freundin brachte mir aus Sibirien Sauerkraut mit Honig mit …«, dann lächelte William Pochljobkin sein feines Lächeln und sagte: »Vielleicht sind es ja gar nicht die Lebensmittel, die wunderbar und köstlich sind, vielleicht sind es einfach die liebenswürdigen, großzügigen Menschen.«

Statt eines Nachworts

Meine 90jährige Mutter, das kulinarische Genie unserer Familie, meinte, nachdem sie mein Manuskript gelesen hatte, augenzwinkernd: »Du hast die Prügelei vergessen! Bei einem russischen Festgelage ist sie unverzichtbar. Am besten läßt man sie zwischen den Piroggen und der Festtorte stattfinden. Eine Prügelei auf russische Art ist gedacht für zwei bis sechs Personen. Es gibt aber auch die Möglichkeit, eine Massenprügelei zu organisieren, bei der die Teilnehmerzahl unbegrenzt ist. Viele russische Klassiker haben darüber geschrieben. Ein paar gegenseitige Schläge der Begeisterung sind für alle Teilnehmer förderlich.« In der Tat ist ein nonverbaler Meinungsaustausch bei russischen Feiern nichts Außergewöhnliches.

Seit meiner Jugend bin ich von Sibirien und der wunderbaren sibirischen Küche fasziniert. Einmal hatte ich das Glück, an einer speziellen kulinarischen Reise in Sibirien teilzunehmen. Wir sechs Freunde – Abenteurer, Naturliebhaber und Gourmets – fuhren auf einem Frachtkahn auf der Mana, einem Nebenfluß des Jenisseis. Immer, wenn wir anlegten, ging der Schiffskoch zum nächsten Markt, kaufte dort einige Lebensmittel und bereitete die Speisen an Bord zu. Er war wirklich ein Meisterkoch! Zum Essen rief er uns immer mit den Worten: »Köstlich! Sibirien zum Anbeißen!« Serviert wurden warmes Sauerteigbrot, Kartoffelbrei, Sauerkraut mit Fleisch und Graupen, leckerer Fisch und Zedernußcreme als Dessert. Es war wie im Märchen! Unsere kulinarische Reise – allein der Gedanke daran läßt die schönsten Bilder vor meinem inneren Auge erstehen: laue sibirische Sommernächte, in denen wir auf dem Deck saßen und Geschichten erzählten, diskutierten, lachten …

In allen meinen Büchern über Sibirien finden sich zahlreiche Hinweise auf köstliche Speisen und Getränke.

An Naadam werden zudem traditionelle Ringkämpfe und Pferderennen ausgetragen. Die besten Gerichte der tuwinischen Küche kann man in Kysyl im Restaurant an der Leninstraße gleich gegenüber der Buchhandlung probieren. Aber wenn Sie Glück haben, werden Sie zu einem Picknick in der Steppe eingeladen und kosten dort gesalzenen Tee, Fisch auf Tuwiner Art und Kaimak. Kaimak ist eine besondere Spezialität, ein Mittelding zwischen Weichkäse und

Butter. Um es zuzubereiten, wird Milch gekocht und auf breite flache Teller gegossen. Beim Abkühlen bildet sich auf der Oberfläche eine dünne Haut. Sie wird vorsichtig abgehoben und schichtweise in hölzerne Fäßchen gelegt. In den Fäßchen beginnt sie zu gären und bekommt beim Reifen einen pikanten salzigen Geschmack. Jetzt muß man nur noch ein Stück frischgebackenes, noch dampfendes Fladenbrot damit bestreichen und genießen …

Der Jenissei – ein sibirischer Strom

Tuwinischer Rinderschmortopf

Zutaten: 1,5 kg gewürfelte Rinderkeule, 500 g kleine Tomaten, 250 g passierte Tomaten, 2 EL Tomatenmark, 1 kg kleine Zwiebeln, 3 Lorbeerblätter, Kreuzkümmel, ½ TL Zimt, Muskatnuß, 3 Knoblauchzehen, 6 EL Olivenöl, Pfeffer, Salz

Zubereitung: Öl in einem Schmortopf erhitzen, Fleisch darin 20 Minuten anbraten, pfeffern und salzen. Knoblauch abziehen, würfeln, zu dem Fleisch geben und kurz mitbraten. Lorbeerblätter, Zimt, Kreuzkümmel, Muskatnuß sowie Tomatenmark hinzufügen und 3 Minuten anschwitzen. Passierte Tomaten und so viel Wasser dazugeben, daß das Fleisch bedeckt ist. Deckel schließen. 1 Stunde schmoren. Zwiebeln abziehen, dazugeben und noch 1 Stunde weitergaren. Tomaten kreuzweise einritzen, überbrühen, abziehen und 5 Minuten mit dem Fleisch garen. Den Rinderschmortopf noch einmal abschmecken. Dazu passen Langkornreis, Gemüsereis oder Nudeln.

Einmal hatte ich Gelegenheit, bei einer Schorenfamilie zu Gast zu sein. Die Schoren glauben, daß ihnen »nichts mehr passieren kann«, wenn im Frühjahr der Bärlauch austreibt. Sie bereiten unzählige Gerichte aus Bärlauch zu, füllen Piroggen und backen Piroggen mit Tscheremscha (Bärlauch). Für den schorischen Bärlauchsalat muß man die jungen Blätter fein schneiden, zerstampfen und einen Tag mit reichlich Salz ziehen lassen. Diesen gesäuerten Salat kann man gut in Gläsern aufbewahren, er enthält viele Vitamine. Er schmeckt nicht nur, sondern ist auch gesund. Natürlich essen die Schoren auch Fleisch. Sie halten Vieh und gehen zudem auf die Jagd. Aus dem Fleisch junger Bären bereiten sie die Füllung für Pelmeni zu, und sie pökeln Bärenspeck, der äußerst gesund sein soll. Auch das Fleisch anderer Wildtiere verachten sie nicht. Süßspeisen allerdings gibt es bei ihnen fast nie, höchstens Fruchtkonfitüre. Vielleicht haben deshalb alle Schoren so schöne und gesunde Zähne.

Der Jenissei – ein sibirischer Strom

Braunbärfleisch auf sibirische Art

Zutaten: 1 kg Braunbärfleisch (Keule), 1 l Fleischbouillon, 60 g Möhren, 60 g Zwiebel, 60 g Petersilie, 30 g Mehl, 90 ml Öl, Pfeffer, Salz

Zutaten für die Marinade: 250 ml Wasser, 150 ml Essig (5 %), 6 g Nelken, 6 g Zimt, 2–3 Lorbeerblätter, 20 g grob gehackte Petersilie, 10 g zerkleinerter Dill, 10 g Zucker, 10 g Salz

Zubereitung: Wasser und Essig mit Nelken, Zimt, Lorbeerblättern, Zucker und Salz aufkochen, abkühlen lassen, Petersilie und Dill hinzugeben. Bärenfleisch mit der Marinade übergießen und über Nacht abgedeckt im Kühlschrank kalt stellen. In mundgerechte Stücke schneiden. Dann zusammen mit den in Streifen geschnittenen Möhren und Zwiebeln sowie der gehackten Petersilie in der Bouillon 2 Stunden weich schmoren. Die garen Fleischstücke trockentupfen, mit Mehl bestäuben und in Öl von allen Seiten anbraten. Pfeffern und salzen.

In einer chakassischen Jurte sind Gäste stets willkommen und werden mit traditionellen Gerichten bewirtet. Bei den Katschinzen, einer großen Untergruppe der Chakassen, ist das vor allem die gesäuerte Milch Airan, der Käse Churut und der Frischkäse Artschy. Churut und Artschy können lange aufbewahrt werden, und die Chakassen legen stets ausreichende Vorräte an. Die Katschinzen bewirten ihre Gäste mit Pferdefleisch, weil sie es für das schmackhafteste Fleisch überhaupt halten. Die Kysyl-Chakassen, die am Oberlauf des Tschulmas leben, servieren den Gästen Fisch. Die Sagaisk-Chakassen wiederum bevorzugen gefrorene Klöße aus Hackfleisch und Zwiebeln, Fladen aus den Wurzeln von Päonien, die in Mehl gewälzt werden, gefrorene Beeren und Hagebutten mit Honig.

Der Jenissei – ein sibirischer Strom

Kalbsfilet mit Kartoffeln

Zutaten: 800 g Kalbsfilet am Stück, 600 g Kartoffeln, 200 ml Fleischbouillon, 200 ml Schlagsahne, 1 Schalotte, 2 rote Paprikaschoten, 1 EL Butterschmalz, 2 EL Olivenöl, Zucker, Pfeffer, Salz

Zubereitung: Kalbsfilet von Sehnen und Fett befreien, pfeffern und salzen. Den Ofen auf 120 °C vorheizen. Schalotte abziehen, fein würfeln. Paprika in grobe Würfel schneiden. Butterschmalz in Bräter erhitzen, Filet rundherum anbraten, herausnehmen, Schalotte und Paprika dazugeben, anbraten, pfeffern und salzen. Mit Fleischbouillon und Sahne ablöschen, aufkochen. Filet in die Sauce legen und im Ofen 35 Minuten garen. Kartoffeln mit Schale in Salzwasser 15 Minuten garen, abgießen, halbieren. Olivenöl in einer Pfanne erhitzen und Kartoffeln 3–4 Minuten braten. Filet aus dem Ofen nehmen. Paprikasauce im Topf aufkochen, pürieren, abschmecken. Kalbsfilet in Scheiben schneiden, mit Kartoffeln und Paprikasauce anrichten.

Was mag ich sonst noch an Krasnojarsk? Den Markt natürlich, das ist überhaupt in jeder Stadt der erste Ort, den man aufsuchen sollte. Der Markt ist immer ein Indikator für regionale Vorlieben, für örtliche Geschmäcker. Menschen verhalten sich auf dem Markt, der in Sibirien übrigens Basar genannt wird, viel ungezwungener als im Geschäft. Ich verspreche Ihnen: Sie finden nirgendwo besseren Räucher- und Salzfisch als in den kleinen und großen Ortschaften am Jenissei. Sind Sie ein Freund von Kaviar? Dann müssen Sie wissen, daß der beste Kaviar im Herbst zu haben ist. Er kommt mit den neuen Fischzügen. Der schmackhafteste und gesündeste Kaviar ist der rote »Fünfminutenkaviar«, er ist in Westeuropa nicht erhältlich. Er ist nur leicht gesalzen und deshalb nur wenige Tage haltbar. Im Gegensatz zum schwarzen Kaviar, wo es heißt, je größer, desto besser, ist es beim roten Kaviar genau umgekehrt, die Sorten mit den kleinsten Kaviarkörnchen werden am meisten geschätzt.

Der Jenissei – ein sibirischer Strom

Kalte Vorspeise »Sibirische Blüten« (Wachteleier mit rotem Kaviar im Strudelteigkörbchen)

Zutaten: 1 Packung Strudelteig, 1 Glas roter Kaviar, 15 Wachteleier, 20 g geschmolzene Butter, 1 Becher russische Salatmayonnaise provençale oder 1 Becher Crème fraîche, 1 Bund Dill, Pfeffer, Salz

Zubereitung: Den Strudelteig in 30 Quadrate à 5 x 5 cm schneiden und mit flüssiger Butter bepinseln. Je 2 Quadrate versetzt aufeinanderlegen und in eine gefettete Muffinform legen. Ofen auf 200 °C vorheizen. Die Blütenkörbchen 5–7 Minuten vorbacken. Dabei darauf achten, daß sie nicht zu dunkel geraten. Mayonnaise (oder Crème fraîche) mit dem feingehackten Dill vermischen und mit Pfeffer und Salz abschmecken. Die Wachteleier 3 Minuten in kochendes Wasser geben. Dann schälen und halbieren. Jeweils 1 TL Mayonnaise in die Teigblüten geben, darauf 2 Wachteleihälften setzen. Mit 1 TL rotem Kaviar garnieren und mit etwas Dill verzieren. Dazu ein Glas Krimsekt!

Lassen Sie es sich gut schmecken!

Maße und Gewichte

1 Pfund Backpflaumen: 2½ Glas
1 Pfund weiße Bohnen: 2⅓ Glas
1 Pfund Buchweizengrütze: 2½ Glas
1 EL Butter: ⅛ Pfund
1 Pfund Butter: 8 EL
1 Pfund zerlassene Butter: 1¾ Glas
12 Eigelb: 1 Glas
6 Eier: 1 Glas
1 Pfund getr. weiße Erbsen: 2⅛ Glas
1 Pfund getr. grüne Erbsen: 2⅔ Glas
1 Pfund Erdbeeren: 3 Glas
1 Pfund Fadennudeln: 4½ Glas
1 Pfund Gerstenmehl: 2⅓ Glas
1 Pfund Getreidemehl: 3 Glas
1 EL Getreidemehl: ⅓ Glas
1 Pfund Grieß: 2¼ Glas
1 Pfund Hirse: 2⅛ Glas
1 Pfund gemahlener Kaffee: 5 Glas
1 Pfund ungerösteter Kaffee: 2½ Glas
1 Pfund Kartoffelmehl: 2½ Glas
1 Pfund Konfitüre: 1¼ Glas
1 Pfund Linsen: 2⅛ Glas
1 Pfund Mandeln: 3 Glas
1 Pfund Moosbeeren: 2 Glas
2 kleine Muskatnüsse: 4 g
40 Stück bzw. 2 TL Nelken: 12 g
1 Pfund Perlgraupen: 2¼ Glas
1 Pfund Puderzucker: 2 Glas
1 Pfund Reis: 2 Glas
1 Pfund Rosinen: 3 Glas
1 Pfund saure Sahne: 1⅔ Glas
1 Pfund Streuzucker: 2¼ Glas

Russische nichtmetrische Einheiten

1 Arschin: 711 mm (4 Viertel)
1 Eimer: 12 l
1 Flasche: 0,6 l
1 Glas: 200 ml
1 Lot: 13 g
1 Pfund: 410 g
1 Solotnik: 4 g
1 Stof: 1,23 l (10 Schnapsglas)
1 Viertel: 178 mm (4 Werschok)
1 Werschok: 45 mm

Worterklärungen

Beschbarmak: gesiedetes Hammelfleisch
Blini: fladenförmige Pfannkuchen aus Teig mit oder ohne Hefe
Borschtsch: Rote-Bete-Suppe
Galuschki: Grieß- oder Mehlklößchen, oft auch mit Quark
Kascha: Brei, Grütze
Kissel: Nachspeise aus eingedicktem Fruchtsaft
Kulebjaka: gefülltes Hefe- oder Blätterteiggebäck in Form eines Brotlaibs
Kulitsch: Osterbrot genannter Kuchen
Kwas: Brottrunk
Pas'cha: Osterkuchen aus Quark
Pastila: Süßigkeit aus Fruchtpüree
Pelmeni: mit Fleisch gefüllte Teigtaschen
Piala: mittelasiatische Teeschale
Pirogge: gefüllte Teigtasche
Piroschki: kleine gefüllte Teigtasche
Plow: Reisgericht mit Fleisch
Rassolnik: Fleischsuppe mit Salzgurken
Rasstegaj: Teigtasche mit Öffnung
Saika: kleinere Gebäckstücke aus Weizenmehl
Sakuska: kalter Vorimbiß
Sauté: eine Art Ragout
Schorpa: Suppe mit Hammelfleisch
Schtschi: Sauerkraut- oder Weißkohlsuppe
Soljanka: variantenreiche Suppe
Tartinki: Kanapees
Tunutschka: tadschikisches Fladenbrot
Ucha: Fischsuppe
Warenez: warme Milchsuppe
Wareniki: kleine gefüllte Teigtaschen
Warenje: Marmelade, Konfitüre
Watruschka: Plunderteilchen
Winegret: Kartoffelsalat mit roter Bete

Verzeichnis der Rezepte

Suppen

Vorspeisen

Salate

Fleischgerichte

Geflügelgerichte

Wildgerichte

Fisch- und Meeresfrüchtegerichte

Beilagen

Saucen

Grützen

Teigwaren

Milchprodukte

Eierspeisen

Herzhafte Backware

Süße Backware

Süßspeisen

Eingemachtes

Getränke

Tatjana Kuschtewskaja im Grupello Verlag

Küssen auf russisch
Ein Alphabet
Aus dem Russischen von Ilse Tschörtner
Mit 26 Tuschezeichnungen
168 Seiten
gebunden · Schutzumschlag
€ 22,90 · ISBN 978-3-89978-077-2

»Eine ganz eigentümliche Geschichte der russischen Literatur ist da entstanden, die mit ihren vielen kleinen Beschreibungen von Kußszenen immer wieder Lust zu weiterer Erkundung macht.«

Neues Deutschland

*

Russinnen ohne Rußland
Berühmte russische Frauen in 18 Porträts
Aus dem Russischen v. E. Heinicke & J. Blum
Mit 18 Illustrationen
232 Seiten
Klappenbroschur
€ 19,90 · ISBN 978-3-89978-162-5

»Mit sehr persönlichem Ton und historischem Spürsinn erzählt die Autorin aus dem Leben von Marianne Werefkin und anderen Frauen, vor allem aus dem 19. und 20. Jahrhundert«.

FAZ

Leseproben und Bestellungen unter www.grupello.de